Nebenbei die Welt sortieren

Martina Grünebaum

Nebenbei die Welt sortieren

Fantasyroman

2. überarbeitete Auflage

ISBN: 978-3-74605592-3

© 2019 Martina Grünebaum
Herstellung und Verlag:
BoD – Books on Demand, Norderstedt
Illustration Cover: Tanja Graumann
Umschlaggestaltung: Uta Baumeister

Gedruckt in Deutschland

Wie alles begann …

Sie hatte Angst. Angst, die falsche Entscheidung zu treffen.

Wie konnte man das Risiko eindämmen, wenn einem die Antworten verwehrt blieben?

Unruhig wälzte sich Marian in ihrem Bett hin und her.

Sie hörte Stimmen.

Stimmen, die ihr etwas zuflüsterten, die sie in ihren Bann zogen.

Aber sie verstand das Flehen nicht.

Sie drängte zurück ans Licht, hinfort von den Rufen, den quälenden Entscheidungen.

Ihr Körper vibrierte, wurde hin- und hergerissen.

"Mama, Mama – aufwachen!"

Unwillig schlug Marian die Augen auf. Da stand er vor ihr, die Wiedergeburt von Michel aus Lönneberga – ihr jüngster Sohn.

"Mama", klagte er vorwurfsvoll, "steh auf! Es ist schon spät."

Ein Blick auf die erbarmungslos tickende Uhr bestätigte diese Aussage.

Marian sprang aus dem Bett, zog sich in Windeseile an, schickte ihren Sohn hinunter zum Frühstück und riskierte einen flüchtigen Blick in den Spiegel.

"Na ja", seufzend betrachtete sie ihr Spiegelbild. Wie schaffen es einige Mütter nur, wie aus dem Ei gepellt ihre Kinder zum Schulbus zu begleiten?

Dies war ein Geheimnis, das es noch zu ergründen galt.

Doch nun erst einmal schnell zum Frühstücken. Hektik am Morgen war Marian eigentlich zuwider.

Aber ein weiterer Blick auf den Wecker signalisierte heute die Prinzipien zu ändern.

Schuld an dieser Verschlaferei hatten diese blöden Träume, die sie in letzter Zeit immer heimsuchten.

Sie musste das unbedingt heute Morgen mit ihrer Freundin besprechen. Soviel Zeit musste sein, bevor sie sich den alltäglichen Pflichten widmete. Nach einer dreiviertel Stunde mit heiterem Geplauder am Frühstückstisch und dem Fußmarsch zum Schulbus war sie wieder allein.

Wie still es doch sein konnte!

Gerade noch Smalltalk-Austausch mit den gestylten Müttern an der Bushaltestelle und nun von allen verlassen. Das klang dramatisch, aber heute umwehte Marian ein Hauch von Melancholie. Woher dies auch immer seinen Ursprung hatte? Aber es gab solche Tage und dieser gehörte auf jeden Fall in die Kategorie: Dramatik!

Sollte sie wirklich zu ihrer Freundin gehen?

Nun, es war kein Mangel an Hausarbeit zu erkennen.

Staubsaugen, wischen, aufräumen – eine Menge Arbeit!

Aber der Vorteil einer Hausfrau bestand in freier Zeiteinteilung, bis die Kinder wieder erschienen.

Nein, sollte die Hausarbeit ruhig warten.

Man(n) sah sowieso nicht, ob etwas getan worden war oder nicht.

Solange die Staubflusen ihm nicht gerade an der Haustür auflauerten.

Marian konnte den Kaffeeduft schon riechen.

Eine kleine Pause, die muss Frau sich gönnen.

"Miau, Miauu, Miauuuuu!", erklang es fordernd vor der Haustür.

Ihre zwei Stubentiger kamen von einem kurzen Kontrollgang zurück.

"Ja, ja, ihr bekommt ja euer Essen. Keine Panik."

Die zwei Samtpfoten warteten voller Ungeduld.

Während Marian Katzenfutter in die Näpfe füllte, warf sie einen flüchtigen Blick in die aufgeschlagene Tageszeitung.

Ihr stockte der Atem.

Das konnte nicht wahr sein.

Da war ein Einhorn.

Solch ein Geschöpf kam in ihren Träumen vor.

"Miauuu", ertönte es erneut.

Marian riss sich von ihren Gedanken los, füllte den Napf erneut mit Geleestücken und schaute ihrem schwarzen Kater Caruso in die Augen.

Hitze wallte in ihr auf, der Löffel fiel zu Boden. Schnell umklammerte sie den Tisch, um nicht umzufallen.

Wieder ein Einhorn.

In Carusos gelben Augen spiegelte sich ein Einhorn.

Sie blinzelte, schaute sich gehetzt um.

Zögerlich wagte sie einen zweiten Blick in seine Katzenaugen. Sie brauchte Gewissheit und fürchtete gleichzeitig das Ergebnis.

Zum Glück kein Einhorn, und doch begannen ihre Nerven zu flattern.

Ich brauche einen Kaffee.

Wer Einhörner sieht, braucht einen Kaffee oder einen Psychiater.

Sie entschied sich für Kategorie eins und eilte nach draußen.

Wind ließ sie frösteln, doch sie bemerkte nicht die Gänsehaut, die ihre Arme bedeckte.

Sie hörte nicht das zaghafte Gezwitscher der Vögel, sah nicht die ersten Vorboten des Frühlings, die den Winter vertrieben.

Marian hatte nur ihr Ziel vor Augen: Das Haus ihrer Freundin schnellstmöglich zu erreichen.

Die Nase im Wind, als lege der Kaffeeduft eine Fährte, eilte sie los.

Nach quälend langen Minuten erreichte sie das Haus, das imposant auf einer kleinen Anhöhe thronte – eine kleine Festung.

Stahlmann – Marian drückte die Klingel mehrmals, ohne zu wissen, was sie tat.

Einhörner, solch ein Quatsch! Die gibt es doch gar nicht, dachte sie, während ihr Zeigefinger ohne Pause den Klingelknopf betätigte.

Victoria

Victoria Stahlmann drehte Pirouetten vor dem Spiegel und überprüfte jedes Detail ihrer Erscheinung.

"Spieglein, Spieglein an der Wand", raunte sie ihm zu, "wer ist die Schönste im ganzen Land?"

Sie wuselte durch ihre Lockenmähne und formte ihre Lippen zu einem Kussmund.

"Da bist du sprachlos vor Bewunderung, nicht wahr?"

Zufrieden mit ihrer Selbstmusterung trippelte sie in das Wohnzimmer und setzte sich in den weißen Ledersessel. Dann ergriff Victoria eines der Modemagazine und schubste die Kinderzeichnung, die auf dem Stapel lag, unbeachtet zur Seite.

Dass die Kinder aber auch nichts wegräumen können, dachte sie und rümpfte die Nase, als sie die Buntstifte entdeckte, die ebenfalls den Glastisch bevölkerten. Als sie sich der ersten Seite des Modejournals widmete, erhaschte sie einen Blick auf ihre rot lackierten Fingernägel. Sie musste unbedingt zu Lissy, ihrer Maniküre. Und warum nicht diese Woche einen Termin bei Alberto in Betracht ziehen? - Ihrem persönlichen Künstler für Haut und Haar. Schließlich hatte sie diese Woche Urlaub – wohlverdient. Erschlagen von der Fülle ihrer anstehenden Termine stöhnte sie auf. Ihre Vollzeittätigkeit als Sekretärin ließ nicht viel Spielraum für Freizeit. Durch ihren Beruf schaffte sie es nur einmal im Monat, sich von Lissy, Alberto & Co. verwöhnen zu lassen. Nicht mehr von morgens bis abends am Schreibtisch zu sitzen, war für Victoria keine Option. Obwohl ihr Ehemann ihr immer wieder versicherte, dass sein Gehalt für den Lebensunterhalt reichen würde. Aber Victoria liebte ihre Unabhängigkeit und das zusätzliche Geld. Sie wollte sich von niemandem einschränken lassen. Auch nicht von ihren drei Kindern. Zum Glück war das im Zeitalter von Ganztagskindergarten, Ganztagsgrundschulen und weiterführenden Schulen kein Problem. Sie schlug ihre Stelzenbeine übereinander und bewunderte die neuen Trends in der Zeitschrift.

"Ihr seid entzückend", sagte sie und liebkoste mit ihren Fingern ein Reklamefoto, auf dem Schuhe angepriesen wurden. Diese musste sie einfach haben!

Noch ein Programmpunkt für die Woche. Zwischen Mode für die anspruchsvolle Dame, Prominenteninterviews und Reiseberichten stieß sie auf einen Psychotest.

Was für ein Typ von Frau sind Sie?

Victoria griff nach einem Buntstift und studierte die Fragen. Die Antworten, die für eine hohe Punktzahl sorgten, waren recht schnell zu durchschauen. Und so füllte sie in rasender Geschwindigkeit die drei Seiten aus.

"163 Punkte", murmelte Victoria und suchte die Seite mit den Zuordnungen.

"Herzlichen Glückwunsch. Sie sind ein Siegertyp. Der Spagat zwischen Beruf und Haushalt wird von Ihnen ohne Aufwand gemeistert."

Da stand es geschrieben, schwarz auf weiß. Victoria lächelte und lehnte sich entspannt zurück. Die Bezeichnung "Siegertyp" gefiel ihr. Sie spielte mit ihren Haarlocken und lächelte. Heute war sie in der Stimmung, Gutes zu vollbringen. Vielleicht könnte sie mit ihren Kindern eine Einkaufstour durch die Spielwarenläden einplanen. Dann würden ihr die drei bestimmt den Titel "Beste Mama" verleihen. Und ein Abstecher in den Dessous-Laden "Feeling" könnte für eine weitere Nominierung ausreichen. Bei dieser Vorstellung leckte sie mit der Zungenspitze über ihre Lippen. Dann blickte sie auf das Foto ihres Mannes, das auf dem Regal in ihrer Nähe stand.

"Du wirst begeistert sein."

Was würde er ihr ins Ohr flüstern, wenn sie ihn heute Nacht mit einem neuen Negligé überraschte? Gab es noch eine Steigerung als sie als "meine Schönheitskönigin" zu bezeichnen? Sie rekelte sich ins Leder und schloss die Augen.

Herrlich, so einen Tag mit Nichtstun zu beginnen. Doch die Menge an Terminen beendete ihre Ruhephase. Wie sollte sie ihr Arbeitspensum bewältigen, wenn sie faul im Sessel saß? Nein, so setzte Frau nur Fett an. Sie öffnete die Augen und blickte zur Uhr.

"Schon so spät!"

Victoria verglich die Zeitangabe mit der ihrer Armbanduhr.

8.31 Uhr.

Wo zum Teufel bleibt Martha, dachte Victoria und trommelte mit ihrer linken Hand auf den Couchtisch. Sie hasste Unpünktlichkeit. Immerhin bezahlte sie Martha dafür, dass sie jeden Morgen den Hausputz erledigte. Arbeitszeit 8.30 Uhr bis 11 Uhr. In diesem Moment schellte es. Endlich, dachte Victoria und stolzierte zur Haustür.

"8.33 Uhr. Vielleicht sollte ich über eine Lohnkürzung nachdenken", sagte Victoria und warf beim Vorbeigehen noch einen Blick in den Spiegel.

Perfekt.

Schwungvoll öffnete sie die Haustür.

Im Hause Stahlmann

"Ich sehe überall Einhörner!", platzte Marian heraus, als sie ihre Freundin Victoria im Türrahmen erblickte.

Victorias Sprachlosigkeit dauerte den Bruchteil einer Sekunde.

"Putzfrauen wären mir lieber. Wieso eigentlich Einhörner? Wie siehst du überhaupt aus?"

Marian schaute an sich herunter, neidlos musste sie zugeben, dass sie mehr als verblasste im Vergleich zu Victoria, die immer wirkte wie ein Prototyp aus den Modemagazinen der Welt.

Aber sie wollte ja nur einen Kaffee trinken und keinen Schönheitswettbewerb gewinnen.

"Ich kann auch wieder gehen, wenn ich dich störe."

Herausfordernd taxierte Marian ihre Freundin, doch diese schaute geistesabwesend nach draußen.

Endlich schien sie die Suche nach ihrer Putzfrau einzustellen.

"Lass uns einen Cappuccino trinken."

Ohne auch nur eine Antwort abzuwarten, tänzelte Victoria in die Küche.

Der Kaffeeautomat brummte, während Marian sich verloren im Wohnzimmer umschaute. Bei Familie Stahlmann verirrte sich selten ein Spielzeug ins Wohnzimmer. Überhaupt wirkte alles ordentlich aufgeräumt wie in einem Musterhaus. Erst auf den zweiten Blick war ein Detail zu erkennen, das in das Schema dieser modernen Korrektheit nicht hineinpasste.

Ein Blatt Papier auf dem Wohnzimmertisch, neben dem Stapel von Victorias Lieblingslektüre. Sogar ein paar Buntstifte "verschandelten" den Tisch.

Na bitte, kindliche Unordnung im Hause Stahlmann, dachte Marian sarkastisch und rückte neugierig näher.

"Das darf doch nicht wahr sein … - ein Einhorn!", entfuhr es Marian entsetzt.

Victoria, die in diesem Moment den Raum betrat, verschüttete beinahe den frisch duftenden Cappuccino.

"Schön, nicht wahr, das hat Charlotte gemalt. Aber ein Grund zur Panik ist es nicht", erwiderte Victoria schnippisch und schob die Zeichnung beiseite, damit sie sich der heißen Tassen entledigen konnte.

Marians Nervenstränge begannen zu reißen. Schon wieder ein Einhorn. Das konnte nicht mit rechten Dingen zugehen.

Sie benötigte Beistand – einen Seelenklempner.

"Du solltest dir eine Arbeit suchen, damit du Abwechslung hast. Dein Zustand ist zurzeit etwas besorgniserregend. Du brauchst eine neue Aufgabe", unterbrach Victoria die Stille und rührte, dass der Cappuccino über den Tassenrand schwappte.

"Ich habe keine Langweile, ich bin Mutter von zwei Kindern. Übersetzt bedeutet dies: Köchin, Hausaufgabenbetreuerin, Trösterin, Telefonistin, Krankenschwester, Chauffeurin, Organisatorin, Einkaufsberaterin …

"Nun, ich mag meine Arbeit im Büro", sagte Victoria barsch, während sie an ihrem verbliebenden Kaffee nippte.

Marian verspürte einen Stich im Herzen. Vielleicht war dies wirklich des Rätsels Lösung. Sie haderte bereits seit Langem mit sich.

Ja, sie liebte ihren Mann und ihre Kinder. Doch die Kinder kamen immer später von der Schule heim, ganz zu schweigen von ihrem Ehemann.

Irgendwie fühlte sie sich nie als perfekte Hausfrau und Mutter. Hing doch dieser Aufgabe ein "nur" an. Eine Entschuldigung.

Marian hörte sich in Gedanken fragen.

"Was machen Sie beruflich?"

"Ich, nun ja, ich bin n u r Hausfrau und Mutter."

Tatsächlich, ihre Freundin hatte Recht.

Sie musste zurück in die wirkliche Berufswelt, dann würden auch die Einhörner verschwinden.

Aber was haben Einhörner mit Berufen zu tun?, dachte Marian und versuchte einen Zusammenhang zu erkennen.

Sollte sie doch einen Psychologen aufsuchen?

Es läutete.

"Endlich!", entfuhr es Victoria. "Das wird Martha sein. Wird aber auch Zeit. Es ist bereits 8.45 Uhr. Heutzutage ist auf niemanden mehr Verlass. Schau, der Staub türmt sich bereits zentimeterhoch."

Marian erblickte keinen Staub, noch nicht einmal den Ansatz einer Wollmaus.

Es war allein Marthas Verdienst, die jeden Morgen den Kampf aufnahm.

Jeden Morgen unerbittlich außer sonntags.

Marian hatte keine Martha. Sie musste den Kampf allein austragen und wie ihr schien, war der Dreck bei ihr zu Hause zahlenmäßig weit überlegen.

Sie trank ihren Cappuccino und beobachtete ihre Freundin, die Putzfrau Martha zur Rede stellte.

"Warum kommen Sie zu spät? Wir haben doch klare Vereinbarungen. Seit vielen Jahren sind sie in unserem Haus tätig. Und dann so etwas. Ich bin sehr enttäuscht!"

"Aber ich hatte Ihnen doch letzte Woche gesagt, dass ich heute etwas später kommen werde."

"Ach", sagte Victoria, "gut."

Damit beendete sie ihre Debatte und kehrte zu Marian an den Tisch zurück.

"Willst du dich nicht bei ihr entschuldigen?"

"Wofür?", erwiderte Victoria und rührte mit ihrem Löffel in der Tasse herum.

15

"Der Tisch müsste auch nass abgewischt werden. Die Kinder haben ein wenig gekleckert", rief sie in Richtung Flur, um Martha zu informieren.

"Aber es sind doch deine Flecken."

"Furchtbar, dass du jedes Wort auf die Goldwaage legen musst. Du kannst einem die gute Laune verderben und das an meinem ersten Urlaubstag. Woher wusstest du überhaupt, dass ich zu Hause bin?"

Marian zuckte mit den Schultern. Sie hatte bei ihrem stürmischen Aufbruch keinen Gedanken an die Berufstätigkeit ihrer Freundin verschwendet.

"Reiner Zufall", antwortete sie und leerte ihren Kaffeebecher. Sie beobachtete ihre Freundin, die ihre Arme vor der Brust verschränkte und mit ihrem rechten Fuß einen Takt auf dem Parkettboden stampfte.

"Störe ich dich?", fragte Marian.

"Sei mir nicht böse. Aber du siehst ja, wie es bei mir aussieht. Sobald das Haus in einem vorzeigefähigen Zustand ist, bin ich entspannter."

Toll, dachte Marian, wenn dies kein angemessener Zustand ist, dann hause ich einer Drecksbude.

"Tut mir schrecklich leid, aber ich muss auch noch einiges erledigen", verkündete Victoria und stand auf.

"Martha!", schrie sie, da Schritte auf der Treppe Marthas Standort verrieten. "Die Betten müssten auch frisch bezogen werden."

Marian fühlte sich in dieser Militäratmosphäre fehl am Platze. Was für eine blöde Idee, Victoria aufzusuchen. Sie erhob sich.

"Ach, willst du schon gehen?"

Marian nickte nur. So war eben ihre Freundin Victoria! "Ich habe auch noch sehr viel zu tun", sagte Marian, um an Wichtigkeit zu gewinnen.

"Dann ist ja alles klar", antwortete Victoria erfreut und begleitete Marian zur Haustür.

"Wir sollten einen schönen Einkaufsbummel für diese Woche einplanen. Ich lasse dir eine Nachricht zukommen."

"Super Idee", antwortete Marian und sah sich im Geiste mit Victoria durch die Modeboutiquen schwirren. Klasse Aussichten.

"Ich melde mich", sagte Victoria und schloss die Tür.

Es war einer dieser Momente, in denen Marian überlegte, ob der Ausdruck "Freundin" zu Victoria passte. Abgesehen davon, dass sie mit Victoria wenige Ansichten teilte. Während Marian Fehler ihrer Kinder eingestand, waren die drei Gören von Stahlmanns immer großartig. Während Marian sich als Hausfrau um ihre Kinder kümmerte, verkörperte Victoria Stahlmann die Frau des 21. Jahrhunderts. - Dreifache Mutter mit Vollzeitberufstätigkeit. Dazu kam noch, dass Victoria wie ein Model wirkte.

Oft kam sich Marian richtig schäbig vor in ihrer Gegenwart. Aber für wen sollte sie sich denn schminken: Für den Staubsauger oder den fettleibigen Postboten?

Nein, danke!!

Walking mit Talking

Eine Nacht ohne Einhörner. – Wie schön!

Prinzipiell war ja nichts gegen diese Tiere einzuwenden, außer dass Einhörner nur in Sagen und Fantasygeschichten eine Rolle spielten. Gut, dass diese Träume endlich vorüber waren.

Marian war euphorisch. Heute war alles möglich. Schwungvoll packte sie ihre Walking-Stöcke und schloss die Haustür.

Zugegeben, allein scheiterte jede Sportart an dem "inneren Schweinehund".

Zum Glück waren sie zu dritt!

Walking mit Talking!! – Hauptsache: Frau blieb gesund und hatte Spaß. Das hatte Marian, warum auch immer. Sie verspürte einen Tatendrang, der ihr sonst eigentlich fremd war.

Wahrscheinlich lag es an der Frühlingssonne – *aber das war es nicht.*

"Seid ihr bereit?", rief sie schon von Weitem, als sie an den verabredeten Treffpunkt gelangte.

"Was ist nur mit dir los?", fragte Laureen. "Hattest wohl heute Energie pur zum Frühstück."

"Wahrscheinlich", erwiderte Marian und grinste.

Ein heiteres Gelächter erklang, dann setzten sie sich in Bewegung.

KLOCK, KLOCK, KLOCK!!!

Die Walking-Stöcke schallten im Takt.

Sandra, Laureen und Marian waren guter Dinge. – *Das sollte sich ändern.*

KLOCK, KLOCK, KLOCK!!

"Welchen Weg gehen wir?" Sandra wollte es wie immer ganz genau wissen.

KLOCK, KLOCK, KLOCK!!

"Bei dem herrlichen Wetter können wir ruhig die lange Runde drehen."

Es war wirklich ein Bilderbuchwetter. Die Sonne strahlte vom blauen Himmel, der nur ab und zu von einer kleinen Schleierwolke unterbrochen wurde.

Eine endlos blaue Weite, die mit dem Dunkelgrün der Fichten um die Gunst des Betrachters wetteiferte.

Der Wald erwachte zum Leben. Blätter, klitzeklein, öffneten sich.

Vögel verkündeten den Frühlingsanfang.

Ansonsten Stille, Ruhe, nur unterbrochen vom KLOCK der Walking-Stöcke.

"Herrlich", flötete Sandra mit ihrer glockenhellen Stimme.

Aber von nun an blieb das KLOCK nicht das einzige Geräusch im Wald.

Sie betrieben schließlich "Walking mit Talking."

Das machte die sportliche Variante nur noch interessanter.

"Habe ich euch eigentlich von meiner neuen Diät erzählt?"

"Nein", erwiderten Marian und Sandra gleichzeitig.

Es folgte ein Vortrag über Eiweiß und Kohlenhydrate, abgelöst von Sandras Aufklärung über den Geschmacksverstärker Glutamat. Sie plauderten über die heutigen Lernmethoden an den Schulen, den Busverkehr, das Verhalten der Kinder, fähige und unfähige Pädagogen. Bis sie schließlich erörterten, welcher neue Dorfklatsch die Gemüter erhitzte. Da war der Feuerwehrausflug, die vierte Schwangerschaft einer Bekannten, Trennung, Hausverkauf, Putzpartys … Die Gerüchteküche brodelte und fand immer wieder neue Nahrung.

Beim hundertsten "Habt ihr schon gehört …" stolperte Marian über etwas, das wie ein Stein aussah.

Sie verlor das Gleichgewicht, fand keinen Halt und stürzte ungebremst zu Boden. Hart schlug ihr Kopf auf dem Untergrund auf.

Aua, dachte sie, bevor sie im Nebel versank.

"Gestatten, Rotnase"

"Sie haben einen Termin."

"Wie, was?", stammelte Marian und versuchte sich aufzurichten. Doch ihr Kopf dröhnte und ein aufkommender Schwindel verhinderte ihr Vorhaben.

Ich habe eine Gehirnerschütterung, dachte sie und versuchte ihre Gedanken zu sortieren.

Was war passiert?

Dunkel kehrten sie zurück, die Bruchstücke ihrer Erinnerungen. Ihre Freundinnen, die Gespräche, der Sturz … und dann.

"Sie haben einen Termin."

Marians Herz klopfte wild, es beschlich sie das unangenehme Gefühl, dass irgendetwas anders war.

"Sie haben einen Termin", wiederholte diese krächzende nicht gerade melodisch klingende Stimme.

Ihre Augen fühlten sich schwer an, trotzdem widerstand sie der Versuchung, ihre Lider geschlossen zu halten. Langsam richtete sie sich auf, den pochenden Schmerz, der ihren Schädel malträtierte, ignorierend. Nur langsam zeichneten sich klar und deutlich die Umrisse ihrer Umgebung ab.

Ein Wald mit dichtem Baumbestand, in den nur wenig Licht einfiel. Der Boden war mit einem Moosteppich bedeckt.

Vögel zwitscherten und hier und da vernahm sie ein Rascheln. Die Bäume riesig, das wenige Licht, das den Weg zum Waldboden gefunden hatte, warf Schatten.

Schatten, die sich bewegten. Schatten, die Marian frösteln ließen.

"Bin ich tot?"

"Nein!"

Eine knappe Antwort, alles andere als aufschlussreich. Und vor allem das Gegenteil von freundlich.

Ihr Verstand riet ihr, nicht zu ergründen, was oder wer auf diese Art und Weise mit ihr Konversation betrieb.

Doch die Neugier siegte.

Beflügelt von ihren Nachtträumen war sie auf das Schlimmste gefasst.

Fantasy, ja sie mochte diese Art von Geschichten.

Drachen, Einhörner, Feen, Zwerge, Elfen und sämtliche anderen Kreaturen.

Wer oder was würde vor ihr stehen?

Wer auch immer, es konnte nicht real sein.

Wahrscheinlich war sie bei ihrem Sturz so unglücklich gefallen, dass sie noch im Traumland schwebte.

Ihre Freundinnen, besorgt um ihre Gesundheit, würden den Krankenwagen informieren.

Vielleicht schütten sie mir gleich kaltes Bachwasser ins Gesicht.

Ich möchte nur schnell erfahren, wer mit mir spricht, danach kann das Wasser kommen.

"Komm mit!", sagte die krächzende Stimme.

"Wohin?", antwortete Marian unsicher und wandte sich, allen Mut zusammennehmend, der Stimme zu.

Ein Stein, sie sprach mit einem Stein.

Vielleicht sollte sie doch einen Psychiater aufsuchen.

Aber wie würde seine Diagnose lauten?

Herr Doktor, ich sehe Einhörner und spreche mit Steinen.

Das Wasser kann kommen, dachte Marian verbittert.

Doch niemand erfüllte ihr diesen Wunsch.

"Ich gehe nicht mit! – Wohin auch?", wagte sie einen Einwand.

"Außerdem habe ich keinen Termin, abgesehen davon, dass ich mit meinen Freundinnen weiter walken werde. Wo auch immer die sich befinden. Und überhaupt spreche ich niemals mit Steinen, weil man nicht mit Steinen sprechen kann."

Gespannt wartete Marian auf die Reaktion ihres vermeintlichen Gegenübers.

Das Steingeschöpf blickte sie an. Es sah aus wie ein zwanzig cm großer Kieselstein. Füße und Arme waren winzig.

Ein grauer Kieselstein mit grauem Gesicht und wulstigen Augenbrauen, die wie Dreck aussahen.

Ein roter Fleck zierte das Antlitz.

"Ich bin eine Rotnase", stellte er krächzend fest.

"Ich habe den Auftrag erhalten, Sie zum Ehrwürdigen zu begleiten."

"Aha, da gibt es dann den Blumenstrauß."

"Wieso Blumenstrauß?", wunderte sich das Steingeschöpf.

Das konnte nur ein Scherz sein. Ein Gag mit versteckter Kamera. Alles würde sich aufklären. Wahrscheinlich war dieses Wesen ferngesteuert. Und alle Fernsehzuschauer würden sich auf ihre Kosten amüsieren. Behutsam betastete sie ihre Beule, die war echt, da bestand kein Zweifel.

"Autsch", stöhnte sie und betrachtete dieses Wesen, das sie erwartungsvoll anblickte.

"Ich verstehe Spaß", sagte sie, doch das Steingeschöpf reagierte nicht.

Also auf zum Ehrbaren, um zu erfahren, wer mir diesen Schlamassel eingebrockt hat; dachte sie.

"Wo sind meine Stöcke?"

Sie schaute sich suchend im Wald um.

Die Rotnase starrte sie an, als wäre Marian von einem anderen Planeten.

"Die haben sie mitgenommen."

"Wer sind SIE?", so langsam ging es Marian auf die Nerven mit einem Stein zu diskutieren.

Insbesondere, da dieser sich nicht besonders kooperativ zeigte. Wahrscheinlich gehörte das auch nicht zur Charaktereigenschaft dieser Spezies. Mit Widerwillen machte sie sich auf, dem rotnasigen Etwas zu folgen. Sie schritten über den dicken Moosbelag. Das Grün verschluckte ihre Schritte, als wandelte sie über einen Berberteppich. Immer wieder blickte sie sich um, doch ihre Freundinnen sowie ihre Stöcke schienen wie vom Erdboden verschluckt.

Sie lauschte auf das vertraute KLOCK, KLOCK, KLOCK, doch außer dem Gezwitscher einiger Vögel war es ruhig, beinahe zu still.

Die Rotnase musterte Marian wie ein Weltwunder, bevor sie sich endlich bequemte ihr eine Antwort zu geben. Er sprach langsam und sehr betont. Dachte er womöglich, sie wäre begriffsstutzig?

"IHRE BEGLEITERINNEN SIND MIT IHNEN WEITERGEZOGEN, UM WEITER KRACH MIT STÖCKEN IM WALD ZU MACHEN."

Zornesröte stieg in ihr auf. Nun wurde es aber albern.

Wie konnte sie weiter walken gegangen sein, wenn sie doch hier stand.

Ein Traum, dies konnte nur ein Traum sein. Doch alles wirkte so real.

Sie spürte den pochenden Schmerz ihrer Beule, das weiche Moos unter ihren Füßen, die Überproduktion Schweiß …

Nein, das konnte alles nicht wahr sein, oder doch?

Zweifel ergriffen von ihr Besitz. Sollte sie sich fürchten?

Sie dachte an all die Fantasyfilme mit und ohne Zeitfenster.

Neugier und Angst hielten sich die Waage.

Mit einem flauen Gefühl im Magen folgte sie dem kleinen Wesen.

Wahrscheinlich würde sich gleich alles aufklären. Schließlich hatte sie einen Termin, ein Date mit dem Ehrbaren, Ehrwürdigen oder wie auch immer.

Das war doch spannend! Wer oder was würde sie erwarten?

Schon von Weitem erkannte sie die Umrisse einer menschlichen Person. Diese saß auf einem Baumstamm und wandte ihr den Rücken zu.

Die Lichtung, hell vom Licht durchflutet, der Moosteppich nicht erkennbar, Nebelschwaden sorgten für eine gespenstische Atmosphäre.

Eine Kulisse, die Marian erneut frösteln ließ. Langsam näherte sie sich.

Doch die geheimnisvolle Gestalt nahm keine Notiz von ihrer Ankunft.

Selbst als sie in unmittelbarer Nähe stand, erfolgte keine Regung.

Marian trat von einem Fuß auf den anderen, verschränkte ihre Arme vor der Brust, bevor sie ihre Fingernägel überprüfte.

"Ähem", räusperte sie sich verlegen, doch auch diese Methode schien ungeeignet, dieser Gestalt Leben einzuhauchen.

"Ich habe einen Termin", verkündete sie mit Zittern in der Stimme.

Endlich kam Bewegung in diese Person. Na also, dachte Marian und die verloren gegangene Ironie kehrte zurück. Doch ferngesteuert! Wusste ich es doch!

Dann sah sie ihn.

Der Ehrwürdige

Schlagartig verstummten die Vögel.

Die Nebelschwaden formten bizarre Gebilde.

Die Natur schien den Atem anzuhalten.

Kein Rauschen, kein Gesang, kein Geräusch erklang.

Die Rotnase verneigte sich so tief, als begrüße sie den König aller Könige.

Marian war einem Nervenzusammenbruch nahe. Angst durch strömte jede Faser ihres Körpers. Schweißperlen auf ihrer Stirn, die Hände zittrig.

Ich will nach Hause!, schrie sie innerlich.

Was passierte hier?

Sie wollte schreien, doch aus ihrer Kehle kam nur ein heiseres Krächzen. Ihr aufgebauter Schutzwall bröckelte, bevor er zusammenstürzte.

Ihr Blutdruck erreichte eine lebensbedrohliche Höhe.

Doch als die Augen der Person sie erfassten, war alle Angst verschwunden.

Das war er also, der Ehrwürdige.

Sie fühlte sich wie befreit, glückselig, ohne den Grund dafür zu kennen.

Ein mittelgroßer Mann, weißhaarig, mit einem bronzefarbenden schillernden Teint.

Nein, er passte so gar nicht in ihr Schema, das Marian aufgebaut hatte.

Kein Dumbledore und kein anderer weiser Zauberer, er sah aus wie ein Showmaster. Allerdings in einem Alter, in dem er die Hauptzielgruppe nicht mehr erreichen konnte.

Der alte Herr sagte nichts.

Marian wagte nicht, die Stille zu durchbrechen und betrachtete ihn wie gebannt.

Seine Augen hielten sie fest.

Diese Augen – klar wie die Weite des Himmels. Man konnte sich darin verlieren, während die Gedanken im eigenen Kopf zu wirbeln begannen.

Fast schien es, als strebten ihre Gedanken zu den blauen Augen, würden verschlungen …

Der freundliche alte Herr lächelte Marian an und während sich Wärme in ihrem Körper ausbreitete, kehrte der Gesang der Vögel zurück.

Der Wind vertrieb die Furcht erregenden Nebelgestalten und legte die Sicht auf den Moosteppich frei.

Seine wohlklingende Stimme ertönte. Die Umgebung verstummte erneut, als wollte sie keine Äußerung verpassen.

"Du wirst dich zur Wahl stellen!"

Marian war von Fragezeichen umringt.

Wahl – wieso Wahl?, dachte sie.

Sollte sie etwa an einem Casting teilnehmen?

"Ich kann weder singen noch tanzen", erklärte sie daher dem netten Mann.

Marian ärgerte sich bereits beim Aussprechen über diesen dämlichen Satz.

Selbst dieses Steinwesen schien die Luft anzuhalten.

Doch der Ehrwürdige lächelte.

Ist das Grinsen eingebrannt?, dachte sie und wurde zusehends mutiger.

Immerhin fehlten ihr noch viele Antworten.

Was für eine Wahl?

Wo fand diese statt und vor allem wann?

Wann überreichte ihr jemand einen Blumenstrauß?

Fragen geisterten durch ihren Kopf, und ohne dass sie eine davon ausformuliert hatte, antwortete ihr Gegenüber.

"Es wird soweit sein, wenn du bereit bist."

Marian hasste unklare Aussagen.

Was sollte man mit so vagen Antworten anfangen? Konnte dieser Kerl nicht klar und deutlich sagen, was er von ihr wollte?

Wahrscheinlich war dies das Markenzeichen eines jeden Ehrwürdigen.

Marian war nie gut in Rätsel lösen, daher rief sie unbeherrscht:

"Was soll das denn bedeuten?"

Ihre Frage ging unter in dem aufsteigenden Nebeldunst. Er versperrte ihr die Sicht und ließ ihre Worte abprallen, als seien die unzähligen Wassertröpfchen eine undurchdringbare Mauer. Überhaupt war ihr seltsam zumute.

Es schien ihr, als würde sie umhergewirbelt.

Aber das konnte doch nicht sein.

Sie schloss ihre Augen, da ihr für einen Moment schwindelig wurde.

Als sie diese wieder öffnete, schaute sie in die fragenden Gesichter ihrer Freundinnen.

"Was meinst du damit? Was soll das bedeuten?", flötete Sandra mit ihrer glockenhellen Stimme.

Sie saßen im rosa Esszimmer von Sandra und tranken ihren Cappuccino – einen After-Walking-Drink, um wieder zu Kräften zu kommen.

Marian musste sich beherrschen, um nicht laut aufzuschreien. Doch sie biss ihre Zähne aufeinander, dass es knirschte. Ihr Herz drohte auszusetzen. Im Geiste zählte sie rückwärts zehn, neun, acht - atme ein und aus. Bleibe ruhig. Zur Unterstützung presste sie ihre Hand auf den Mund, um den Wahnsinn dieser Situation nicht hinaus zu brüllen. Sieben, sechs, … atme, atme, Marian, beruhige deine flatternden Nerven.

Immer wieder predigte sie ihren Kindern, bei Problemen nicht in Panik zu geraten.

Allerdings war ihr Problem nicht mit normalem Menschenverstand zu lösen, außer man ging davon aus, dass sie ihren Verstand verlor.

Ab morgen würde sie mehr Vitamine zu sich nehmen.

Löste nicht ein Mangel an Vitaminen Halluzinationen aus?

Nun, hier und jetzt musste ein Schokoladenkeks reichen, Schokolade beruhigt bekanntlich die Nerven. Gierig griff sie in die Keksschüssel die auf dem Tisch stand.

Verlor sie sich in Tagträumen, oder war dies alles wirklich geschehen???

"Was macht deine Beule?", wollte Laureen wissen.

Also doch, dachte Marian.

"Gut, dass du keine Gehirnerschütterung hast. Oder fühlst du dich unwohl?", warf Sandra, die besorgte Krankenschwester ein.

Wenn die beiden wüssten …!

Nur ein Traum?

Designerhunde.

Wieder so eine Erfindung der Menschheit.

Man nehme Pudel, mixe ihn mit Pekinese, oder vielleicht lieber Pudel mit Golden Retriever. Lust auf Pudel gepaart mit Schnauzer?

Fertig sind sie die Pekeapoo, Goldendoodle und Schnoodle – Promenadenmischungen in den Adelsstand erhoben.

Welch eine clevere Geschäftsidee!

Marian war fassungslos.

Während der Rest der Familie, die beiden Stubentiger eingeschlossen, bereits friedlich schlummerte, verfolgte Marian die Reportage am Fernsehen.

Die Menschen schrecken vor nichts zurück. Hauptsache, es bringt Geld.

Wir züchten uns einen friedlichen, treuen allergenarmen Hund. Vielleicht einen, der wenig Auslauf benötigt, das spart die lästigen Spaziergänge.

Nicht haarende Hunde, Kühe, die mehr Milch produzieren und Schweine, die nicht so fett sind …. alles zum Segen der Menschheit.

Marian war sich da nicht so sicher.

Sie war müde, denn die meisten Berichte hatten die dumme Angewohnheit, zu später Stunde ausgestrahlt zu werden.

Warum auch immer!?

Während Marian die Treppe hinaufstieg, befühlte sie ihre Beule, doch diese war nur noch eine Erinnerung.

Zwei Wochen waren seitdem vergangen.

Traumlose Wochen. Irgendwie schade, dachte Marian.

Ich hätte schwören können, dass ich mir das nicht nur eingebildet habe.

Nun ja, so spare ich mir die Kosten für den Psychiater.

Dank Gesundheitsreform wäre das sicherlich ein ordentliches Sümmchen gewesen.

Gähnend erreichte sie das Schlafzimmer. Ihr Ehemann schlief tief und fest, selig schlummernd.

Bei dem Gedanken an den Spott, den Daniel ihr zugedacht hatte, musste sie schmunzeln.

Nicht, dass er nicht besorgt gewesen wäre, doch fand er es höchst amüsant, dass Frau sich beim Walken verletzen konnte.

"Das kommt vom Quatschen."

"Blödmann", hatte sie geantwortet.

Und heute Abend überkam sie das Verlangen, ihn zu ärgern.

"Weißt du was ein Labradoodle ist?", fragte sie ihren Mann und klaute ihm seine Bettdecke.

Keine Antwort.

"Ein Labradoodle – Kennst du Labradoodles?"

"Hmh??", antwortete ihr Ehemann und tastete mit seiner Hand nach der Decke.

"Kennst du nun einen Labradoodle– einen Designerhund?"

"Du weckst mich, um mich nach einer Hunderasse zu fragen?", Daniel klang verärgert. Er schnappte sich die Wärme spendende Zudecke und wandte sich demonstrativ von ihr ab.

"Lass mich gefälligst schlafen, i c h muss morgen arbeiten", brummte er.

"Was soll das heißen? D u musst arbeiten. Glaubst du etwa, ich liege auf der faulen Haut, nur weil ich zu Hause bleibe?"

"Hmh", erwiderte Daniel.

"Lass das dämliche "Hmh."

"Aber du hast doch jetzt "Hmh" gesagt."

"Das ist etwas anderes", gab Marian erbost zurück.

Sie wusste, dass sie etwas übertrieben reagierte. Aber schließlich ging es um den wunden Punkt – nur Hausfrau und Mutter.

Daher drehte sie sich in die entgegengesetzte Richtung, murmelte ein "Gute Nacht" und starrte mit offenen Augen in die Dunkelheit.

Einige Minuten Stille, dann hörte sie seine typischen leichten Schnarcher. Dies erzürnte Marian.

Na klasse, das Ärgern hatte nicht funktioniert!

Im Gegenteil, die einzige, die sich ärgerte, war sie selbst und ihr Mann schlief. Marian drehte sich von links nach rechts und von rechts nach links.

Super, bei mir hat der Sandmann versagt, dachte sie verbittert, und lauschte dem Konzert ihres Mannes. Vielleicht sollte ich Schafe zählen? Einen langweiligen Schmöker lesen oder mich weiterhin vom Fernsehprogramm berieseln lassen? Marian begann ein Schlaflied zu summen, doch auch diese Variante erbrachte nicht den erwünschten Erfolg. Immer wieder blickte sie auf die Uhr, um festzustellen, dass erst wenige Minuten vergangen waren. Sie presste die Augenlider zusammen, rollte sich unruhig hin und her und schlug die Augen wieder auf, als ihr fröstelte.

Sie stand auf einer Wiese.

Was mache ich hier? Wie bin ich hergekommen?

Nur mit Nachthemd bekleidet drehte sie sich um die eigene Achse.

Die Nacht war tiefschwarz, sie konnte nur die Umrisse ihrer Umgebung ausmachen.

Vorsichtig setzte sie einen Schritt vor den anderen.

Irgendwie schien sie die Richtung zu kennen, aber woher?

Das Gras war weich, ihre Füße verschwanden wie in einem Flokatiteppich.

Sie zitterte. War es Kälte oder Angst?

Marian erreichte einen sandigen Untergrund, doch auch dieser umschmeichelte ihre Füße.

Erstaunlich, wo sie doch sonst so empfindlich war.

Barfuß im Nachthemd, wenn sie jemand sehen würde … nicht auszudenken!

Aber wer sollte sie sehen?

Schließlich lag sie im Bett und träumte oder nicht?

Eine Höhle tauchte wie aus dem Nichts vor ihr auf.

Marian erschrak.

Da hatte sich etwas bewegt, ein riesiger Schatten …

Nun war es offensichtlich, sie fröstelte vor Angst.

Abenteuer- oder Fantasyfilme im Fernsehen waren eine spannende Sache.

Es war schon aufregend genug, wenn man sich gemütlich auf dem Sofa rekelte, aber hier und jetzt – so ohne Sofa!

Sich bewegende Schatten waren auch in Filmen nie ein gutes Omen, daher stand Marian stocksteif und sehnte sich danach aufzuwachen.

Blöder Traum!

Doch der Schatten näherte sich.

Sollte sie weglaufen? Aber wohin?

Die Nacht schien noch schwärzer geworden zu sein.

Gleich würde er sie erreichen.

Es ist Zeit aufzuwachen, sagte sie sich mehrmals.

Doch nichts geschah.

Vor ihr die Höhle, umhüllt von Nacht, und der Schatten.

Sie schloss die Augen, ihr Atem ging stoßweise.

Wie im Kindergarten, tadelte sie sich selbst. Kleine Kinder schließen auch ihre Augen und meinen, niemand würde sie finden.

Nein, sie war eine erwachsene Frau, die Abenteuerfilme liebte – sitzend auf dem Sofa. Deshalb Augen auf!

Der Anblick, der sich ihr bot, war keineswegs furchterregend.

"Wer bist du denn?", fragte sie liebevoll.

"Ich bin es doch. Daniel, dein Mann", antwortete eine besorgte Stimme.

Bei Marian schrillten die Alarmglocken. Ihr Puls raste in die Höhe.

Was war Traum? Was war Wirklichkeit?

Sie lag in ihrem Bett, angestarrt von ihrem Ehemann.

Blödsinn, wo sollte sie auch sonst sein?

"Geht es wieder? Hast du geträumt? Hast du Schmerzen?"

Ihr Ehemann bombardierte sie mit Fragen. Irgendwann musste er doch mal Luft holen.

"Mir geht es gut, Schatz. Ich habe nur geträumt", beeilte sie sich seine Flut von Fragen zu unterbrechen.

Daniel schien nicht überzeugt. Strich sich verlegen über sein Haar und musterte seine Frau wie einen Alien.

"Am besten du schläfst dich erst einmal richtig aus", brachte er nach kurzem Nachdenken heraus.

"Das ist nicht nötig", versicherte Marian ihrem Gatten, drehte sich auf die Seite und wurde erst wach, als ihre Lieben schon längst das Haus verlassen hatten.

Es war Mittwoch.

Allein

Mittwochs war Putztag.

Nicht, dass nicht jeder Tag ein Putztag war. Wer Ehemann, Kinder und Haustiere sein Eigen nennt, weiß, dass irgendwo immer Arbeit auf einen wartet. Kinder können wunderschön ausräumen, aber welch ein Phänomen, dass es mit dem Einräumen nicht funktioniert.

Ehemänner deponieren ihre wichtigen Dinge meistens auf liebevoll dekorierte Schränke. Vermisst werden diese Gegenstände erst nach Wochen.

Marian verspürte keine Lust zum Putzen. Sie genoss die Zeit erst einmal und streckte ihre Glieder, bevor sie sich aus dem Bett quälte.

Erst den linken Fuß und dann den rechten Fuß - die Macht der Gewohnheit.

"Aber …", stammelte sie, als ihr Blick auf ihre Füße fiel. Vorsichtig berührte sie ihre Zehen und strich mit ihren Händen über die Haut. Keine Frage, das war Sand.

Sand? Aber wieso? Warum?

Schlagartig fiel ihr der Boden neben der Höhle ein … Sie kniff sich in ihren Arm, dass sie laut aufschrie. Danach rannte sie zum Wasserhahn, um sich mit eiskaltem Wasser zu bespritzen.

Nein, sie war wach.

Marian fand keine Erklärung für den Zustand ihrer Füße. Immer wieder kam ihr nur die Höhle in den Sinn.

Es wurde unheimlich.

Was ging hier nur vor?

Mittlerweile war sich Marian sicher, dass sie alles wirklich erlebt hatte. Dieser sprechende Stein, der weise Mann und ihr Gang zu dieser Höhle. Sicher, es musste einfach Realität sein, auf jeden Fall besser, als anzunehmen, dass sich ihr Verstand verabschiedete. Allerdings fehlte ihr eine vernünftige Erklärung.

Wie konnte das alles passieren?

Warum passierte es ihr?

Wie konnte sie das steuern und vor allem, was hatte es zu bedeuten? Während sich ihre Gedanken überschlugen, kleidete sie sich automatisch an. Anschließend setzte sie sich mit einer Tasse Cappuccino an den Frühstückstisch. Halbherzig biss sie in ihr Toast.

Mit wem konnte sie die Ereignisse teilen?

Mit ihrem Ehemann, ihren Kindern ihren Freundinnen oder gar ihren Eltern? Resignierend schüttelte sie den Kopf und ließ fast ihr Marmeladentoast fallen, als sich aus heiterem Himmel die Küche verdunkelte.

Da saß er auf der Fensterbank.

Er, der Marian vor der Höhle solch einen Schrecken eingejagt hatte.

"Schön, dass du da bist", sagte sie zu dem Geschöpf, als ob es das Selbstverständlichste auf der Welt ist, wenn Traumwesen an einem Mittwoch auf der Fensterbank sitzen.

Sie schaute in die bernsteinfarbenen Augen, doch ohne Vorwarnung wurde die Idylle jäh unterbrochen.

Denn da kam er, dessen Name in der Katzenwelt nicht unbekannt war, CARUSO.

Marians Kater, mit seinen sieben Kilogramm Lebendgewicht, zeigte wenig Verständnis für Eindringlinge in seinem Revier. Als er sprang, mussten sie weichen, die Usambaraveilchen und Gerberas, die die Fensterbank zierten. Das taten sie, wenn auch mit recht lautem Getöse.

Da lagen sie verstreut, ihrer Schönheit beraubt, auf dem Boden, während das graue Tier so schnell verschwunden war, dass es selbst Caruso verwunderte.

Zurück blieb ein Chaos.

"Oh, Caruso!", donnerte Marian. Doch dieser hatte keine Zeit für Konversation. Imposant und stolz verließ er den Tatort. Aufräumen des

Schlachtfeldes gehörte nicht zu seinem Aufgabengebiet.

Wozu gab es Personal?

Marian wusste nicht, ob sie lachen oder weinen sollte. Seltsamerweise entschied sie sich für das Lachen. Nachdem sie das Durcheinander beseitigt hatte, rief sie: "Caruso"!

Doch dieser schien es nicht für angemessen zu halten, zu erscheinen.

"Caruso, Caruso! "Komm doch mal her!" Erst als Marian ihr Rufen mit dem "Öffnen-des-Kühlschrank-Sound" untermalte, stand er plötzlich vor ihr.

Als er sie anstarrte, vergaß Marian ihre schlechte Laune.

"Was soll es", seufzte sie und kraulte das Katertier.

"Hast nur deine Pflicht getan, aber bitte beim nächsten Mal mit etwas weniger Verlusten", erklärte Marian und betrachtete die lädierten Blumen.

"Miau", antwortete Caruso. Marian musste schmunzeln. Sie holte die Milchtüte aus dem Kühlschrank und schüttete ein wenig davon auf einen Teller. Caruso schnurrte, rieb sein Köpfchen an Marians Hose und maunzte.

Wahrscheinlich bedeutet das: "Nun beeil dich doch", dachte Marian vergnügt und verdünnte die Köstlichkeit mit Wasser, bevor sie den Teller auf den Boden stellte.

Gierig schleckte der Dicke das ihm vorgesetzte Mahl.

Marian war sehr zufrieden mit sich.

Allerdings konnte sie sich ihre Euphorie nicht richtig erklären. Sie hatte immer noch viele Fragen, aber keine Antworten.

Mittlerweile war sie zwar zu dem Entschluss gelangt, dass die gehörten Stimmen, das Treffen im Wald sowie die Höhle kein Produkt ihrer Fantasie waren.

Nein, alles war wirklich passiert.

Aber wem konnte sie vertrauen?

Wer würde ihr Glauben schenken?

Wie sollte sie jemand anderen überzeugen, wenn selbst sie noch von Restzweifeln geplagt wurde?

"Was glaubst du, Caruso?" fragte Marian. Doch Kater Caruso stand als Orakel nicht zur Verfügung. Die leere Milchschüssel verwaist, vom Kater keine Spur.

"Ich muss in diese Höhle", sagte Marian in die Stille hinein.

In diesem Augenblick klopfte es an der Haustür.

Wie unpassend, dachte Marian und setzte sich langsam in Bewegung.

Als sie ihrer Freundin Victoria die Türe öffnete, fielen Marian alle ihre Sünden wieder ein. Gestylt wie in den Modemagazinen, stand diese vor der Haustür.

Das Shopping – sie hatte das Shopping vergessen!

"Na, endlich!", schallte es ärgerlich aus dem grell geschminkten Mund. "Ich klingele und klingele. Was ist denn los? Und überhaupt, Victoria rümpfte die Nase, wie siehst du eigentlich aus?"

Da waren sie wieder, die Worte, die Marian einen Stich versetzten.

Zugegeben, heute sah sie nicht einmal so aus wie eine fesche Bäuerin, sondern wie eine Bäuerin, die lange Zeit kein Wasser zu Gesicht bekommen hatte.

"Pah", dachte Marian im selben Augenblick. Warum versuchte sie, sich immer zu rechtfertigen?

Schließlich machte sie gerade eine interessante Phase durch. Wie würde Victoria an ihrer Stelle aussehen?

Neidvoll musste Marian zugestehen, dass eine Victoria in Lumpen gehüllt immer noch sehenswert wäre.

"Ich habe verschlafen", schmetterte sie ihrer Freundin schließlich entgegen.

"Hast wohl von Einhörnern geträumt", stellte Victoria verächtlich fest.

Marian zuckte zusammen. Sollte sie die Initiative ergreifen und ihrer

Freundin Victoria ihr Geheimnis anvertrauen? Keine gute Idee, riet ihr Verstand.

Doch wenn sie nur einen klitzekleinen Teil erzählen würde, dachte Marian. Sie begann zu schwitzen und kämpfte mit einer aufkommenden Übelkeit.

"Nein, nein", stammelte sie, einem plötzlichen Impuls folgend, "nicht von Einhörnern, sondern von einer Höhle und einer Katze."

Victorias Blick sagte mehr als tausend Worte.

Jetzt war es also raus. Es gab kein Zurück.

"Wirklich, ich habe die Höhle gesehen. Und die Katze hat heute Morgen unsere Fensterbank besetzt."

S T I L L E.

Erst nach einer Ewigkeit formte Victoria die passenden Worte. Behutsam nahm sie Marian in ihre Arme.

"Marian, meine Liebe, ich mache mir Sorgen um dich. Soll ich einen Termin mit Dr. Older vereinbaren? Versteh mich nicht falsch, aber …?"

In diesem Moment erreichte Marian die Erkenntnis, dass es ein Fehler gewesen war, Victoria einzuweihen. Diese Geschichte war ihre Geschichte. Nur sie konnte herausfinden, ob es sich um Realität oder Schizophrenie handelte. Sie schluckte und rieb ihre feuchten Hände an ihrer Jeans ab. Wie schön wäre es gewesen, einen Verbündeten, einen Mitwisser an ihrer Seite zu haben. Doch wie konnte sie erwarten, dass ein logisch denkender Mensch ihren Schilderungen Glauben schenken würde. Auch sie hätte die Nase gerümpft bei solchen Verrücktheiten. Nein, sie konnte keinen mit ihren Träumen belästigen, doch das bedeutete …

Niemand würde ihr zur Seite stehen.

Ihre einzige Chance, Klarheit in das Wirrwarr zu bringen, bedeutete, der Sache auf den Grund zu gehen – allein und auf eigene Faust.

Aber wie? fragte sie in sich hinein.

Erst jetzt fiel ihr Victoria wieder ein, die sie immer noch wie ein Kind in ihren Armen einschloss und auf sie einredete.

"Vicky, das war ein Scherz", log Marian und setzte ein strahlendes Lächeln auf.

In Victorias Miene spiegelte sich Entrüstung und Erleichterung gleichzeitig.

"Ja, klar", antwortete sie selbstbewusst. "Das habe ich gleich gemerkt, aber Marian, das war echt gemein! Stell dir vor, du hast wirklich ein Problem, keiner wird dir dann glauben." Kaum ausgesprochen verwandelte sie sich wieder in die unnahbare Barbiepuppe.

Die Höhle

Eine Stunde später befanden sie sich in einer anderen Welt. Sie durchstöberten Schuhregale, probierten Unmengen an Kleidungsstücken an, verfielen dem Rausch der Dekoartikel und stärkten sich mit einem Latte Macchiato.

Sandra, die dritte im Bunde, die im Schuhgeschäft zu ihnen gestoßen war, stapelte Einkaufstüten mit rosa Oberteilen neben sich. Victoria verbarg Schuhkartons und selbst Marian ging nicht leer aus. Auf Anraten ihrer Freundinnen kaufte sie ein T-Shirt mit einem prächtigen Einhorn-Druck.

"Das ist des Rätsels Lösung!", hatte Vicky geschrien, als sie das gute Stück erblickte. "Davon hast du geträumt." Marian konnte nicht widerstehen, sie erwarb das Kleidungsstück und ließ sich von der guten Laune anstecken.

Kurzfristig informierte sie ihren Vater, er möge doch bei ihr zu Hause Stellung beziehen, damit die Kinder kein leeres Haus vorfinden würden.

Dann warfen sie sich wieder in das Kaufhausgetümmel. Am späten Nachmittag wurden die drei müde und stöberten zum Abschluss in einem Bücherladen. Gerade als Marian in einem Kinderbuch blätterte, raunte ihr jemand etwas zu.

"Vergiss nicht deinen Termin!"

Ein Schauer jagte über ihren Rücken. Sie schaute sich um. Dutzende von Leuten, aber wer hatte mit ihr gesprochen? Mit zittriger Hand stellte sie das Buch wieder ins Regal. Ihre Schweißdrüsen arbeiteten im Akkord.

"Fühlst du dich nicht wohl?", fragte Sandra, "Du bist so blass."

"Nein, nein, alles in Ordnung", antwortete Marian und befürchtete schon, ihr Herzschlag könnte ihre wahren Gefühle verraten.

"Ich bin nur müde."

"Von mir aus können wir auch nach Hause", warf Sandra ein und musterte ihre Vielzahl an Einkaufstüten.

Nach Hause, dachte Marian, das ist das Stichwort. Jetzt und sofort! Nachdem sie auch Victoria von ihrem Aufbruchsplan überzeugt hatten, strebten sie Richtung Heimat. Matt, erschlagen und um einige Euro leichter. Zu Hause wurde Marian bereits von ihren Kindern erwartet, hungrigen Samtpfoten, ihrem Ehemann sowie Staubflusen, die ihr direkt an der Haustür auflauerten.

Überlebende des Putzmittwochs.

"Wie war dein Tag?", fragte ihr Mann.

"Sehr gut, ich war shoppen mit Vicky und Sandra."

"Habt ihr euch amüsiert?"

Da nagte es wieder, dieses Verlangen, die ganze Geschichte hinauszubrüllen. Diese eigenartigen Geschehnisse mit jemandem zu teilen. Wie würde ihr Ehemann Daniel reagieren? Sie schaute in seine Augen.

"Fehlt dir etwas? Du siehst blass aus."

"Nein, nein. Ich bin nur geschafft. Geh du mal einen Tag shoppen mit

Victoria."

"Gott bewahre", rief Daniel und nahm Marian in seine Arme.

So verharrten sie einen Augenblick. Marian schmiegte sich eng an seine Brust und genoss den Moment der Zweisamkeit. Die Umarmung wirkte wie Medizin, die ihre angespannten Nerven beruhigte. Wahrscheinlich habe ich mich nur verhört, dachte Marian, und seufzte, als sie sich die Worte aus dem Bücherladen in Erinnerung rief.

"Was hast du?"

"Nichts", versicherte Marian und hoffte, dass die Unbeschwertheit dieses Augenblicks eine Ewigkeit andauern würde.

"Mami! Mami!, – da bist du ja endlich. Opa ist sofort nach Hause gefahren, als Papa gekommen ist."

"Kann ich mir denken", sagte Marian schmunzelnd und begrüßte ihre beiden Racker. Sie nahm sich vor, ihrem Vater bei Gelegenheit für seinen spontanen Einsatz zu danken.

"Hast du uns etwas mitgebracht?"

"Brötchen zum Abendessen."

Schnell rasten die beiden in die Küche, um den Tisch zu decken. Allerdings war diese Einigkeit nur von kurzer Dauer.

"Ich lege die Messer hin."

"Nein, ich."

"Aber du deckst immer die Messer."

"Weil du noch ein kleines Baby bist."

Marian eilte in die Küche, um den Streit zu schlichten und versorgte bei dieser Gelegenheit die Stubentiger, bevor sie sich beim Abendbrot bedienten. Die Taschen vom Einkauf noch im Flur, in der Küche die Krümel unter dem Tisch, saß Marian einige Zeit später mit ihrem Daniel im Wohnzimmer.

Endlich war die Rasselbande im Bett. Sie atmete auf und streckte ihre Glieder.

"Sollen wir auch nach oben gehen?", hauchte Daniel ihr ins Ohr.

Sie nickte und schlang ihre Arme um seinen Hals. Leise, um die Kinder nicht zu wecken, schlichen sie in das Schlafzimmer.

"Warum steht an deinem Bett eine Taschenlampe?", flüsterte Daniel.

"Falls bei dem angekündigten Gewitter der Strom ausfällt."

"Du bist verrückt", antwortete Daniel, bevor er ihren Körper mit Streicheleinheiten verwöhnte.

Stunden später wechselte Marian auf ihre Bettseite. Daniel schlief tief und fest. Sanft strich sie über sein Gesicht. Sie beneidete ihn um seine Ruhe. Was würde passieren, wenn sie die Augen schloss? Sie wagte einen Versuch, um die Lider sofort wieder zu öffnen. Auf und zu, zu und auf. Dann sprang sie aus dem Bett und zog sich einen warmen Pyjama und Socken an. Mit der Taschenlampe in der Hand kuschelte sie sich unter ihre Bettdecke. Daniel hat Recht, dachte Marian, ich bin verrückt.

Mit diesen Gedanken schlief sie ein und stand wenig später vor der Höhle.

Eisiger Wind wehte ihr ins Gesicht. Der Lichtkegel der Taschenlampe konnte die Nacht nicht durchbrechen.

Ihre Füße schmerzten.

Unsicherheit ergriff von ihr Besitz.

Nein, dachte Marian. Ich bin nicht bereit … und zur Heldin bin ich auch nicht geboren.

Aber was würde passieren, wenn sie jetzt umkehrte?

Kälte kroch in ihre Glieder.

Der Höhleneingang war nur einen Katzensprung entfernt.

Nein, sie konnte jetzt nicht aufgeben!

Allen Mut zusammennehmend kletterte sie zum Eingang. Doch dieser wirkte keineswegs einladend.

Ein klaffendes Loch, das mit den gezackten Umrissen wie ein furchterregendes Maul wirkte.

Ihr Mut verlor sich in der Dunkelheit, die im Inneren herrschte. Kein Lichtstrahl erhellte die Umgebung. Selbst ihre Taschenlampe brachte keine Erleuchtung.

In Marian stieg die alte Angst wieder hoch – sie litt unter Platzangst.

Als kleines Mädchen hatte sie als Versteck einen Schrank gewählt, der sich von innen nicht öffnen ließ.

Seitdem bereiteten ihr geschlossene Räume eine Qual, selbst Fahrstühle mied sie.

Eine Höhle ohne Fenster, ohne Lichtquelle bereitete Marian nicht nur Unbehagen, sondern es grenzte an Unmöglichkeit, diese Aufgabe zu bewältigen.

Hier und jetzt war ihr Abenteuer zu Ende.

Marians zittrige Hände wurden feucht, ihre Füße vor Schmerz fast betäubt. Sie fühlte sich wieder wie das kleine Mädchen, hilflos und allein.

Vorsichtig lugte Marian in die Höhle hinein und bemerkte, dass diese zurückstarrte.

Vor Schreck verlor sie beinahe ihre Taschenlampe, die ohnehin nach neuen Batterien schrie.

"Wie blöd kann man sein", sagte Marian laut, um ihre Angst einzudämmen, "Warum habe ich nicht die Batterien gewechselt?"

Sie zitterte.

"Wer ist da?", stammelte sie.

Doch keine Antwort vertrieb die erdrückende Stille. Das Licht der Taschenlampe flackerte. Immer wenn der Strahl die Augen des Unbekannten erfasste, glaubte Marian, einen Herzstillstand erleiden zu müssen.

"Wer ist da?"

Lauf weg! Renn!, riet ihr gesunder Menschenverstand. Doch sie verharrte stocksteif, unfähig zu flüchten. Sie schloss die Augen, in der

Hoffnung aufzuwachen. Plötzlich spürte sie etwas an ihren Beinen – etwas Weiches.

Sie schrie. Ihr Puls erreichte lebensbedrohliche Höhen. Ihre Atemzüge flach und schnell. Die Muskeln angespannt, um fortzurennen. Doch sie konnte sich nicht bewegen. Aller Vernunft zum Trotz öffnete sie die Lider einen winzigen Spalt.

"Puh", sagte sie, als sei sie ein Ventil, aus dem die Luft entweicht.

Da war er wieder, der gestromte Kater!

"Musst du mich immer so erschrecken?", schnaubte Marian ihn an. Der Graue stupste an ihre Beine und wandte sich dem Höhleneingang zu.

Kurz darauf blieb er stehen und blickte sich fragend um. "Soll ich dir folgen?", fragte Marian ängstlich.

Wie zur Bestätigung kehrte der Graue zurück, rieb seinen Kopf an ihren Beinen und lief voraus.

Marian stockte, das Gefühl, dass ihr Körper ihr nicht mehr gehorchte, war allgegenwärtig.

"Nein, nein!" Sie konnte nicht in diese Höhle!

Sie wollte nicht in diese Höhle!

"Niemals!"

Der Kater wartete und starrte sie an. Wie in Trance stellte Marian Fuß vor Fuß und folgte dem Grauen, der sich sofort in Bewegung setzte. Konzentriert auf die spärliche Lichtquelle, die den Kater erhellte, eilte sie dem Tier hinterher.

Sie blickte nicht zurück. Ihre Nerven waren zum Zerreißen gespannt, Schweißperlen tropften von ihrer Stirn. Die Füße suchten Halt auf dem steinigen Boden, Felswände schienen immer näher zu kommen. Zweimal musste sie sich ducken, da die Felsen ihre Haare streiften.

Der Kater wurde schneller.

Die Welt um Marian schien sich zu drehen.

"Bleib ruhig", sagte sie, um ihre Nerven zu besänftigen. Ihr Atem ging stoßweise, der zittrige Lichtkegel verlor den Kater.

"Warte", stammelte sie.

Sie schwenkte die Taschenlampe hin und her. Felswände oben und unten, unten und oben. Sie war allein. Eine Panikattacke schüttelte ihren Körper. Das spärliche Licht ihrer Lampe verlor an Kraft, ein letztes Aufflackern, bevor es endgültig erlosch.

Dunkelheit …! Überall Dunkelheit …!

"Ich schaffe es nicht" waren ihre letzten Worte, bevor sie ihr Bewusstsein verlor und zu Boden sackte.

Die Elbenhexe

"Ich habe es nicht geschafft", sagte sie bekümmert an sich selbst gewandt. Sie sprach leise, um Daniel nicht zu erschrecken.

Was würde er denken, wenn er seine Frau mit Pyjama, Socken und Taschenlampe im Bett vorfand?

Seufzend schlug sie die Augen auf.

Da war kein Daniel, kein Bett, keine Geborgenheit …!

Sie lag auf dem harten Felsboden, neben sich der Kater und eine alte Frau.

Eine Greisin mit Falten, die von vielen Jahrzehnten Lebenserfahrung zeugten. Alles an ihr war erdfarben. Ihre Haut, ihr Haar, das wie die struppige Mähne eines Ponys wirkte. Sogar ihre Bekleidung bildete keine Ausnahme, was die Farbauswahl betraf. Alles Ton in Ton. Marian presste sich an die Felswand und schlang ihre Arme um die Knie. Die braunen Augen der Alten blickten gütig, trotzdem regte sich in Marian ein Fluchtinstinkt.

Doch wohin sollte sie fliehen?

Eine unbekannte Lichtquelle erhellte ihren Aufenthaltsort, der nur aus

Fels, Wand, Steinen bestand – nirgendwo ein Ausweg.

Als sich die Greisin nach vorne neigte, sprang der Graue auf ihren Rücken. Wie selbstverständlich thronte er auf ihrer Schulter und ließ sich den Kopf kraulen.

Eine Hexe!, dachte Marian erschrocken. Das ist eine Hexe! Sie schloss die Augen, um beim Öffnen festzustellen, dass sich ihre Situation nicht verändert hatte.

Was nun …?

Vielleicht kann ich etwas Konversation betreiben, wie an der Bushaltestelle, dachte Marian.

Nie geahnte Sehnsucht nach dem Bushaltestellensmalltalk stieg in ihr auf.

Sie wünschte sich Normalität. Sollte doch jemand anderes den Helden spielen. Aber hier und jetzt musste eine Entscheidung her …

"Wo bin ich?", fragte sie deshalb die Hexe.

Marian war begeistert von sich, was für eine geniale Frage. Sie würde diese Sache schon schaukeln! Bisher hatte sie alles ganz allein gemeistert, egal ob sie flehende Stimmen hörte, Einhörner sah, mit Steingeschöpfen redete oder nachts durch Höhlen wanderte.

Die alte Frau antwortete nicht, sondern lächelte weiterhin gütig.

"Wo bin ich?", versuchte es Marian erneut langsam und betont.

Keine Antwort.

Unruhe stieg in Marian auf. Dieser Smalltalk schien doch nicht die richtige Methode zu sein. Vielleicht versteht sie kein Deutsch?, dachte Marian. Sie kramte nach ihren Englischkenntnissen.

"Where am I?" – Stille

Die alte Dame lächelte.

Marian war mit ihren Fremdsprachen am Ende. Sie würde es mit Händen und Füßen probieren. Doch bevor Marian mit dem Gestikulieren beginnen konnte, öffnete die Alte ihren Mund und sprach wohlklingend und dialektfrei.

"Du bist in "Stonia de Alburesch". Das bedeutet in deiner Sprache: "Höhle der Erkenntnis.""

Marian stierte die Greisin mit offenem Mund an. Diese Stimme passte nicht zu der äußeren Erscheinung.

Aber was hatte sie erwartet? Nichts, was hier passierte, war normal. Und überhaupt, was sollte dieses Gefasel von "Erkenntnis"?

Zu Marians Unsicherheit mischte sich Aggression. Ihr überlastetes Nervensystem schwankte zwischen Wut und Freude. Die Tatsache, dass die Höhlenfrau reden konnte, war toll. Doch warum quält sie mich so lange, dachte Marian und formte ihre Hände zu Fäusten.

"Ich bin Serafia, die Elbenhexe, und heiße dich willkommen."

Marian schnappte nach Luft. Ihre angestaute Aggression verpuffte.

"El-Elb-Elbenhex-Elbenhexe", wiederholte sie und sank in sich zusammen.

"Ja", tönte es wohlklingend, bevor der Mund sich zu einem Lächeln schloss. Das Lächeln verführte Marian zu einer genauen Prüfung ihres Gegenübers. Elbenhexen hatte sie sich anders vorgestellt.

Schön, weise, geheimnisvoll und nicht faltig, alt und hexenartig, als wäre sie gerade erst aus ihrem Pfefferkuchenhaus angereist.

Bei näherer Betrachtung musste Marian sich allerdings eingestehen, dass sie im Begriff war, diese Person vorzuverurteilen. Sie war nicht die nette Oma von nebenan und auch nicht die Hexe, die Kinder zum Frühstück verspeist. Sie war ein Gemisch – unbeschreiblich. Diese Höhlenfrau war mehr als eine weibliche Person, sie war eine Persönlichkeit. Eine freundliche Persönlichkeit und dies war äußerst wichtig, wenn man frierend und ängstlich in Höhlen kauerte.

"Ist dir kalt?", fragte die Elbenhexe namens Serafia. Marian nickte eingeschüchtert.

Die Hexe erhob ihre Hand, murmelte Unverständliches und schon war die Höhle erfüllt von einer wohligen Wärme. Dies trug nicht gerade dazu bei, dass Marian sich besser fühlte. Immerhin hockte sie immer noch in einer Höhle, wenn auch nicht mehr frierend. Ihre Angst war auf einer Skala von 0 bis 100 bereits oben angelangt. Das Lächeln dieser Frau konnte nicht darüber hinwegtäuschen, dass sie magische Fähigkeiten besaß. Und dieser Umstand machte es Marian sehr schwer, ihre Ängste abzulegen.

Worüber redete man mit Elbenhexen?

Wie sollte sie sich benehmen?

Gab es Regeln einzuhalten?

Durfte man Elbenhexen ansehen?

War es eine Ehre oder ein schlechtes Omen, einer Elbenhexe gegenüberzutreten?

In Anbetracht ihrer Wissenslücken, überkam sie Unsicherheit, ob sie mehrere Treffen wünschte.

"Gehört der Kater Ihnen?", fragte Marian, nur um die Stille zu unterbrechen.

Zum ersten Mal verschwand das Lächeln aus Serafias Gesicht. Liebevoll tätschelte sie den Kopf des Grauen, während sie sprach:

"*Nur Ihr Menschen wollt besitzen. Besitzt Ihr, strebt Ihr nach Neuem. Neues wird Alt, bevor Ihr versteht. Zerstört, zertreten, zermalmt. Macht und Geld sind Euer Begehr: Wer ist der Mensch, dass er derart handeln darf ...?*"

Die Worte hallten durch die Höhle. Wurden wie ein Echo zurückgeworfen, immer und immer wieder. Marians Ohren dröhnten, ihre Angst erreichte den Siedepunkt.

Es klang gespenstisch. Ein Chor von Stimmen prasselte auf Marian herab. Anklagend, drohend …

Wie auf Kommando erstarben die Worte. Stille …

"Entschuldige, ich ließ mich treiben", sagte die Elbenhexe. "Du kannst es nicht wissen, wir Elben besitzen Alles und wir besitzen Nichts."

"Aha", antwortete Marian, als ob sich damit alles aufgeklärt hätte.

"Warum bin ich hier?", fragte sie mutig, hoffend, dass diese Frage keine weitere Unstimmigkeit aufwarf.

Ihr Mut stand auf wackligen Füßen, würde zerplatzen wie eine Seifenblase … sie brauchte Antworten und zwar schnell.

"Du bist hier, weil du bereit bist."

"Blödsinn!", schrie es aus Marian heraus.

Schluss mit dem Geplänkel und Rätselraten! Marian war wütend. Es schrie aus ihr heraus. Alles was sie angestaut hatte in den letzten merkwürdigen Tagen.

"Ich bin nicht b e r e i t!", donnerte sie der Elbenhexe entgegen und erschrak selbst über ihren Ton. Doch sie konnte sich nicht bremsen, viel zu viel war geschehen.

"Ich habe Angst. Ständig zweifle ich, ob ich wach bin oder träume. Meine Familie, meine Freunde halten mich für verrückt. Mir fehlt es an Mut, um eine Heldin zu sein."

"Und doch bist du gekommen", beendete die wohlklingende Stimme von Serafia ihren Ausbruch.

Darauf konnte Marian nicht kontern. Allerdings blieb ihr auch keine Zeit eine Antwort zu formulieren, ihr Körper wurde herumgewirbelt.

Sie schien leicht wie eine Feder. Schwerelos schwebte sie durch Raum und Zeit. Plötzlich wurde der Sauerstoff knapp. Sie schnappte nach Luft. Ihre Augen von Panik erfüllt, der Körper nur noch ein willenloses Spielzeug in einem Tornado.

"Ich sterbe!", schrie es in Marian, dann schloss sie die Augen.

Der Stein

Als Marian ihre Augen wieder öffnete, lag sie weich und warm in ihrem Bett.

"Ein Traum", stellte sie zu ihrer Erleichterung fest. Doch die Erleichterung wurde von blankem Entsetzen aufgefressen.

Sie war bekleidet mit einem schmutzigen Pyjama und Socken, deren Farbe unter Dreckschichten verschwand. In ihrer Hand hielt sie eine Taschenlampe.

Es war kein Traum, registrierte ihr Unterbewusstsein.

Aber sicher doch, meldete sich ihr Verstand zu Wort. Schnell, ohne zu überlegen, wusch sie den Dreck von ihrem Körper und entledigte sich der Kleidung. Aus der Tasche des Pyjamas kullerte ihr ein Stein entgegen.

Ein Stein, wie sie ihn nie zuvor gesehen hatte. Alle Farben der Welt schienen in ihm vereint. Während er in ihrer Hand ruhte, breitete sich Wärme aus.

Ohne weitere Überlegung verfrachtete sie den Stein in ihre Nachttischschublade und legte sich zurück ins Bett. Sie verdrängte alle Gedanken, die sich in ihrem Kopf befanden.

Und wider Erwarten verfiel sie bald darauf in einen erholsamen Schlaf.

"Mama, Mama! – Aufwachen!"

Wieder war es die Aufgabe ihres jüngsten Sohnes, das Weckkommando zu übernehmen. Marian hatte geschlafen wie ein Murmeltier. Sie war bereit, Bäume auszureißen. Doch als sie in die traurigen Augen ihres Sohnes blickte, fühlte sie sich schlagartig elend.

"Mama, hast du mich nicht mehr lieb?"

Ihr Mutterherz setzte einen Moment aus, stotternd erwiderte sie: "Wie kommst du denn auf so etwas, mein Spatz?"

"Papa hat erzählt, dass du wieder arbeiten gehen willst. Aber ich will nicht in die Ganztagsschule! Alle meine Freunde fahren nach der Schule nach Hause. Als Janus im ersten Schuljahr war, bist du auch zu Hause geblieben."

Die Worte sprudelten aus ihm heraus, von Schluchzen erfüllt. In dem kleinen Gesicht sammelten sich Kullertränen.

Marian schloss ihren Sohn in die Arme. Sie musste sich zusammenreißen, um nicht in sein Schluchzen miteinzustimmen.

"Mama hat dich sehr lieb. Ich bin doch noch gar nicht am Arbeiten. Aber schau mal, die Betreuung in der Schule ist doch gar nicht schlecht. Valerie und Leona Stahlmann gehen gern dorthin."

"Mädchen sind auch doof", entgegnete der Sechsjährige mit kindlicher Logik.

"Hmh", erwiderte Marian. "Jetzt gehen wir erst einmal frühstücken. Die anderen warten schon. Nimm dir ein Taschentuch aus meiner Schublade und trockne deine Tränen."

Marian stieg aus dem Bett und kleidete sich rasch an. Allerdings hantierte sie erst mit dem zweiten Socken, als ihr Sohn freudig rief:"Ist der schön!"

Marian hielte inne und stand wie erstarrt. Da lag er nun, dieser merkwürdige Stein, in den Händen ihres Sohnes. "Darf ich den behalten?"

Ihr wurde angst und bange. Mit einer raubtierhaften Schnelligkeit nahm sie das seltsame Ding an sich:"Das ist meiner! Das ist ein Andenken, den kannst du nicht haben." Michels Augen füllten sich erneut mit Tränen.

"Du hast mich nicht mehr lieb, sonst würdest du mir diesen Stein schenken."

Ein kindlicher Versuch von Erpressung, wie sollte sie reagieren? Marian geriet in akute Erklärungsnot. Warum hatte sie diesen blöden Stein auch in die Schublade gelegt? "Spätzchen, hör mir zu. Ein Andenken darf man niemals verschenken, das ist etwas ganz Besonderes."

"Wie ein Geheimnis?", entgegnete der Kleine und hörte schlagartig mit dem Schluchzen auf.

Marian war sich nicht sicher, ob dies die beste Lösung war. Allerdings sah sie keine andere Möglichkeit, als ihrem Sohn zu versichern, dass er Recht hatte.

"Erzähle keinem von dem Stein. Wir hüten dies wie ein Geheimnis. Und sobald ich wieder zum Einkaufen gehe, bringe ich dir auch einen mit."

Zugegeben, die ganze Geschichte wirkte nicht besonders logisch, doch Michels Gesicht war ein einziges Strahlen. Marian schwitzte, dass ihr Jüngster nicht bereits beim Frühstück das "Steingeheimnis" ausplaudern würde. Doch zum Glück beschränkte er sich auf Augenzwinkern, wenn ihre Blicke sich trafen.

"Hast du ein Augenleiden?", spottete der Große.

"Nö."

Ihr Ehemann starrte sie verwundert an, doch Marian zuckte nur mit den Schultern.

Es war einer dieser Morgende, an denen Marian sehr dankbar war, dass Janus und ihr Ehemann früh das Haus verlassen mussten, denn das ersparte weitere Diskussionen. Als die Haustür hinter den beiden ins Schloss fiel, rief Michel freudig: "Siehst du, Mama. Ich habe nichts verraten". Sie strich ihm über sein Haar, das allen Kämmversuchen widerstand und lächelte gequält. Erst als sie ihren Jüngsten an der Bushaltestelle verabschiedet hatte, atmete sie auf.

"Tschüss Mami. Denk an unser Geheimnis", flüsterte Michel ihr ins Ohr, bevor er im Bus verschwand. Sie winkte ihm und machte sich nach dem üblichen Mütter- Smalltalk auf den Weg zum vereinbarten Treffpunkt. Denn heute war es wieder so weit.

Walking mit Talking.

So dauerte es nicht lange, bis das rhythmische KLOCK der drei über die Straße hallte. Als sie in den Wald einbogen, fühlte sich Marian urplötzlich eigenartig.

Der Wald schien auf sie herabzusehen, überall erkannte sie eigentümliche Gestalten, die sie anstarrten.

Nach näherer Betrachtung entpuppten sich diese Geschöpfe allerdings als Wurzeln, Steine und vom Moos bewachsene Äste.

Trotzdem blieb ihr ungutes Gefühl, doch sie sagte nichts. Es war Sandra, die nach einiger Zeit feststellte: "Irgendwie wirkt der Wald heute unheimlich."

Marian nickte stumm.

"Macht euch nicht lächerlich", warf Laureen ein.

"Das liegt am Nebel. Unheimlich ist nur meine Gehaltsabrechnung."

Laureens Lieblingsthema Nummer Eins!

Das liebe Geld.

"Ich schufte und schufte! Nur damit die Abzüge steigen." Keine von den beiden erwiderte etwas, um die Thematik nicht zu vertiefen. Doch ihre Vorsicht wurde nicht belohnt, Laureen war nun in ihrem Element.

"Zum Glück habe ich noch eine Anstellung mit Steuerkarte bekommen. Um meine Rente zu erhöhen", sie lachte bitter. "Die Anderen haben nur noch einen Minijob ergattert. Pah, wer soll denn damit eine Familie ernähren. Gut, dass ich noch die Heimarbeit mache; Georg verdient ja auch keine Reichtümer."

Marians schlechtes Gewissen schaltete sich ein.

Ihr Daniel verdiente genug, so dass sie nur für ihre Familie da sein konnte. Trotzdem bin ich unzufrieden, dachte Marian. Warum eigentlich?

"Bei uns im Krankenhaus ist es genauso schlimm", ergriff nun Sandra das Wort. "Dank Gesundheitsreform bleibt uns immer weniger Zeit für unsere Patienten. Neuanstellungen werden im Keime erstickt, außer auf Minijob- Basis."

Eine bedrückende Stimmung herrschte, die vom nebligen Wald noch verstärkt wurde.

"Ja, es wird soviel Geld für sinnlose Projekte verschwendet", wagte Marian einzuwerfen.

Damit trat sie unbewusst eine Lawine los, denn Laureen reagierte wie ein ruhender Vulkan, der ohne Vorwarnung ausbrach.

"Stellt euch vor, es existieren umfangreiche Forschungen, um mit Außerirdischen Kontakt aufzunehmen. Was das für Gelder verschlingt! Nicht auszudenken, wenn die bei uns landen und die Minijobs für sich beanspruchen"

Marian lachte. Als die beiden anderen in ihr Lachen einfielen, spülte diese Heiterkeit endgültig die allgemeine Trübsal davon.

Nur der Wald veränderte seine Stimmung nicht. Er wirkte noch immer schaurig mit den durchziehenden Nebelfetzen. Kein Zwitschern erfüllte die Baumwipfel und nur ab und zu erhellte ein kurzer Sonnenstrahl den Boden. Tapfer verfolgten die drei ihre gewohnte Runde.

"Glaubt ihr an Elben, Einhörner, Zwerge und so ein Zeug?", fragte Sandra ohne Vorankündigung.

Während Laureen sofort mit "Nein" antwortete, schlug Marians Herz bis zum Hals.

"Wie kommst du auf so einen Quatsch?", wollte Laureen wissen. Marian spitzte die Ohren, um auch ja keinen Wortfetzen zu verpassen.

"Ach, bei uns auf Station liegt so ein alter, südländischer Herr. Der erzählt dauernd von diesen Fantasy-Gestalten." "Na und?", fragte Marian neugierig.

"Nichts na und", antwortete Sandra. "Seine Familie weiß sich auch keinen Rat. Er ist wohl schon immer ein wenig wunderlich gewesen. Aber sonst ist er recht nett", ergänzte Sandra.

Die alten Leute werden meistens komisch", warf Laureen ein. "Wenn ich nur an meine Schwiegermutter denke. Ständig nörgelt sie herum und spioniert in anderer Leute Leben. An ihr ist eine "Mata Hari" verloren gegangen. Einmal in der Woche denkt sie sich neue Gemeinheiten aus. Und nicht zu vergessen ihre abenteuerlichen Geschichten, Münchhausen würde vor Scham im Boden versinken ..." Laureen war nicht zu stoppen und Marian und Sandra trotteten nebenher wie unterwürfige Diener. Marian schaute gen Himmel. "Hab Erbarmen", flüsterte sie mit einem flehenden Augenaufschlag.

"Aua", schrie Laureen und rieb sich die schmerzende Stelle am Hinterkopf, an der sie der kleine Stock traf.

"Entschuldigung", murmelte Marian schuldbewusst und blickte beschämt zu Boden.

"Sei nicht albern, Marian. Du bist doch nicht dafür verantwortlich, wenn Äste von den Bäumen fallen", meckerte Laureen und schaute besorgt Richtung Baumwipfel.

Das Gespräch versiegte. Während Laureen ihre Beule betastete, schweiften Marians Gedanken zu dem alten Herrn und seinen Fantasy-Geschichten. Wie gern hätte sie mehr über ihn und seine Fantasien erfahren, doch sie traute sich nicht, Sandra Informationen zu entlocken. Doch was erwartete sie von diesem Greis, außer dass sie selbst als verrückt oder irr abgestempelt werden würde, wenn sie sich für ihn interessierte.

"Autsch, das war wirklich ein blöder Zufall", jammerte Laureen und strich über ihre Beule, während sie erneut die Bäume betrachtete.

"Zufall. Genau", murmelte Marian. "Das ist alles Zufall – was auch sonst?"

Die Vitrine kann warten

Sie schrubbte und wienerte, dass das Haus nur so glänzte. Bei einem Putzwettbewerb für Hausfrauen winkte Marian auf jeden Fall Edelmetall.

Kurzzeitig wurde sie vom Glücksgefühl erfasst. Doch dieser Zustand war nur von temporärer Dauer. Die Kinder bemerkten den Glanz des Hauses nicht. Ihr Mann Daniel bereitete sich auf das bevorstehende Seminar vor und konzentrierte sich intensiv auf das Kofferpacken.

Abgesehen davon, dass er momentan recht spät nach Hause kam.

"Tut mir leid, mein Schatz", pflegte er stets zu sagen, wenn er das gemeinsame Abendbrot mit der restlichen Familie verpasste. "Nach dem Seminar kehrt wieder Ruhe ein, versprochen." Ein dicker Kuss unterstrich die Behauptung eindrucksvoll. Marian nickte verständnisvoll. In ihrem Inneren fühlte sie sich wie ein ausgeschlossenes Mitglied. Es war Mittagszeit, vor dem Zubereiten des Essens hatte sie ihre Zeit mit Fensterputzen verbracht.

"Schön", sagte Marian laut, die blank geputzten Fenster bewundernd, wie ein Maler sein Gemälde.

Im selben Augenblick beschäftigte sich Katzendame Diva damit, die lästige Fliegenflut einzudämmen – natürlich an der Wohnzimmerscheibe.

Man kann nicht alles im Leben haben, entweder wenig Fliegen oder eine blank geputzte Scheibe, stellte Marian fest und seufzte.

Endlich trafen ihre beiden Sprösslinge ein und das wunderschöne Ritual des Mittagessens begann.

"Mama, was schwimmt da Grünes in der Soße?", wollte Janus in Erfahrung bringen.

"Gewürze", donnerte ihm Marian entgegen.

"Es sieht aber aus wie Paprika."

"Ich finde auch, dass es komisch schmeckt", schaltete sich Michel in das Gespräch ein.

"Das mag ich nicht", erklärte Janus schmollend und schob seinen Teller zur Seite.

"Mama, wenn ich aufesse … kaufen wir dann heute einen Stein?"

"Was für einen Stein?", fragte Janus scharfsinnig.

"Das ist ein Geheimnis", prustete Michel heraus.

Marian wurde es heiß und kalt zugleich. Soviel zu Kindern als Geheimnisträgern.

"Ein Geheimnis verrät man nicht, du Baby", tadelte der große Bruder.

"Ich habe doch nichts verraten", schluchzte der Kleine.

Marian hasste diese Kleinkriege. Aber für wen sollte sie Partei ergreifen? Sie schaute ihre beiden Söhne an, die sich angifteten wie beim letzten Gefecht.

Von Friede, Freude, Eierkuchen keine Spur.

"Ich möchte auch so einen Stein", forderte Janus, ohne das Objekt seiner Begierde in Augenschein genommen zu haben.

"Mami", bettelte der Kleine," Mami, der war doch erst im Kino. Der braucht keinen Stein."

"Pah", raunte ihm Janus entgegen, "Wenn du nicht so ein Baby wärst, hättest du ja mitkommen können."

Sie musste eingreifen. Hier und jetzt. Der Streit drohte zu eskalieren.

Die Luft war zum Zerreißen gespannt. Ein Fünkchen und das Pulverfass zerbarst.

"Ruhe!", schrie Marian.

"Hört jetzt auf euch zu streiten!"

Die Streithähne schauten sie überrascht an.

"Der Stein ist ein Andenken, welches ich beim Aufräumen wieder entdeckt habe. Du darfst ihn dir gern anschauen."

Allerdings behagte Marian diese Vorstellung ganz und gar nicht.

"Beim nächsten Shopping kaufe ich einen für Michel. Du hast schließlich Geld für das Kino bekommen."

Das Plädoyer war beendet.

Janus brummte unzufrieden und bedachte seinen jüngeren Bruder mit bösen Blicken.

Michel strahlte übers ganze Gesicht und aß, trotz "ekliger" grüner Gewürze, den Teller tapfer leer.

Wenig später, die Kinder verschwanden auf ihre Zimmer, räumte Marian die Küche auf.

Spülmaschine einräumen, spülen, Tisch abputzen, fegen, um den Urzustand wiederherzustellen. Nach dem nächsten Mahl fing das Szenario von Neuem an - So ist das eben …!

Eine Stunde später tobten die Kinder draußen in der Frühlingssonne. Caruso und Diva begrüßten die ankommenden ersten Insekten auf ihre Art. Und Marian überlegte, ob es sinnvoll sei, die Vitrine zu putzen. Punkt 16 Uhr musste ihr Großer zum Fußballtraining.

"Hmh, schaffe ich das vorher noch?", fragte Marian in den Raum hinein.

Marians Überlegungen wurden jäh unterbrochen. Telefon und Haustür lieferten sich ein ohrenbetäubendes Duett. Mit dem Telefon am Ohr rannte sie zur Haustür.

"Herzlichen Glückwunsch", erklang es freundlich aus dem Hörer. "Sie wurden ausgewählt…"

Wütend betätigte sie die rote Taste und öffnete die Tür.

Laureen trat ein.

"Du hockst bei dem Wetter in der Bude rum?"

"Nun, ich habe keine Langeweile", antwortete Marian gereizt.

Die Frühlingsdüfte schienen auch von Laureen Besitz ergriffen zu haben, denn entgegen ihrer Art ignorierte sie den unfreundlichen Ton.

"Mir fiel zu Hause die Decke auf den Kopf. Lass uns spazieren gehen", schlug sie gut gelaunt vor.

Marian, die gerade noch zwischen Vitrine putzen oder nicht schwankte, ergriff die Gelegenheit wie ein Stück Treibholz in der tosenden See. Sollte die Vitrine doch warten!

"Ich muss gleich zum Fußballtraining fahren. Wir könnten zusammen Kaffee trinken."

"Besser als nichts", antwortete Laureen und machte sich auf den Weg ins Esszimmer.

Kurze Zeit später saßen sich die beiden gegenüber, schlürften ihr heißes Getränk und redeten über Gott und die Welt.

Welch willkommene Abwechslung, dachte Marian. Gerade als Laureen erwähnte, wie sauber alles war, schweifte Marians Blick auf die Wohnzimmerscheibe.

"Toll!", bemerkte sie ärgerlich.

Laureen hörte diesen Ausruf nicht, denn sie schlürfte so laut, dass jegliche Wörter untergingen.

"Fällt dir zu Hause nicht die Decke auf den Kopf?", erwähnte sie beiläufig, die Tasse festklammernd.

"Ich habe immer etwas zu tun", erwiderte Marian und dachte an die Scheibe.

"Also, ich könnte nicht ohne Arbeit."

"Hausfrau und Mutter ist auch Arbeit", antwortete Marian sichtlich beleidigt.

Laureen bemerkte den schnippischen Ton und fügte schnell hinzu, "Na klar! Ich meine so andere Arbeit."

"Irgendwann suche ich mir bestimmt einen Job", antwortete Marian während sie einen Blick auf die Armbanduhr warf.

"Ha!", schrie es aus Laureen heraus. "Du bekommst bestimmt nur einen Minijob."

Damit waren sie wieder bei Laureens Lieblingsthema angelangt.

Zum Glück muss ich gleich zum Fußballtraining fahren, dachte Marian und schaute erneut sehnsuchtsvoll auf die Uhr.

Veränderungen

Da fuhr er nun. Selbst nach 15jähriger Ehe ängstigte Marian der Gedanke ein paar Tage ohne ihren Daniel verbringen zu müssen.

"Ich liebe dich", hauchte er ihr ins Ohr, bevor er mit seinem Gepäck zu seinem Kollegen ins Auto entschwand.

"Ich rufe dich an!" Ein Ruf aus dem startenden Fahrzeug untermalt von einem leidenschaftlichen Luftkuss. Marian winkte, bis der Wagen außer Sicht geriet, dann löste sie sich von ihrem Platz, um ihre Sorgen im Tatendrang zu vergessen.

Die Vitrine kam ihr in den Sinn.

Aber diesen Gedanken schüttelte sie ab. Ihr Sohn Janus würde erst morgen zurückkehren, da er wegen einer Lesenacht in der Schule weilte. Der kleine Michael, den alle nur Michel riefen, schlief bei der Oma.

"Sturmfreie Bude!", triumphierte Marian und nahm das Telefonregister zur Hand.

Leider konnte sie niemanden erreichen. Jeder auf der Welt war unterwegs, nur sie hockte zu Hause.

"Gut!", sagte Marian und knallte das Register in die Schublade, bevor Trübsal Besitz von ihr ergriff.

"Dann lese ich eben die Zeitung", sie sprach laut, um überhaupt ein Geräusch zu hören.

Das Zeitunglesen besserte Marians Laune nicht. Im Gegenteil. Preiserhöhungen, schlechte Wirtschaftslage, hohe Arbeitslosenzahlen und anhaltende Klimakatastrophen sind keine unterhaltsame Lektüre. Daher entschloss sich Marian, den Flohmarktanzeiger durchzublättern. Doch auch dieser entpuppte sich nicht als Abwechslung. Unter der Rubrik "Zu verschenken" zwischen ausgedienten Couchtischen und Regenfässern waren sie zu finden, die überdrüssigen Haustiere.

Die Worte jener Hexe kamen ihr in den Sinn:

"Besitzt Ihr, strebt Ihr nach Neuem."

Die Tatsache, dass sie auch zur Gattung Mensch gehörte, durfte sie nicht außer Acht lassen.

War sie nicht genauso? Sie besaß so viel und war doch unzufrieden. Sie beneidete andere und war doch zu feige, um irgendetwas zu ändern.

Warum suchte sie sich keine Arbeitsstelle?

Im Geiste sah sie die traurigen Augen ihres Sohnes vor sich.

"Mensch Marian", sagte sie zu sich selbst.

"Du bist wirklich blöd, du hast doch eine tolle Aufgabe."

Doch eine neue Aufgabe stand ihr noch bevor.

Sie wollte stark sein, nicht vor der Verantwortung davonlaufen. Irgendwann sollte jeder seinem Herzen folgen, selbst wenn der Verstand dagegen wetterte. Aus einer plötzlichen Eingebung heraus, ließ sie alles liegen und stehen. Nein, sie musste der Sache auf den Grund gehen. Endlich herausfinden, was ihr Herz schon seit Langem belastete. Zielstrebig rannte sie zu ihrem Fahrzeug und machte sich auf den Weg zum Krankenhaus. Auf ihrer Fahrt fielen ihr Hunderte von Dingen ein, die viel wichtiger waren, als irgendwelchen Hirngespinsten hinterherzulaufen. Dreh um, meldete sich das kleine Männchen in ihrem Kopf. Noch ist es Zeit. Du bist doch nicht wunderlich. Doch Marian fuhr unbeirrt weiter. Folgte sie wirklich ihrem Herzen? Meter für Meter löste sich der anfängliche Enthusiasmus in Wohlgefallen auf. Du könntest die Vitrine putzen, frohlockte das kleine Männchen. Dreh lieber um! Doch die Aussicht auf einen sauberen Schrank, den doch keiner bemerkte, konnte Marian nicht umstimmen. Nein, es gab kein Zurück, die Hausarbeit konnte warten, aber dieser Besuch duldete keinen Aufschub.

Dreh um, versuchte es dieser lästige Kerl erneut, als Marian bereits auf den Krankenhausparkplatz fuhr.

"Nein", sagte Marian laut und stieg trotzig aus ihrem Wagen. Dann bin ich eben sonderbar, dachte Marian und schritt schnellen Schrittes, ohne sich nochmals umzudrehen, zum Haupteingang.

An der Krankenhauspforte angekommen, erkundigte sie sich nach ihrer Freundin, die alsbald herbeieilte. Ganz in Weiß gehüllt, wirkte sie ungewöhnlich fremd.

"Ist was passiert?", fragte Sandra von Weitem.

Sie bahnte sich ihren Weg, als handelte es sich um einen Notfall.

Marian bekam sofort ein schlechtes Gewissen.

Vielleicht hätte ich sie nicht ausrufen lassen sollen, dachte sie beschämt.

Doch nun war es zu spät für "vielleicht."

Ohne Umschweife erkundigte sie sich nach der Zimmernummer des wunderlichen alten Herrn.

Sandra wirkte entgeistert und murmelte leise: "333." Weitere Fragen blieben aus.

Marian fand dieses Verhalten merkwürdig.

Warum bohrte ihre Freundin nicht nach?

"Heute hat er mir erzählt, er würde Besuch bekommen", flüsterte Sandra und betrachtete Marian wie eine Fremde.

"Ach, sag bloß." Nun", murmelte Marian, "ich mache mich mal auf den Weg."

"Aber", warf Sandra ein, "seit wann kennst du …"

Ihr Satz verhallte ungehört im Flur des Krankenhauses. Marian verschwendete keinen weiteren Gedanken daran, ob ihr Tun vernünftig sein würde. Sie fasste in ihre Hosentasche, in der sie den Stein aufbewahrte. Er fühlte sich warm an, beinahe heiß. Als sie das Zimmer mit der Nummer 333 erreichte, stand sie für einen Moment wie erstarrt.

Was mache ich hier?, dachte sie und verschränkte ihre Arme vor der Brust.

Doch ihre Rebellion war nur von kurzer Dauer. Sie suchte Antworten, brauchte Antworten und hoffte, sie hier zu finden. Als ihre Hand nach der Klinke griff, fühlte sie es – du machst das Richtige. Schwungvoll öffnete sie die Tür und sah sich einem lächelnden weißhaarigen Herrn gegenüber. Als sie in das Gesicht der Person blickte, schienen alle Zweifel verschwunden, ausgelöscht wie eine Kerze im Wind.

Diese Augen des Alten –Sie kannte diese Augen, aber woher?

"I Ich bbbin Marian Chester. Die Krankenschwester Sandra Malder ist meine …"

Durch Heben der Hand beendete der Alte das Gestammel. Marian verstummte, als handelte es sich um ein geheimes Zeichen.

"Ich weiß, wer du bist. Und ich kenne den Grund deines Besuches."

"A c h", antwortete Marian unsicher. Ihr fiel nichts anderes ein. Da dachte sie an den Stein und beförderte ihn unbeholfen aus der Tasche.

"Du bist gerufen worden. Mache dich auf den Weg. – Der Stein wird dich leiten."

Er umfasste ihre Hand. Es war geballte Energie, die sie durchfuhr. Ihre Augen tränten, doch sie versuchte stark zu bleiben.

Nicht schwach werden! Nicht schwach werden, schrie sie innerlich.

"Hüte dich vor Gefahren! Vergiss nie die Freundschaft."

Endlich ließ der Druck nach. Marian atmete erleichtert auf. Sie wischte die Tränen aus dem Gesicht.

Ihr Gegenüber war eingeschlafen. Die weißen Haare umrahmten das Gesicht, ein Gemälde aus längst vergangenen Zeiten.

Reglos verharrte Marian. Instinktiv spürte sie, dass alles gesagt war.

"Rätsel, immer wieder Rätsel. Was für eine dumme Angewohnheit", brummte sie, als langsam ihre Fassung zurückkehrte.

Doch das größte Rätsel stand ihr noch bevor!

Zuhause

Auf dem Weg nach Hause schweiften ihre Gedanken ab. Nur unter größter Anstrengung gelang es ihr, ihre Konzentration auf die Fahrbahn zu richten. Als sie dann schließlich ihre Haustür aufschloss. hatte sie keine einzige Erinnerung an ihren Rückweg. Für einen Augenblick verunsicherte sie diese Gedächtnislücke, doch schon nach wenigen Sekunden überwog die Neugier. Der Stein, sie musste sich um den Stein kümmern. Alles andere konnte warten. Der Stein zog sie in ihren Bann, ergriff von ihrem Körper Besitz wie eine Droge.

"Der Stein wird dich leiten", flüsterte sie beschwörend. Der Stein leuchtete wie ein Kristall, in dem sich das Sonnenlicht brach. Er schimmerte in vielen Farben, aber "leiten" wollte er nicht.

Marian flüsterte ausgedachte Zauberformeln, kramte in ihrem spärlichen Repertoire. Doch weder "Simsalabim" noch "Harry Potter Magie" konnten den Stein dazu bewegen, sein Rätsel preiszugeben.

Streicheln, drücken, kullern, anstarren.

Nein, so ging es nicht!

Mist, sie konnte wohl schlecht die Auskunft anrufen.

"Guten Tag, meine Dame. Sie wünschen?"

"Oh, ich habe Probleme mit einem bunten Stein."

"Welches Modell halten Sie in Ihren Händen?"

Marian lachte laut auf bei diesem ausgedachten Dialog.

Caruso und Diva fuhren erschrocken zusammen.

Nun griff Marian zu härteren Methoden.

Sie küsste den Stein, leckte ihn, nutzte ihn als Massagegerät und legte ihn schließlich angewidert weg.

Tja, das war es dann wohl, dachte Marian unzufrieden. Warum schaffte sie es nicht, den Code zu knacken?

Sie rief sich die Worte des Alten ins Gedächtnis zurück. Vielleicht hatte sie etwas übersehen?

Immer und immer wieder murmelte sie die Worte vor sich hin. Aber sie konnte keine andere Bedeutung finden.

"Mache dich auf den Weg."

Bedeutete dies, bleib in Bewegung während du den Stein in deiner Hand trägst?

Marian lief kreuz und quer durch das Haus.

Versuchte es im Garten, im Keller, im Bett … ohne Erfolg.

Der Stein schillerte in allen Farben, dass einem vom Zusehen schwindelig wurde.

Nur "leiten" wollte er immer noch nicht!

Noch ein letzter Versuch, entschloss sich Marian.

Ich werde in den Wald gehen und es dort versuchen.

So richtig wohl fühlte sie sich nicht bei dem Gedanken, allein im Wald umher zu wandern.

Doch Marians Gehirnzellen produzierten keine bessere Idee. Was sollte das überhaupt? Sie besuchte fremde Leute, die in die Irrenanstalt gehörten und war so naiv, Wahrheiten in diesem unsinnigen Gestammel zu suchen. Marian, du bist eine Idiotin!

Alle Kraftreserven aufgebraucht – Tank leer.

Ein Königreich für einen Cappuccino, dachte Marian. Die vertrackte Situation jagte ihr Schauer über den Rücken - ein Wechselbad der Gefühle.

Verkrampft lehnte sie sich auf ihrem Stuhl zurück. Während die rechte Hand die Tasse mit heißem Lebenselixier umklammerte, beschäftigte sich ihre linke Hand mit dem warmen Stein.

"Wunderschön", schwärmte Marian und betrachtete die Farbenflut.

Sie schloss ihre Augen und wünschte sich, den Weg zu finden. Einem Kind ähnlich, das mit tiefster Überzeugung seine Wünsche dem Weihnachtsmann vorträgt. Sich dessen bewusst, dass diese Person dem

Reich der Fantasie entstammt.

Urplötzlich wurde der Stein heiß, so unerträglich, dass sie ihn mit einem Aufschrei zu Boden poltern ließ.

Bilder tauchten in ihrem Kopf auf und verschwanden. Sie schien zu wirbeln, immer schneller. Wortfetzen drangen an ihr Ohr. Flehende Stimmen riefen nach ihr.

Marian konnte sie nicht verstehen.

In diesem Augenblick erkannte sie, dass sie dies schon mal erlebt hatte. Es war ein Déjà-vu. Diese Erkenntnis, dass ihr das Geschehen nicht fremd war, flößte ihr Vertrauen ein. Ihre Glieder entspannten sich und endlich verstand sie die Stimmen.

"Bist du bereit?", fragten sie in einem Chor.

Ohne zu zögern antwortete Marian: "Ja."

Das Wirbeln wurde erträglicher. Als Marian die Augen öffnete, befand sie sich in der Höhle.

Doch diesmal war sie nicht allein!

Die Szenerie glich einem Jahrmarkt. Dicht drängten Menschen in die Höhle hinein. Überall knisterte Feuer an den Wänden und auf der Erde. Seltsamerweise schien das Erdenfeuer seine Position zu ändern.

Keiner beachtete Marian.

Niemand hieß sie willkommen.

Niemand begrüßte sie.

Ihr Triumph, dass sich die Geschichte als Realität entpuppte, wich dem Sarkasmus.

Gut, dass ich heute nicht im Nachthemd aufgetaucht bin, dachte Marian. Gefühlsschwankungen spielten einen bunten Reigen zwischen: Hatte ich also doch recht! Das gibt es doch gar nicht! Ich will nach Hause!

Erst jetzt bemerkte sie ihre Kaffeetasse, die ihre rechte Hand weiterhin umklammerte. Eine Sicherungsleine zur "Außenwelt!" Bedauerlicherweise war der Inhalt verloren gegangen. Vorsichtig stellte sie die Tasse auf einem Stein ab.

"Ey!", erklang eine krächzende Stimme.

Marian blickte sich um, konnte aber nicht ausmachen, woher das Geräusch kam.

"Unverschämtheit! Ich bin doch keine Tassenablage!"

Ihr Blick glitt nach unten.

Der Stein redet!; durchfuhr es Marian wie ein elektrischer Schlag.

"Entschuldigung", stammelte sie und nahm die Tasse ruckartig wieder an sich.

Der Stein bahnte sich schimpfend einen Weg durch die Menge.

In Marian keimte der Verdacht auf, dass es lohnenswert sei, einen näheren Blick in die Menge zu riskieren.

Erschöpft lehnte sie sich erst einmal an die Felswand und zuckte sofort zurück

Sie wollte keine weitere Konfrontation mit einem Stein oder einem Felsen.

Doch die Wand hinter ihr schien glatt und ohne Leben.

Ohrenbetäubender Lärm erfüllte die Höhle, die wie eine gigantische Halle wirkte.

Alle schienen gebannt auf etwas zu warten.

Aber auf was?

Marian beschloss, sich später mit dieser Frage zu beschäftigen.

Während sie vorsichtig den Fels beäugte, wurde es plötzlich heiß wie im Inneren eines Vulkans.

"Puh!", stöhnte sie und unternahm einen zweiten Versuch, die Tasse abzustellen.

Hoffentlich gibt es diesmal keine Scherereien, dachte Marian und wandte sich der heißen Luft zu.

Das nächste Problem ließ nicht lange auf sich warten.

Ein Feuer näherte sich, wie eine Schlange züngelte es heran. Unerbittlich bahnte es sich seinen Weg, sein Ziel: der Standort von Marian.

"Ich muss weg!", schrie sie, doch keiner nahm ihren verzweifelten Ruf zur Kenntnis.

Marian drehte sich im Kreis, suchte einen Rettungsanker, einen Ausweg, den rettenden Strohhalm.

Ohne Erfolg, überall befanden sich Gestalten dicht gedrängt.

Ein Ameisenhaufen von Leibern.

Das Feuer, wie eine Bombe, die nicht vom Ziel abwich. Hitze wallte auf, Marian verspürte ein Stechen in der Lunge. Die Atemluft dünn, fast aufgebraucht.

Die anderen Gäste schienen sich nicht im Geringsten daran zu stören.

Vielleicht sind alle unverwundbar, überlegte Marian und machte einen beherzten Sprung in die Menge.

Raus aus der Gefahrenzone!

Ausgerechnet ein Kind befand sich auf ihrer Zielgeraden. Im Gegensatz zu dem Kind landete Marian recht weich. "Passen Sie doch auf, Sie Mensch!", schnauzte das gestürzte Kindchen.

"Ent-Entts-Entschuldigung", stammelte Marian erneut.

Toll, dachte sie, darin bekomme ich noch Übung oder einen Sprachfehler.

"Hast du dich verletzt, mein Kleiner?"

Der Angesprochene entwand sich mit einem Ruck ihren Händen und drehte sich herum. Die Augen funkelten böse, der Bart vibrierte vor Aufregung.

"Ein Zwerg!", rief sie entgeistert aus und schlug sich sofort die Hände vor den Mund.

"Natürlich, was sonst …!", antwortete dieser höchst beleidigt.

"Hast du etwa ein Problem mit Zwergen?"

"Ic-Ich-Ichh-Ich wollte …" Noch ehe Marian ihren gestotterten Satz beenden konnte, verschwand der Zwerg in der Menge.

Dieser Vorfall erregte zum ersten Mal Aufsehen, doch wusste Marian nicht wirklich, ob es Vorteile brachte, dass einige der Geschöpfe sie nun zur Kenntnis nahmen

Mit bösen Blicken bedacht, wich sie langsam zurück zur schützenden Felswand.

Im selben Augenblick kam die Erkenntnis, dass sie diesen Platz wegen des Feuers geräumt hatte.

Gehetzt blickte sie sich um und schaute in das Feuer, das zurückstarrte.

Nun verlor sie endgültig die Fassung.

Redende Steine, beleidigte Zwerge und Feuer mit Augen würden jeden Helden aus der Fassung bringen, da war sich Marian ziemlich sicher.

Sie hatte genug gesehen. Der Stein schien sie geleitet zu haben, aber anscheinend war sie falsch abgebogen.

Die Anwesenheit des Feuers erwärmte sie und ließ sie gleichzeitig frösteln. Das Feuer funkelte böse, sie konnte es förmlich spüren.

Ich verbrenne!, schrie es in ihr auf.

"Hilfe!"

Auge in Auge mit dem Feuer.

Wie lautete die Hilfe?

Pusten, Wasser holen ... Marian versuchte es schließlich mit Konversation. Vielleicht hatte dieses Ungetüm einen freundlichen Charakter, denn außer ihr störte sich keiner an dem Dämon.

Marian war bereit, die menschliche Rasse würdig zu vertreten und sagte freundlich: "Ist ja mächtig viel los hier!"

Das Erdfeuer knisterte, seine Kohleaugen glühten. Marian hielt dies nicht für ein besonders gutes Zeichen und wandte sich erneut der Felswand zu, wohlbedacht, niemanden umzurempeln.

Die Flammen veränderten ihre Farbe, leuchteten blendend weiß, wechselten zum feuerroten finalen Feuerwerk.

Bis zur Decke wirbelten die zuckenden Flammen, wie Schlangen, die nach oben schnellten.

Marian sah in schwarze Augen und einen aufgerissenen Schlund, bereit alles zu verschlingen.

Ihre abgestellte Tasse schmolz in der brütenden Hitze. Verformte sich wie ein Kunstobjekt, Porzellan und Felswand bildeten eine neue Symbiose.

Gedankenverloren beobachtete Marian die Verwandlung ihrer Tasse, während Arme mit klauenartigen Händen nach ihr griffen.

"Du blödes Feuer!", schmetterte sie der Gestalt entgegen, ihre Statur schwoll an vor Empörung. "Das war ein Geschenk von meinem Sohn!"

Ihre Augen funkelten böse, sie ging auf Konfrontation – Schnecke gegen Tiger.

Unspektakulär sackte das Feuer in sich zusammen. Erlosch, während die Glut weiter flog, um sich an anderer Stelle zu entfachen. Marian verfolgte das Treiben und konnte eine leichte Enttäuschung nicht verbergen.

Ihre Nerven zitterten, ihre Chancen gleich null und doch fühlte sie sich stark und siegessicher, wie noch nie in ihrem Leben. Zum ersten Mal seit ihrer Ankunft unterzog sie ihre Umgebung einer genauen Musterung.

Nein, dies war keine Ansammlung von Menschen.

Vielmehr handelte es sich um Zwerge, Steine, Fantasy-Gestalten und Personen, menschenähnlich und doch anders. Dunkles schwarzes Haar umrahmte makellose Schönheit. Überirdisch, dachte Marian. Victoria hätte ihre helle Freude an diesen Schönheiten. Es gab aber auch Personen, die menschenähnlich waren, aber eine unerklärliche Aura verströmten. Andere wirkten zu groß geraten, als bestünde ihre Nahrung hauptsächlich aus Wachstumshormonen. Dann gab es die Sorte, die Marian nicht näher betrachten wollte.

Die Höhle, erfüllt von einem Durcheinander von Lauten. Dicht an dicht drängten sich die Leiber, ölsardinengleich.

Wieder einmal fühlte sich Marian fehl am Platze.

Ihr Mut, ein hitziges Ansteigen, ein Aufbegehren, das nun in sich zusammensackte wie ein Kartenhaus.

Was sollte sie hier?

Sie schien unerwünscht. Eine Fremde, ein Eindringling in einer Welt, die nicht die ihre war.

Marian zog einen Schlussstrich – sie wollte nach Hause.

Doch in diesem Moment durchströmte sie eine Woge der Zufriedenheit.

Zweifel wurden aufgesogen, sie fühlte sich geborgen und angekommen.

Wie aus dem Nichts stand er vor ihr.

Wieder einmal schaute sie in das Antlitz des Ehrwürdigen. "Ich sehe, du bist bereit", ertönte die wohlklingende Stimme, die Marian betörte wie ein Rauschmittel.

Marian wagte nicht zu widersprechen, verlor sich in seinen Augen und stotterte unbeholfen.

"Der Stein hat mich hergebracht", stammelte Marian.

Der Ehrwürdige lächelte milde, als würde er ein kleines Kind belehren.

"Der Stein hat keinerlei Bewandtnis."

Marian glaubte ihren Ohren nicht zu trauen.

"Aber er hat mich hergeführt", protestierte Marian.

"Hergeführt hat dich allein dein Wille.

Dein Glaube und deine Neugier machten dich für unsere Welt empfänglich."

"Aber der Stein ...", warf sie entrüstet ein.

"Ihr Menschen klammert euch an Gegenstände. – Niemals ergründet ihr die Macht des Geistes. Du brauchst den Stein, um deine Gedanken zu konzentrieren. Doch der Stein konnte dich nicht führen, das vermagst nur du allein."

Diese Nachricht verarbeitete Marian nur langsam, wie zähflüssiger Honig tröpfelte die Information und verfestigte sich.

Und doch ist es viel einfacher an magische Dinge zu glauben. Viel einfacher als sich vorzustellen, dass allein die Macht des Geistes ausreichte.

"Das ist unheimlich", erwiderte Marian leise.

"Unheimlich ist, dass ihr euch eurer Fähigkeiten nicht bewusst seid. Ihr verbarrikadiert euer Wissen, versteckt es in den hintersten Winkeln eures Gehirns. Ihr kennt viele Lösungen, doch sie werden verdrängt. Aus Unwissenheit und da sie nicht den nötigen Profit liefern. Gier ist euer Verderben". Das Thema sprengte Marians Vorstellungskraft

Nein, sie wollte darüber nicht länger nachdenken. Sie verhüllte das Gehörte, belegte es mit einem Mantel des Schweigens.

Ihre Aufregung kehrte zurück. Sie strich ihre Haare hinter die Ohren, untersuchte ihre Jeans auf Flecken, begutachtete die Schuhe und fühlte sich hilflos wie ein Fisch auf dem Trockenen. Sie spürte, dass der Augenblick der Antworten in greifbare Nähe rückte. Doch aus unerklärlichen Gründen hatte sie Angst davor, die Frage zu stellen.

Die Frage, die sie seit langer Zeit beschäftigte. Sie wand sich wie eine Schlange, versuchte den Moment hinauszuzögern. So dringend sie die Antwort auch benötigte, etwas in ihr hielt sie zurück.

Was würde diese Antwort mit sich bringen?

Der Tumult in der Höhle, schon seit einiger Zeit Nebensache.

"Warum ich?", fragte Marian.

Endlich war es heraus, die Anspannung verflüchtigte sich, die Klammer, die ihr Herz umschloss, zerbrach. Die Frage der Fragen erforderte all ihren Mut, Schweißperlen gruppierten sich auf ihrer Stirn, ihre Nerven nur noch dünne Fäden.

"Warum wurde ich auserwählt?"

Die Klammer zerbarst in Tausende von Teilen, quälende Gedanken schmolzen dahin wie Eis in der Sonne.

In ihrem Unterbewusstsein formte sie die Antworten.
"Du bist auserwählt, weil nur du uns helfen kannst.
Du bist auserkoren, da nur du diese Aufgabe meistern wirst. Du bist die Retterin der Welt."
Wunderschöne Tagträume, die ihr Gehirn ihr zusäuselte. Floskeln, die in jedem Heldenepos ihren Platz fanden. Doch schneller als ein Kartenhaus, stürzten diese Gedanken in sich zusammen.
"Wir", sprach der Ehrwürdige, "haben viele gerufen."
"W A S!", entfuhr es Marian, die unsanft wachgerüttelt wurde.

Eine von Vielen

"Jeder Mensch kann die Rufe vernehmen.
Ein jeder sieht, was du gesehen. Leider ist oftmals die angebliche Vernunft stärker."
Marian hatte viel erwartet, doch diese Lösung gehörte nicht zum Fundus. Die Enttäuschung stand ihr ins Gesicht geschrieben.
Sollte das heißen, sie war eine von Vielen?
War es ganz natürlich, Stimmen zu hören, mit Steinen zu sprechen und nachts anstatt im Bett in dunklen Höhlen zu erwachen?
Waren ihr Mann oder ihre Freundinnen selbst schon einmal dort gewesen? Hatten alle bereits einmal an ihrer Stelle gestanden? Wahrscheinlich war sie wieder einmal die Letzte.
Der Ehrwürdige schwieg. Überhaupt war es merkwürdig still geworden. Erst jetzt bemerkte sie, dass alle sich um sie und den alten Mann gruppiert hatten.
Marian, die Attraktion des Tages.
Im Geiste formte Marian die Schlagzeilen.
MENSCH GLAUBT, ER SEI ETWAS BESONDERES!

"Aber du bist etwas Besonderes", philosophierte der alte Mann.

Marian zuckte zusammen. Ihr war nicht bewusst, dass sie laut gesprochen hatte. Oder konnte der Ehrwürdige Gedanken lesen?

"Du bist dem Weg gefolgt. – Nicht viele schaffen das."

So langsam wusste sie nicht mehr, was sie glauben sollte. Einmal war es nichts, einmal doch etwas Besonderes. Abgesehen davon, dass ihr noch immer die Erkenntnis fehlte, worin ihre Aufgabe bestand.

Höhle fegen, aufräumen oder gar staubsaugen, dachte Marian verbittert.

Der Ehrwürdige erhob seine Hände, murmelte etwas Unverständliches und schon … verschwamm die Umgebung vor ihren Augen.

Gleißendes Licht umgab sie. Licht so hell, dass ihre Augen zu tränen begannen. Doch urplötzlich entfernte sich die Helligkeit.

Marian und der Ehrwürdige befanden sich in einem kreisrunden Raum.

Die Wände übersät mit Bildern, eine Ausstellung von Kunstwerken.

Doch die Bilder präsentierten alle das gleiche Motiv.

Schwärze, eingefasst in einen silbernen Rahmen.

Schon wieder ein Geheimnis, da war sie sich sicher. Überhaupt entwickelte sie sich noch zur unerschrockenen Abenteuerin. Ein Rätsel folgte dem nächsten und sie blieb cool und gefasst. Marian, die einsame Heldin.

In einem kurz aufwallenden Anflug von Klaustrophobie registrierte sie, dass dieser Raum keine Fenster besaß. Doch so plötzlich die Woge der Angst von ihr Besitz ergriff, so schnell verebbte sie.

Die düsteren Bilder zogen sie in ihren Bann, ließen keine Zeit für Angstzustände.

"Hier auf diesen Bildern sind alle verewigt, die dem Ruf folgten und auserwählt wurden."

Marian schaute verdutzt. Dunkelheit, nichts als Dunkelheit! Sollte nie jemand zu den Auserwählten gelangt sein?

Waren Prüfung und Aufgaben so schwer, dass sie scheiterten? Würde auch sie von der Dunkelheit erwartet, zum Scheitern verbannt?

Sie starrte fasziniert, versuchte den Bildern ihr Geheimnis zu entlocken Vielleicht gab es nichts zu offenbaren …?

"Du wirst die Bilder sehen, wenn du selbst zum erlesenen Kreis der Weltenreiter gehörst."

Marian kam sich vor wie in einem Film. Irgendwann musste sie während der Vorstellung eingeschlafen sein. Sie verstand nichts. – Außer, dass sie fehl am Platze war. Genau, auf nach Hause!

Zu den Kindern, ihrem Mann, ihrem Leben…

Eine Stimme erfüllte den Raum. Wohlklingend, betörend schlug sie Marian in ihren Bann.

Ihre Entscheidung zerbarst, ihre Zweifel entschwanden. Der Raum erzählte seine Geschichte und Marian lauschte.

„Wir rufen viele, doch nur wenige finden den Weg zu uns. Sie zweifeln, verleugnen und bestreiten unsere Existenz. Je weiter sie vordringen, desto mehr erliegen sie der Angst. Rückzug ohne Vergessen."

Marian stand wie angewurzelt. Jede Faser ihres Körpers saugte die Worte auf. Sie war der karge Wüstenboden, durstig nach jedem Tropfen Wasser. Sie durchlebte ihre Geschichte, sah sich zweifeln, verleugnen und doch war sie hier.

„Jene, die sich über Grenzen hinwegsetzen, erwartet die Wahl.
Sei bereit, damit auch du findest dein Bildnis im Kreis.
Doch hüte dich vor Pein und Qual."

Greifbare Stille entfaltete sich im Raum. Die Worte hallten in ihrem Kopf nach. Ein Gedicht, dachte Marian. Unwillkürlich entschwebte ihr Geist in die Vergangenheit. Marian, das kleine schüchterne Mädchen

mit den langen Zöpfen, das mit großen Augen die Lehrerin betrachtete.
"Was will uns der Künstler mit seiner Poesie mitteilen?", fragte die
Lehrerin mit strenger Miene.
Marian schüttelte sich, ihr Traum zerplatzte wie eine Seifenblase.
"Tja", sagte Marian in die Stille hinein.
"Ich hoffe nur, Pein und Qual sind nicht wörtlich zu nehmen."
Der alte Herr lächelte milde.
"Interpretation war nicht meine Stärke in der Schule. Gibt es diese Ge-
schichte auch ohne merkwürdige Andeutungen?"
Sie schaute den Ehrwürdigen erwartungsvoll an. Weitere Rätsel brach-
ten sie nicht weiter. Im Gegenteil, diese eigentümliche Stimme, die
durch den Raum hallte, wühlte ihr Inneres auf. Ihre Ungeduld stieg,
kletterte auf einer Leiter empor, ständig begleitet von Angst, die sie
gekonnt herunterspielte. Sie staunte über ihre Fähigkeit, doch langsam,
aber stetig versiegten ihre Kräfte.
Pein und Qual gehörten nicht gerade zu ihren Lieblingsvorstellungen.
"Nun wirst du die ganze Geschichte erfahren", versicherte ihr der weise
Mann. – "SEI BEREIT."
Dies "sei bereit" ging Marian allmählich auf die Nerven. Nervosität
eroberte ihren Geist, infizierte ihren ganzen Körper … Vielleicht sollte
sie jetzt den Rückzug antreten.
Doch ihre innere Stimme bäumte sich auf, murmelte beruhigende Wor-
te und so erwartete sie gebannt die Erklärung – hoffentlich ohne Rätsel.
Die wohlklingende Stimme des Ehrwürdigen, ein Streicheln auf ihrer
Haut, erfüllte den Raum. Sie fühlte sich geborgen, jeglicher Zwiespalt
fiel von ihr ab.

*„Auserkorene dürfen sich zwischen den Welten bewegen, um die Ele-
mente zu kontrollieren. Doch die meisten erliegen der Versuchung
durch die Tore zu schreiten, um in die Vergangenheit zu blicken."*

Marian wollte etwas einwerfen, doch der alte Mann schüttelte sein Haupt. Fasziniert beobachtete sie, wie die weißen Haare des Alten schimmerten, Spinnenfäden gleich, in denen sich der Tau sammelt.

Sie vergaß ihren Einwand und schwieg.

"Einige besuchen die Zukunft. Auch sie wirkt zerstörerisch."

"Aber warum!", schrie Marian auf. "Das muss doch toll sein, in die Zukunft blicken zu können! Man könnte …", Marian stockte.

"Ich weiß um die geheimen Wünsche", beantwortete der Ehrwürdige die ungestellte Frage.

Das Wort "Wünsche" schien in dem kreisrunden Raum zu schwirren, wurde zurückgeworfen und erklang wie ein Echo. Sie zuckte zusammen, während der Ehrwürdige keine Miene verzog. Im Gegenteil, lauernd wie ein Raubtier, beobachtete er sie ruhig und regungslos.

Ihr wurde mulmig.

Sollte er von ihr enttäuscht sein?

Aber was hatte sie gesagt?

Die Gedanken schweiften ab, hin zu den Dinosauriern.

Welche Fellfarben würde sie vorfinden?

Ein Ausflug ins Mittelalter oder doch lieber ins alte Rom. Das konnte nicht schaden.

Vielleicht lieber in die Zukunft?

Noch immer schwirrten die Wörter von Felswand zu Felswand.

Was würde ihr die Zukunft zeigen?

"Einige besuchen die Zukunft. Sie wirkt zerstörerisch." Die Sätze brannten sich in ihr Gehirn, Unsicherheit durchströmte Marian wie Gift.

Ihre Euphorie zerbrach, sie schämte sich.

Jetzt wusste sie es. Kein Wunder, dass der Ehrwürdige unzufrieden wirkte.

Das Echo erstarb.

Die Versuchung lockte sie wie Motten das Licht. Die Vorstellung, in vergangene Welten zu blicken, faszinierte Marian.

Und doch schien diese Gabe kein Glück zu bringen.

"Warum zerstört das Wissen die Auserwählten?", fragend schaute Marian dem Ehrwürdigen in die Augen.

"Niemand schenkt ihnen Glauben."

"Aber", stotterte Marian", sie können es doch beweisen. Sie könnten …"

"Nein", sprach der Ehrwürdige mit fester Stimme. "Sie können nicht in die Geschehnisse eingreifen. Kein Gegenstand, nichts kann von ihnen mitgenommen werden. Würdest du jemandem Glauben schenken, der prahlt, in der Vergangenheit umherwandeln zu können?"

"Nein", antwortete sie ohne zu überlegen.

"Aber sie könnten doch als Beweis diese Höhle präsentieren, oder nicht?", fragte Marian.

Der Ehrwürdige lächelte wissend.

"Der Versuch würde scheitern."

Marian blickte ihn fragend an, ein Aufgebot an Fragezeichen umringte ihren Schädel. Der Ehrwürdige schien ihre Ratlosigkeit zu erkennen. Ohne weitere Aufforderung lieferte er ihr eine genauere Erklärung.

"Wer unsere Existenz verrät, dem bleibt der Weg zu uns versperrt. Wer aus Habgier und machthungriger Neugier nach uns sucht, der wird uns niemals finden."

"Gut", sagte Marian erleichtert. Sie wusste nicht genau, warum sie so empfand, aber die Tatsache, dass niemand ohne weiteres hier hereinspazieren konnte, gefiel ihr. Das revidierte die Aussage von vorhin, wir rufen viele, aber wenige schaffen es. Sie stand hier und - warum auch immer - sie empfand Stolz.

Vielleicht würde sie ein Weltenreiter werden?

Hah, sie war bereit!

Sie würde den Versuchungen nicht nachgeben. Doch während sie sich in Gedanken verlor, fiel ihr auf, dass das Hin- und Herspringen zwischen den Welten nicht die eigentliche Aufgabe sein konnte.

Der Ehrwürdige konnte anhand ihrer Mimik ihren Sinneswandel erkennen, nur so war es zu erklären, dass er ihre Frage im Vorfeld beantwortete.

"Die Weltenreiter vertreten die menschliche Rasse.

Je zufriedener die Menschheit, desto ruhiger die Elemente."

"Oooh", antwortete Marian so lang gezogen, um ihre Unkenntnis zu verbergen. Fazit war, dass sie nichts verstanden hatte. Vertreter, Elemente, ruhig – da waren sie wieder, diese blöden Rätsel!

Sie haderte mit ihrer Entscheidung, sollte sie zugeben, dass …

Der alte Herr nahm ihr die Entscheidung ab. Wohlklingend erfüllte seine Stimme den Raum, Honigschmalz, das von den Wänden tropfte.

Wieder einmal fielen alle Zweifel und Sorgen von ihr ab.

Sie lauschte wie ein kleines Kind, das der Großmutter beim Märchenvorlesen an den Lippen hing.

„Vor langer Zeit, als die menschliche Rasse sich entwickelte, äußerten die Elben einen Wunsch.

Die Elben als Hüter der Natur beschlossen, die Menschen an ihrem Wissen teilhaben zu lassen.

Die Elbenhexen warnten, die Zwerge wüteten, die Elemente tobten.

Der Rat fällte das Urteil.

Es sollte nur DREI auserwählten Menschen gestattet sein, in unsere Welt zu gelangen.

Eine Liste wurde erstellt, mit Eigenschaften, die diese Menschen vorzuweisen haben.

Elben, Zwerge, Rotnasen und weitere Geschöpfe waren damit einverstanden, nur die Elemente nicht.

Die Erde bebte, Stürme wirbelten durch das Land, Feuer zerstörte ganze Dörfer und das Wasser erhob sich, um alles Leben zu verschlingen.

Die Elbenhexen und die Leviaten beschlossen daher, dass die Menschheit, vertreten durch die Weltenreiter, über die Elemente bestimmen darf.

Je zufriedener die menschliche Rasse, desto ruhiger die Naturgewalten.
Das bedeutet: "Die Elemente nähren sich vom Unfrieden der Menschheit."

Marian wurde unruhig, wollte die Geschichte unterbrechen, doch sie traute sich nicht, dem Ehrwürdigen ins Wort zu fallen.

Sie wollte um nichts auf der Welt den Zauber zerstören, der den Raum belebte. Die Fragezeichenarmee kehrte zurück und umschwirrte abermals ihren Kopf.

Fragen über Fragen stürmten auf sie ein. Ihre Lippen machten sich selbstständig, formten Worte, die lautlos durch den Raum schwebten …

Ohne Vorwarnung erhob der Ehrwürdige seine Stimme und ließ die Wände erbeben.

Marian kauerte sich zusammen wie ein ängstliches Kind, das dennoch nichts verpassen möchte.

„Dies wurde vor sehr langer Zeit beschlossen.
Versuche Wasser mit einem löcherigen Eimer zu schöpfen, so verhält es sich mit der Menschheit und der Zufriedenheit.
Die Elemente gerieten außer Kontrolle.
Die Zeit der Weltenreiter wurde ins Reich der Geschichte verbannt, denn seit etlichen Jahren ist es uns nicht gelungen, DREI Auserwählte in unseren Reihen zu begrüßen.
Die Orakel preisen den heutigen Tag."

Seine Stimme erstarb. Marian entspannte ihre Glieder und zwang sich, nicht über diese Geschichte nachzudenken. Leider verfehlte diese eindrucksvolle Darstellung nicht ihre Wirkung. Worte wie Kontrolle, Auserwählte, Orakel, der heutige Tag schlichen sich in ihren Kopf.

"Aber", stotterte sie," kö-können die Weltenreiter die Katastrophen beenden?"

Marians Augen leuchteten bei dieser Vorstellung. So sollte eine Geschichte sein. Helden, die alles abwenden können. Und wenn sie nicht gestorben sind, dann leben alle glücklich und zufrieden bis an ihr Lebensende.

Ihre Gedanken mischten sich mit Laureens. Sie sah ihre Freundin im Geiste vor sich, wie sie mahnend ihren Zeigefinger erhob.

"Such dir einen anständigen Job, einen mit Steuerkarte", raunte das Hirngespinst ihr zu.

Dies brachte sie wieder auf den Boden der Tatsachen zurück.

Sie, die Abenteuer lieber sitzend auf dem Sofa verfolgte, war nicht im Entferntesten dazu geeignet eine Heldin zu sein. Abgesehen davon, dass die Versuchungen ziemlich groß waren. Eine Weltenreiterin, die in die Zukunft blicken konnte, würde ihren Söhnen zu Traumnoten verhelfen. Nun, sie könnte keine Arbeiten mitnehmen, aber einen Blick riskieren, das wäre nicht das Schlechteste. Auch Victoria würde ihr zu Füßen liegen, damit sie auskundschaftete, was die Dame von Welt morgen zur Schau trägt.

Diese rosigen Aussichten ließen Marian erstrahlen, doch der Glanz verlor an Kraft, als sie in die Augen des Ehrwürdigen blickte. Mit einem Mal fühlte sie sich erbärmlich und klein.

Die Welt ging unter und sie träumte von Klassenarbeiten, Mode und Beschäftigung auf Steuerkarte.

"Die Weltenreiter können die Elemente nicht aufhalten, das vermag niemand", ertönte die Stimme des weisen Herrn erneut.

"Ach", brachte sie nur heraus.

Ein "Ach", das all ihre Enttäuschungen widerspiegelte.

Keine Helden, kein Happy End – blöder Film!

"Warum sind denn die Reiter so wichtig, wenn sie keine Bewandtnis haben?", fragte Marian ärgerlich.

Der Ehrwürdige ließ sich Zeit mit der Antwort.

Wahrscheinlich, so dachte sie mit einem Anflug von Zynismus, will er es so formulieren, dass auch ich die Antwort verstehe.

"Weltenreiter bringen Zufriedenheit in die Welt. Die Orakel preisen den heutigen Tag. – Sei bereit!"

Nach diesen Sätzen verschwand der Ehrwürdige.

Er löste sich in Nichts auf, als handelte es sich nur um ein Traumgespinst ihrer Fantasie.

Doch dies war kein Traum!

Immer noch stand sie in dem kreisrunden Raum, der mit einem leisen Knarren an einer Seite eine Öffnung offenbarte.

Marians Abenteuerlust glimmte auf Sparflamme, denn der Ausgang wirkte dunkel und eng.

"Sei bereit!", raunten die schwarzen Bilder und ließen Marian zusammenzucken.

Was ist unheimlicher - sprechende Fotos oder dunkle Gänge?

Marians Überlegungen dauerten einen Bruchteil von Sekunden, dann verließ sie eilends diesen Ort.

"Ich bin bereit", sprach sie laut.

Ehrlich gesagt wusste sie nicht, wen sie mit dieser Aussage beeindrucken wollte. Doch die eigene Stimme zu hören, war Balsam in ihrer Seele, auch wenn ein leichtes Zittern mitschwang.

Mit Wackelpuddingbeinen schritt sie den dunklen Gang entlang.

Schweißperlen tummelten sich auf ihrer Stirn, ihr Puls stieg bedrohlich.

Keine Fenster, keine Fenster, dieser Ort hatte keine Fenster!

Marian konzentrierte sich, blickte weder rechts noch links und schon gar nicht zurück!! Mit einem Frösteln registrierte sie, dass sich die Öffnung hinter ihr schloss.

Schau nach vorn! Konzentriere dich!

Ihr Unterbewusstsein rief ihr Befehle zu.

"Blicke stets nach vorn"!

Leichter gesagt als getan, dachte Marian, während das Zittern von ihrem Körper Besitz ergriff, eine Horde Bakterien, die zum Angriff bliesen.

"Schau nach vorn! Keine Panik!"

Doch die Panik war bereits allgegenwärtig.

Marian schwankte, klatschnass wankte sie durch den Gang, der in Höhe und Sauberkeit einem Abflussrohr glich.

Nein, ich bin nicht bereit, dachte Marian und verlor fast den Boden unter den Füßen.

"Du bist bereit", sang ein Chor in ihrem Kopf.

"Lass mich in Ruhe!", rief Marian hysterisch.

Der Gang wand sich wie eine Wendeltreppe. Kurve an Kurve gehüllt in Dämmerlicht.

Staub gelangte in ihre Kehle, sie schluckte, fing an zu röcheln. Eine Verschollene auf dem Weg zur Oase.

Innen ausgedörrt, außen nass wie ein begossener Pudel.

"Du schaffst es", versicherte ihr die Stimme.

Marian strebte zum Licht wie eine Blume, die ihren Kopf zur Sonne reckt.

Wo ist der Ausgang? Wo kommt das Licht her?

Ihre Beine schlaksig, ohne Kraft, drohten den Dienst zu quittieren.

"Du bist bereit!" "Halte durch!", Stimmen versüßten ihr den Weg in dem staubigen Untergrund ohne Fenster.

Ohne Fenster, dieser Gedanke löste Alarmglocken in Marian aus.

Auf dem Tiefpunkt angelangt, erkannte sie die Rettung. Ein Lichtstrahl, der wie die aufgehende Sonne den Tunnel erhellte. Ein Streifen, ein Punkt am Horizont. Ihr Körper wurde aufgeladen, als steigere das Licht ihre Energie. Als sie das Ende des Ganges erreichte, fühlte sie sich, als sei sie durch einen Jungbrunnen gewatet.

Sie war zurück.

Wieder erinnerte sie die Ansammlung von fremdartigen Wesen an einen Rummel. Die bleichen Elben wirkten anmutig und über alles Irdische erhaben. Zwerge schauten grimmig, während die Feuerkreaturen still vor sich hin knisterten.

Etwas abseits befand sich eine Gruppe uralter Frauen. Allesamt schienen sie den Märchenbüchern zu entstammen.

Zwei Greise unterhielten sich angeregt mit einem großen Stein, der mit seinen kleinen Ärmchen wild gestikulierte.

Anzunehmen, dass so ein Stein Anekdoten aus einem langen Leben zum Besten geben kann, dachte Marian.

Einige Wesen mit lederartiger Haut und Hörnern auf dem Kopf betrachteten Marian wohlwollend.

Eine Ansammlung von Teufeln, mutmaßte Marian erschrocken und wandte sich entsetzt ab. Zu ihrer Erleichterung entdeckte sie eine vertraute Gestalt, die graue Katze.

Sehnsucht durchflutete ihren Körper.

Was geschah zu Hause? Wie spät ist es überhaupt?

Urplötzlich erklangen Fanfarenklänge. Melodisch und wunderschön.

Die Menge teilte sich und bildete eine Gasse.

Alle Augen richteten sich auf Marian, die am liebsten im Erdboden versunken wäre.

Mechanisch marschierte sie los und fühlte sich wie bei einem Spießrutenlauf.

Begleitet vom Klang der Instrumente gelangte sie nach quälenden Schritten in eine Senke. Gigantische Feuersäulen erhellten die Fläche.

Sie wurde in Empfang genommen von vier Personen, die auf den ersten Blick wirkten wie gewöhnliche Menschen. Auch auf den zweiten Blick konnte sie an ihnen nichts Außergewöhnliches erkennen.

Ein lauter Knall ließ sie alle zusammenzucken.

Der Ehrwürdige stand vor ihnen, begleitet von Serafia, die Marian freundlich anlächelte.

"Die Orakel preisen den heutigen Tag", die Stimme erschallte wohlklingend. Wieder einmal fühlte sich Marian in ihren Bann gezogen. Für einen Moment verwandelten sich Zweifel und Unsicherheit in Glückseligkeit.

"Fünf Erdlinge folgten unseren Rufen!

Sie widersetzten sich der Vernunft und gelangten zu "Stonia de Alburesch."

Möge ihre Erkenntnis auch reinen Herzens sein.

Lasst die Wahl beginnen!"

Von Fanfaren begleiteter Jubel erklang.

Und doch überkam Marian das komische Gefühl, dass nicht jeder Jubel von Aufrichtigkeit zeugte.

Sie betrachtete ihre Mitstreiter, die ebenfalls mit großen Augen die Umgebung erkundeten.

Zwei Männer und drei Frauen warteten – worauf auch immer!

Nervös registrierte Marian, dass sie keine Ahnung hatte, wie die Wahl funktionierte.

Wer oder was wählte?

Apropos Weltenreiter? – Marian hoffte sehr, dass es sich um eine Metapher handelte.

Bekanntlich geriet jedes Mädchen beim Anblick von Pferden in Entzückung.

Sie bildete eine Ausnahme. Wundervolle Tiere, aber sehr groß.

Als kleines Kind wurde sie auf ein Pony gesetzt, das durch ihr aufgeregtes Quieken in flotten Trab fiel.

Marian steigerte ihr Geschrei, das Pony die Gangart.

Wen wunderte es, dass ihr rasanter Ritt im hohen Gras endete.

Sie mochte Pferde – von Weitem.

Allerdings behagte ihr auch die Vorstellung nicht, es könnte sich um Elefanten, Kamele oder Lamas handeln. Ganz zu schweigen von Fantasiegeschöpfen.

Der Anblick dieses komischen Feuers und der gehörnten Gestalten trieb ihr auch jetzt noch eine Gänsehaut über den Rücken – Stunden später.

Marian hatte jegliches Zeitgefühl verloren. War es wirklich schon Stunden her?

Ihre Armbanduhr half ihr nicht weiter.

12 Uhr – Nein, das konnte nicht stimmen. Die Uhrzeit rief in Marian Erinnerungen an ihre Kindheit wach. Gab es nicht einmal einen sehr bekannten Western, der diesen Titel trug? Sie fühlte sich in eine ähnliche Situation versetzt. Marian allein gelassen, wartend auf … Keine Ahnung, auf was.

Gut, dass ihre Familie erst morgen zurückkam. Plötzlich wurde sie unruhig. Wie lange war sie bereits hier? Bilder von ihrem Mann, ihren Kindern und ihren Katzen tauchten vor ihrem geistigen Auge auf.

Sofort wurde sie von einem schlechten Gewissen geplagt. Ihr Daniel und ihr Ältester wollten sich telefonisch melden. Michel benötigte noch aufmunternde Worte, damit er sich bei Oma wohl fühlte. Caruso und Diva brauchten ihre Geleestücke und sie vernachlässigte ihre Pflichten und beteiligte sich an mysteriösen Wahlen.

Was dachte sie sich dabei? Das Ganze war unüberlegt und töricht und überhaupt … Es fehlten ihr die Worte, um die Situation zu beschreiben.

Eigentlich, dachte Marian, könnte sie jetzt verschwinden. Fünf Menschen, drei würden auserwählt. Nein, Marian, rechnete sich keinerlei Chancen aus. Wer Steinwesen mit Tassenablagen verwechselte, Zwerge schubste und Feuer beleidigte, der genoss bei der Wählerschaft wenig Sympathien.

Sie betrachtete ihre Kontrahenten erneut.

Die nette Dame mit Strickkleid, Schal und Wollsocken.

Oder aber die dunkelhäutige Schönheit, die mit ihren großen Augen majestätisch in die Menge blickte. Eine Herrscherin der Savanne, die klassische Auserwählte. Schon allein ihren Anblick fand Marian atemberaubend.

Dann war noch der leger gekleidete Mann, sehr seriös. Ein Mann, dem die Frauen vertrauen, mit einem bubenhaften Lächeln. Während der andere Vertreter des männlichen Geschlechts wie ein Casanova wirkte. Überheblichkeit, eingerahmt von einem bräunlichen Teint. Bei seinem Anblick rümpfte sie die Nase und wandte sich ab.

Würde sie sich nach dieser Wahl an all die Ereignisse erinnern? Würde sie mit einer Leere im Kopf zu Hause erwachen?

Wieder spukten ihre Freundinnen durch ihren Kopf und sparten nicht mit guten Ratschlägen.

Eine tadelnde Laureen, "Typisch, hast mal wieder das Kleingedruckte nicht gelesen."

"Ich würde keine voreiligen Schlüsse ziehen, wart doch erst einmal ab", mischte sich Sandra ein.

"Ich hätte im Vorfeld alles geklärt", monierte Victoria.

"Sag mal Liebes, bist du denn passend gekleidet?"

Marian musste schmunzeln.

Die Befürchtungen, dass sie alles allein durchstehen musste, waren haltlos.

Ihre Familie, ihre Freundinnen waren alle präsent, sie mit Ratschlägen zu unterstützen. Wenn auch nur in ihrem Unterbewusstsein.

"Vergesse nie die Freundschaft", murmelte sie beschwörend vor sich hin.

"Pst", flüsterte der Playboy ihr zu.

Jeder Mensch trifft bei der ersten Begegnung die Grobeinteilung in sympathisch oder unsympathisch. Diesen Kerl sortierte sie ohne Umschweife in Kategorie Zwei ein.

Die Fanfaren erklangen erneut.

Magische Weisen erfüllten die Halle. Stimmen murmelten und raunten.

"Seid bereit!", rief ein Chor.

Immer und immer wieder ertönten die Worte.

Es war wie ein Rhythmus, der sich einbrannte. Der einen mitzog. Das Stampfen der Menge ließ die Halle erbeben.

"Seid bereit!" - "Seid bereit!".

Das Licht wurde heller, gleißender.

Ein Schein, so unerträglich hell, dass Marian blinzelte.

Die Halle bebte im Takt, ein kontrolliertes Erdbeben. Dann ein Aufschrei: "Sie kommen!"

"Sie kommen!"

Marian konnte sich dem Zauber nicht entziehen, ihr Körper vibrierte.

"Wer kommt?", fragte sie wie in Trance.

Eine Flut aus Tausenden von Lichtstrahlen machte sie fast blind und löschte alle Fragen aus.

"Ah!", raunte die Menge.

"Wunderschön", hörte sie eine Stimme neben sich murmeln.

Sie versuchte in dem schimmernden Lichterregen etwas zu erkennen. Mit den Händen schützte sie ihre Augen. Immer noch erklangen Fanfaren, immer noch stampfte die Menge.

Da endlich erfassten ihre Augen das Unglaubliche – Marian stockte der Atem.

Perlmuttglänzende Geschöpfe erstrahlten heller als sämtliche Sterne am Firmament.

Anmut und Eleganz von überirdischer Schönheit.

Erhobenen Hauptes schwebten sie herbei. Das silberne Horn glitzernd wie ein blank poliertes Schwert.

Marian schnappte nach Luft.

"Einhörner", stotterte sie fassungslos.

"Seid bereit!", schrie die Menge stampfend.

Immer noch bebte die Halle im Klange der Instrumente. Schritt für Schritt näherten sich die Wesen der Menschengruppe.

Vor so viel Schönheit würde selbst Victoria vor Neid erblassen, dachte Marian - abwartend, was nun geschehen würde.

Erstaunlicherweise fühlte sie keine Angst, je näher die Geschöpfe vorrückten.

Vergessen, dass sie noch vor Kurzem den Heimweg antreten wollte. Vergessen die mahnenden Stimmen ihrer Freundinnen. Vergessen ihre Familie, ihre Pflichten, ihre Ängste.

Im Gegenteil, ihr Herz war leicht vor freudiger Erwartung.

Die Augen der drei Einhörner, die an geschliffene Diamanten erinnerten, schienen in ihre Seele blicken zu können. Ihr Herz wurde leicht, sie hatte das Gefühl zu entschweben. Sie fühlte sich wie ein Vogel am Firmament, und doch stand sie mit beiden Beinen fest auf dem Felsboden. Aus den Augenwinkeln heraus bemerkte sie mit Entsetzen, wie der widerliche Playboy neben ihr die Hand ausstreckte.

Wollte er die Einhörner anfassen, sie beschmutzen?

Marian traute ihren Augen nicht. Dieser eigenartige Kerl besaß die Unverfrorenheit, sie streicheln zu wollen wie ein normales Pferd.

Im selben Augenblick vollführte der Kerl einen beherzten Sprung, um sich vor den donnernden Hufen des erzürnten Tieres zu schützen.

Geschieht ihm recht, dachte Marian, und geriet ins Wanken, da der Kerl ihren Standort als Rettungspunkt nutzte. Durch die plötzliche Wucht verlor sie das Gleichgewicht und stürzte mit dem unliebsamen Individuum als Menschenknäuel zu Boden.

"Passen Sie doch auf!", schnauzte sie ihn entrüstet an, bevor sie, den Staub abklopfend, wieder auf den Beinen stand. Dieser eine Augenblick genügte, um ihre Grobeinteilung zu bestätigen.

Sie konnte ihre Gefühle nicht erklären. Es war mehr ein Bauchgefühl, das sie veranlasste, diesen Blödmann vom Kopf bis zu den Zehenspitzen zu mustern. Jeder Hund würde kläffen, jede Katze ihr Nackenfell sträuben, dachte Marian und kam zu dem Resümee, dass sie zwar nicht bellen und fauchen konnte, aber trotzdem tiefste Abneigung empfand. Kurzum, sie konnte diesen Kerl nicht ausstehen. Ihre Vermutung vom Beginn war ein Volltreffer. Diesem eingebildeten Lackaffen gönnte sie keinen Sieg.

Die plötzliche Totenstille ließ sie erschaudern. Jede Faser ihres Körpers einem gespannten Flitzebogen gleich, der auf den Abschuss wartet.

Kein Stampfen, kein Jubeln, keine Musik.

Die Einhörner tänzelten unruhig und fixierten dabei die Menschengruppe.

Marian fühlte sich nackt und schlang die Arme dicht um ihren Körper.

So plötzlich wie die Geräusche verstummten, so unerwartet erklangen sie von Neuem.

Trommelklang unterstützte die Fanfaren.

Seltsame Töne, die sie noch nie vernommen hatte. Allerdings war sie auch in Musikangelegenheiten nicht sehr bewandert. Aber diese Klänge hörten sich überirdisch an – ungewöhnlich und doch wunderschön.

Die Trommeln gewannen die Oberhand, übertönten die Fanfaren, übertönten die Menge.

Die Halle erzitterte vom Klang der Musik.

Marian hielt Ausschau nach dem Orchester, doch ohne Vorwarnung versiegten die Klänge. Gespenstische Ruhe, als lauerte ein unbekanntes Wesen auf den richtigen Moment. Erschrocken blickte Marian nach vorn und schaute direkt in die Diamantaugen eines Einhorns.

Sofort kehrte die Seligkeit zurück. Wieder begann sie zu schweben und blickte auf die Menge herab.

Aber etwas war anders!

Erst jetzt bemerkte sie, dass sie auf dem Einhorn saß. Sie saß stocksteif – ein englischer Butler. Doch die Anwesenheit des Tieres saugte ihre Ängste auf. Marian erlangte ihre Beweglichkeit zurück. Eine Puppe die mit Leben gefüllt war. Vorsichtig glitt ihre Hand durch die dichte Mähne des Tieres. Wie Seide rieselte das dichte Haar durch ihre Finger. Vertrauen bahnte sich seinen Weg von den Fingerspitzen an und durchflutete den ganzen Körper.

Nein, sie träumte nicht! Sie saß auf einem Einhorn. – Aber wie konnte das geschehen?

Bloß jetzt keinen Fehler machen!, dachte Marian. Ihre Reiterfahrungen waren nicht ihre liebsten Erinnerungen. Langsam setzte sich das Tier in Bewegung.

Schritt für Schritt näherten sie sich der Felswand.

Besorgniserregend, dass sich dort keine Öffnung befand. Das Einhorn lief schneller und schneller.

Immer noch war kein Ausgang zu erkennen.

Nochmals steigerte das Tier seine Geschwindigkeit. Das Tempo nahm Marian die Luft zum Atmen. Ihr Schrei blieb in der Kehle stecken. Sie klammerte sich an den Hals des Einhorns und schaute angstvoll der Wand entgegen. Die Mähne des Tieres peitschte durch ihr Gesicht.

"Gleich knallt es!", schrie Marian und wartete auf das Ende.

Im Hintergrund erklang Musik.

Eduardo

Als kleines Kind lauschte er den Geschichten seines Großvaters, die sein Vater verächtlich als Märchen bezeichnete.

Auch er, Eduardo, wollte ein Weltenreiter sein.

Auf einem Einhorn sitzend, die Vergangenheit betrachtend, oder sogar die Zukunft.

Welch wunderbare Vorstellung!

Immer wieder hatte er seinen Großvater dazu aufgefordert, ihm diese wundersamen Gegebenheiten zu erzählen.

Schon nach kurzer Zeit konnte er die Geschichten in- und auswendig vortragen – zum Leidwesen seines Vaters, den diese Angelegenheit sehr erzürnte.

Sein Vater, der aus dem Familienbetrieb ein Imperium geschaffen hatte, war aus anderem Holz geschnitzt.

Wenn er zurückblickte, sah er seinen Großvater vor sich. Ein mit Falten durchfurchtes Gesicht mit strahlend blauen Augen. Ein Gesicht, das immer freundlich wirkte. Ein Greis, der für alle Probleme ein offenes Ohr besaß. Sein Vater hingegen war ein Geschäftsmann, der nach Profit gierte. Ein Anzugträger mit Aktentasche, der die Aktienkurse verfolgte wie ein Löwe auf immerwährendem Beutezug.

Und er, Eduardo Sanchez, war in die Fußstapfen seines Vaters getreten.

Was hatte die Großherzigkeit seines Großvaters eingebracht?

NICHTS!

Nun weilte er in einem Krankenhaus, um sich von Spezialisten behandeln zu lassen.

Pah, dachte Eduardo verächtlich. Mit Großmut bezahlt man keine Arztrechnungen, dafür sind die Millionen meines Vaters vonnöten.

Nun stand er selbst an der Schwelle, um Millionen, nein Milliarden zu verdienen.

Er, Eduardo, konnte seinem Vater mitteilen, dass die alten Geschichten seines Großvaters nichts als die Wahrheit enthielten.

Als Weltenreiter konnte er in die Zukunft blicken, um die Welt zu verändern.

Neue Technologien – kein Problem.

Razzien der Polizei – kein Fall für schlaflose Nächte.

Schicksalsschläge – Schnee von gestern.

Es gab nur ein Problem. Die Mistviecher hatten ihn nicht ausgewählt! Das musste er ändern!

Ein Eduardo Sanchez bekommt alles, was ihm vorschwebt. Keiner hat das Recht, ihm etwas vorzuenthalten. Er war der König der Savanne, derjenige der zuerst die Mahlzeiten serviert bekommt. Keine Reste! Jahrelang hatte er auf diesen Augenblick hingearbeitet. Von dem Gedanken beseelt, dass die Geschichten keine Ammenmärchen seien.

Jahrelang sehnte er sich nach den Orten, die er aus den Schilderungen seines Großvaters kannte. Er horchte auf das Rufen, wälzte sich manche Nacht unruhig im Bett herum, doch nichts geschah.

Bald schon gewannen die Zweifel die Oberhand. Mehr und mehr wandte er sich seinem Vater zu, von der bitteren Erkenntnis getroffen, dass sein Großvater nicht mehr war als ein brillanter Geschichtenerzähler An diesem Punkt angelangt, geschah das Unfassbare, er vernahm ein Flüstern.

Seine Euphorie kehrte zurück, seine Energie auf Sparflamme entzündete sich erneut.

Er folgte den leisen Worten und endlich wurde seine Unermüdlichkeit belohnt, er verstand die Worte.

"Sei bereit."

Nun stand er in den großen Hallen, umgeben von Geschöpfen, eingelullt von Musikklängen, unzufrieden und wütend. Es war, als habe er nach jahrzehntelangen Vorbereitungen schlicht und ergreifend den Bus verpasst.

Das Fahrzeug, das ihn in das ersehnte Paradies befördern sollte. Sein Blick hasserfüllt. Zornig auf diese Frau, die ihn so herablassend betrachtet hatte. Wütend auf diese Person, die seine Pläne zunichte machte.

So behandelte man keinen Eduardo Sanchez.

Er würde sich seinen Platz erkämpfen, notfalls mit Gewalt.

Eduardo, der Weltenreiter.

Das war sein Schicksal! Er würde die Welt verändern!

Vielleicht könnten gut situierte Personen einen Ritt in die Zukunft buchen?

Warum nicht?

Möchten sie wissen, was die Zukunft bringt?

Lächerliche fünf Millionen und ihre Wünsche werden wahr.

Treten sie ein, meine Herrschaften!

"Oh, ich sehe sie tragen es mit Fassung."

Die Ökotante gesellte sich zu ihm und störte seine Träume.

"Aber natürlich, Madam. Man kann nicht immer gewinnen", antwortete er mit einem charmanten Lächeln.

"Sie sind ein wirklicher Gentleman."

Mit diesen Worten wandte sie sich ab und ließ ihn mit seinen Gedanken allein.

Verächtlich musterte er sie.

Diese Art von Frau war ihm zuwider. Er bevorzugte die rassige Variante. Lange schlanke Beine, dunkles welliges Haar und unschuldig blickende Rehaugen.

Allein der Gedanke erregte ihn, doch zwang er sich zur Beherrschung.

Auf ihn warteten andere Aufgaben. Da blieb keine Zeit für irdische Gelüste – vorerst. Nach getaner Arbeit würden ihn die Schönsten der Schönen umgarnen, da war sich Eduardo vollkommen sicher.

Voller Tatendrang fingerte er eine kleine Karte aus seiner Jackentasche.

Wozu so ein kleiner Sturz doch gut ist, dachte er spitzbübisch.

Liebevoll strich er über den kleinen Gegenstand. Sein Ticket auf dem Weg zum Erfolg.

Eduardo Sanchez war dazu auserkoren, ein Weltenreiter zu werden.

Zumindest nach seiner Ansicht.

Wer sich ihm in den Weg stellte, würde sein blaues Wunder erleben!

So wie diese Marian Chester, deren Personalausweis er in seinen Händen hielt wie einen kostbaren Diamanten.

Name, Adresse, Alter - alles wertvolle Informationen, die ihm seine Aufgabe erleichtern würden. Lächelnd steckte er seinen kostbaren Besitz in seine Hosentasche.

Ein kleines Geschöpf drückte sich an die Felswand und verschmolz mit dem Hintergrund.

Warum er?

"Warum wurde er ausgewählt? – Er kann unsere Existenz gefährden":
Der Ehrwürdige, umringt vom höchsten Rat, blickte zur Wand.

"Wir müssen ihn aufhalten!"

"Nein, er ist etwas Besonderes!"

"Alle Menschen halten sich für etwas Besonderes und dieses Exemplar ist besonders gefährlich."

Die kleine Ansammlung von Elbenhexen, Leviaten und einem finster dreinblickenden Zwerg unterhielten sich lautstark und wild gestikulierend.

Das runde Zimmer wirkte hell und freundlich.

Ruhig betrachtete der Ehrwürdige die Bilder, die ihm aus den silbernen Rahmen entgegenstrahlten.

Drei neue Bilder zierten die Wände.

Fotos von Menschen, die auf Einhörnern saßen.

Er kannte sie alle.

Vom Stamm der Leviaten ausgewählt, war es von Anfang an seine Aufgabe, die Wahl zu überwachen.

Er, der Ehrwürdige, der Weise, doch auch er musste reifen, war niemals unfehlbar.

Nun aber war er auf dem Gipfel angelangt.

Viele Jahrtausende hindurch verfolgte er seine Aufgabe, mit Höhen und Tiefen.

Er erlebte den Wandel der Zeit, den Wandel der Menschheit.

Wo führte der Wandel hin?

ER wusste die Antworten Sorgfältig hütete er die Geheimnisse.

Wartend auf den einen Tag, an dem sein Weg endete. Sein Körper sehnte sich nach Ruhe und doch konnte er noch nicht gehen…!

Nicht zu dieser Zeit, da wieder drei neue Fotos die Wände schmückten.

Zufriedene Menschen zu finden, war gleichzusetzen mit einem Wunder. Auch die drei Auserwählten schienen nicht vollkommen, aber ihr Herz war rein.

Würden sie den Versuchungen standhalten?

Er starrte die Bilder an, als wenn sie ihm die Antwort mitteilen könnten. Versunken in eigene Gedanken, fern vom Streit im Turmzimmer.

Serafia trat an seine Seite, im Arm die graue Katze.

Sie schwieg, drängte sich wortlos in seine Gedanken und teilte ihm mit, dass die Zeit der Erklärung nahte.

"Sollen die Menschen doch zusehen, wo sie bleiben", ertönte die Stimme des Zwergs.

"Ganz recht", wetterte eine Elbenhexe.

"Die sind doch schon groß, können auf sich selbst aufpassen."

"Wissen ja doch alles besser."

Gelächter erfüllte den Raum.

"Ihr benehmt euch wie die Menschen, die ihr so verachtet. Menschähnlich vergiftet ihr die Umgebung mit eurem Streit."

Die Augen des Ehrwürdigen sprühten vor Feuer. Schweigen, wie in einem dunklen Grab.

Elben, Leviaten und andere Geschöpfe fühlten sich ertappt, ihre Blicke beschämt auf den Boden gerichtet.

"Sind wir unfehlbar, dass wir derart richten dürfen?"

Die Frage schien den Raum zu erfüllen …

Worte, die wie ein Messer in eine offene Wunde drangen.

"Was können wir unternehmen?"

Es war der Kleinste unter den Anwesenden, bekannt für Mut und Tapferkeit.

Lange Zeit ertönte keine Antwort.

Ungeduld breitete sich unter den Ratsmitgliedern aus. Der Alte schien in sich hineinzuhorchen, wirkte gebrechlich und uralt.

Es grenzte an Magie, dass er wenige Sekunden später aufrecht und mit tönender Stimme den Raum erfüllte.

"Eine Katze erbeutet eine Maus durch Geduld und Schnelligkeit. Auch unsere Aufgabe besteht aus Warten. Seien wir schnell wie die Katze, wenn der Augenblick gekommen ist."

"Aber", stotterte eine Elbenhexe, deren Augen besorgt in die Menge blickten.

"Was ist, wenn …?"

Unausgesprochen prallten die Wörter von Wand zu Wand. Schienen umher zu wirbeln wie in einem Karussell. "Jede Geschichte hat ihr Ende", ertönte Serafias freundliche Stimme, die das Wörterecho abrupt beendete.

Stille zum Greifen nah, doch dieser Zustand dauerte nur einen Moment lang an. Es war ein Durchatmen, ein Verschnaufen, eine kleine Regenpause vor dem Monsun.

"Der Eindringling wird die Weltenreiter angreifen. Wir müssen ihn stoppen! Wir müssen die komplette Menschheit aufhalten, bevor sie die Natur zerstört!"

"Ja, genau! Die Zeit für neue Traditionen ist gekommen!"

"Wer braucht die Menschen?"

Allgemeines Rebellieren, Unruhe, fiebernde Erregung, knisternde Spannung.

Der Ehrwürdige lächelte milde, ein Fels in der Brandung.

"Wieder erinnert ihr an eine keifende Menschenansammlung. Wieder richtet ihr ohne Verstand. Wenn wir mit unserer Tradition brechen, zerstören wir unsere Geschichte. Was ist ein Volk ohne Geschichte? Ein Beet ohne Blumen, ein Frühling ohne Vogelgesang, ein Meer ohne Fische.

Drei neue Weltenreiter und doch regiert Unzufriedenheit. Waren es nicht wir, die bestimmten, dass zufriedene Menschen die Elemente beruhigen?

Wie können wir etwas verlangen, das wir selbst nicht erreichen können. Mit seiner Hand wies er auf die Bilder, die mit ihrem Glanz die Umgebung erhellten.

"Viele sind in diesem Raum verewigt. Seht die Anzahl an Fotos, die uns stets daran erinnern sollen, dass es möglich ist, Menschen zu finden, die unseren Anforderungen gerecht werden. Ich gebe zu, den neuen Weltenreitern stehen schwere Prüfungen bevor... Auf mein Geheiß gelangte der Störenfried in unsere Hallen. Auch ihm wird eine Aufgabe zugeteilt!"

Ein Raunen, lang gezogen wie Kaugummi, entsprang ihren Kehlen.

"Aber, aber", stotterte der Zwerg.

"Welche Aufgabe könnte das sein?"

Voll Wissbegier hingen Augenpaare an den Lippen des Ehrwürdigen wie Fruchtfliegen im Obst.

Kälte durchzog den Raum.

Schlotternd und fröstelnd starrten alle in dieselbe Richtung. Ihr Atem bildete bizarre Formen, vermischte sich, wirbelte umher wie ein Tornado, um dann für immer zu verschwinden.

Die Kälte wich, ballte sich an einer Stelle zusammen, wandelnd zu einer Nebelgestalt.

"Das Orakel!", erklang eine schrille Stimme aus der Menge.

Die Nebelgestalt, ein uralter Greis, blickte ins Leere. Es war nicht seine Größe, die dieses Individuum auszeichnete, sondern seine geballte Präsenz. Und diese Aura von Wissen und Macht, die diesem Geschöpf innewohnte. Eine hoch explosive Spannung lag in der Atmosphäre, während alle erwartungsvoll der Botschaft lauschten.

"Die Menschheit regiert von Gier.
Wer kann sie stoppen, wenn nicht ihr?
Doch höre ich nur laut Gezänk,
dass ich mir am Ende denk.
Wo sind die Hüter der Welten hin?
Nun, kommt der eine, der bringt die Wende.
Vielleicht hat das Warten nun ein Ende?"

Hitze kam wie eine geballte Faust und vertrieb katapultartig die Kälte mitsamt der Nebelgestalt.

Die Anwesenden erschraken, schritten zur Felswand, um den erhitzten Körpern Kühlung zu verschaffen.

Eine Feuersäule erhob sich in der Mitte des Raumes.

Lodernd, ein Farbenspiel zwischen blendend weiß und flammend rot.

Ungeachtet der Hitze, lächelte der Ehrwürdige den Feuergeist freundlich an. Serafia an seiner Seite, die durch ihr Streicheln den Kater beru-

97

higte, dessen Nackenfell gesträubt in die Höhe ragte.

Der aufgerissene, zahnlose Schlund verzog sich zu einem Grinsen, das im Gegensatz zu den schwarzen, stechenden Augen stand. Das Feuer sprach kalt und abgehackt, vergleichbar mit einem Oberbefehlshaber.

"Wann nimmt das Schicksal seinen Lauf?"

"Jetzt", antwortete der Ehrwürdige und fixierte die Feuersäule.

Dieses erzeugte flackernde Geräusche, die an einen Applaus erinnerten.

Mehr und mehr sackte sie zusammen, erlosch und wurde als Glut weitergetrieben.

Wieder einmal war es der Zwerg, der als Erstes seine Fassung wiedererlangte.

"Was hat das alles zu bedeuten?", schrie er mit bebender Stimme, die seinen langen Bart vibrieren ließ.

Auch die anderen Ratsmitglieder erwachten aus ihrer Starre und forderten lautstark Aufklärung.

Der alte Mann schaute zu Serafia, die zustimmend nickte. Wie aus dem Nichts erschien ein thronartiger Sessel. An den Seiten prangten zwei Einhornköpfe, aus Stein gemeißelt, die würdevoll in die Menge starrten. Der Thron schimmerte in allen Regenbogenfarben, nur die Augen der Tiere strahlten klar wie funkelnde Diamanten.

Wieder einmal erinnerte die Szenerie an einen Jahrmarkt. Skurrile Gestalten, lautes Stimmengewirr, nicht alltägliche Räumlichkeiten – ein Tollhaus.

Eine einzige Handbewegung des Ehrwürdigen reichte aus, um den Jahrmarkt in eine Kirchenmesse zu verwandeln.

"So sei es", begann er mit sonorer Stimme.

Andächtig hingen alle an seinen Lippen, wohl bedacht, kein einziges Wort der Erklärung zu verpassen.

Das Nichts

Vor ihrem inneren Auge tauchte das Konterfei ihrer Freundin Laureen auf, die ihr ein "Hast wohl den Vertrag nicht gelesen!" entgegenschmetterte, während unaufhaltsam die kalte Felswand näher rückte.

Marian murmelte alle möglichen Zaubersprüche, die ihr in den Sinn kamen. Kramte, angefangen von "Hokus Pokus" bis "Alohomora" alles zutage, was sich im Gedächtnis verbarg. – Doch ohne Erfolg!

Mit donnernden Hufen hob das Einhorn vom Boden ab. Hilflos umklammerte Marian noch immer den Hals des Tieres. Sie schrie in Todesangst und wartete auf den Aufprall.

Marian nahm Abschied von der Welt. Ihre Lieben im Geiste vor sich, mittendrin eine Kopf schüttelnde Laureen, die rief: "Ja, das Kleingedruckte!"

Marian schloss die Augen, ihre Schreie verstummten. Spinnfäden zogen sich wie ein Vorhang über ihren Körper. Kalte, modrige Luft stieg ihr in die Nase.

Was war passiert? – Hatte sie ihr Ende verpasst?

Vorsichtig öffnete sie ihre Augen, um sie gleich wieder zu schließen.

Öffnen, schließen, öffnen, schließen … - Wo war sie?

Ein langer schlanker Tunnel, eingebettet in Felsen. Wasser tröpfelte von der Decke. Die Wände grün voll Moos und der Boden von dichten Nebelschwaden überzogen.

Sollte dies das Paradies sein?

Wo waren die Bäume, die grünen Auen, die Tiere, die Idylle und vor allem der blaue Himmel?

Das Einhorn schüttelte seine üppige Mähne und wartete. Langsam richtete sich Marian vom Tierhals auf, doch die Decke war nicht hoch genug. Diese Enge weckte ihre Platzangst. Ringsherum Wände, keine Fenster, kein Tageslicht. Das beklemmende Gefühl, eingesperrt zu sein, kehrte zurück. Schwitzige Hände, Herzrasen, Furcht zu ersticken... Marian fühlte sich zurückversetzt in ihre Vergangenheit. Sie war wieder das kleine Kind, das verzweifelt an der Schranktür rüttelte.

Schweißperlen ergriffen Besitz von ihrem Körper, die Atemluft schien aufgebraucht.

HOFFNUNGSLOSIGKEIT …!

Heute würde keiner die Schranktür öffnen, wenn nicht sie selbst. Sie musste fort von diesem Ort! – Aber wie?

Ihre Erfahrungen in Bezug auf Einhörner waren sehr begrenzt. Sollte sie dem Tier etwas in die Ohren flüstern, die Füße wild bewegen, oder genügte es, den Wunsch laut zu äußern?

Kurz sah sie sich als kleines Kind, das im hohen Bogen vom Ponyrücken flog.

Die Angst drohte ihr die Besinnung zu rauben. Mechanisch streichelte sie das Einhorn und sprach leise: "Wir müssen hier weg."

Kurz bevor die Ohnmacht sie übermannte, bemerkte sie den leicht schwingenden Gang.

Minuten, Stunden, Tage, Wochen später kehrte ihr Bewusstsein zurück. – Jegliches Zeitgefühl verloren, blickte sie sich vorsichtig um.

Sie war immer noch im Schrank, nur war dieser etwas geräumiger. Der Gang breiter, die Decke höher, weit hinten ein Lichtstrahl am Horizont.

Marian fixierte diesen Punkt und spürte die Lebensgeister zurückkehren. Der Nebel bildete unbeschreibliche Formen, wie am Walking Tag, als sie dem Ehrwürdigen zum ersten Mal begegnete.

Damals kaum zu glauben, dass die ganzen Geschehnisse erst vor Kurzem begonnen hatten oder etwa nicht?

Marian wusste keine Antwort.

DAMALS, das klang so fern wie das Ende des Ozeans.

Hatte sie das Ende des Ozeans erreicht?

Sie musste hier weg, jetzt und sofort!

"Führe mich zum Licht", sprach sie leise zum Einhorn, während ihre Hände über den Hals des Tieres glitten.

Erstaunlicherweise gehorchte das Tier und setzte sich in Bewegung. Marian war so entzückt, als hätte sie soeben den Jackpot geknackt.

Wenn ich das zu Hause erzählen würde…?

Marians Gedanken flohen in die Heimat, ein Vertriebener, der sich zurücksehnt nach dem verlorenen Glück.

Wurde sie bereits vermisst?

War bereits die Polizei alarmiert?

Wieder einmal zogen Zweifel über sie hinweg.

Sollte sie die Aktion abbrechen?

Hallo Leute, war schön mit euch, aber jetzt ist genug … Wieder kam ihr schmerzlich in den Sinn, dass sie das Abenteuer ganz allein durchstehen sollte.

Tränen traten in ihre Augen.

"Keine Panik!", meldete sich ihr Unterbewusstsein zu Wort. "Du wolltest doch stark sein und nicht vor der Verantwortung davonlaufen."

Marian wischte ihre Tränen mit den Ärmeln ab.

"Blödes Unterbewusstsein - jeder will hier etwas zu sagen haben!"

Sie musste über sich selbst lachen.

"Ja, ich bin bereit!", schrie sie dem goldenen Lichtstrahl entgegen. Bald schon würde sie den Ausgang erreichen und wieder frische Luft einatmen und das Geheimnis ergründen…

Doch sie wurde bitter enttäuscht.

Die Lichtquelle führte sie nur zu einem mächtigen Tor.

Schwarz zeichnete es sich vor der grauen Felswand ab. Das Tor schien verschlossen, aber wieso konnte das Licht durchdringen?

Marians Mutlosigkeit kehrte zurück. Halbherzig murmelte sie abermals Zaubersprüche. Das Einhorn schien sich zu amüsieren. Es schüttelte seinen anmutigen Kopf und begann zu schnauben.

Plötzlich vernahm sie die Stimme ihrer Freundin Victoria, "Schau doch mal nach, welche Farbe im nächsten Jahr die Modebranche beherrscht." Klar und deutlich vernahm sie die Worte und doch fehlte von Victoria jede Spur.

Das Schwarz wurde heller, durchscheinender, und sie glaubte hinter dem Tor Stimmen zu hören.

"Victoria?", rief sie fragend.

Doch eine Antwort blieb aus.

"Mama, welche Fellfarbe haben Dinosaurier?"

Nun war es eindeutig die Stimme ihres Jüngsten, die in ihr Ohr drang.

Marian wurde nervös. Was geschah hier?

Hinter dem Torbogen erklang ein Furcht erregendes Gebrüll, das selbst das Einhorn zusammenzucken ließ.

"Mama, besorgst du mir die Englischarbeit?"

Hinter dem Schwarz-grau vernahm sie deutlich das Läuten der Schulglocke.

"Schatz!", jetzt war es ihr Ehemann der einen Wunsch äußerte.

"Schau doch einfach nach, wie wir diesen Computervirus in den Griff bekommen können."

Das Surren von technischen Geräten rundete das Bild ab "Mama, was ist mit den Dinos?"

"Ist mein Arbeitsplatz sicher?", tönte es lautstark. Es war unschwer zu erkennen, dass es sich um Laureen handelte.

"Mama, vergiss nicht die Deutscharbeit!"

Fragen über Fragen prasselten auf Marian herab. Wie eine Lawine, die immer mehr ins Rollen geriet. Sie hörte fremde Leute, die wissen wollten, welche Geschäftssparte am gewinnträchtigsten sei. Menschen, die verzweifelt fragten, ob ihr Liebster genesen würde.

"Wann bekomme ich ein Kind?"

"Bricht der Vulkan in absehbarer Zeit aus?"

"Finde ich eine Arbeitsstelle?"

"Liebt er mich wirklich?"

"Mama, denk auch an Biologie!"

"Sind Dinosaurier bunt?"

Marian konnte es nicht mehr ertragen und hielt sich die Ohren zu.

Ihr Verlangen, durch das Tor zu reiten, wurde unbändig. Sie fühlte sich wie eine Süchtige auf Entzug.

Das Einhorn stand still wie ein Soldat, der auf weitere Befehle wartete.

Wind ließ sie erschaudern. Um sich zu wärmen, schlang sie die Arme um ihren Körper.

Erneut prasselten Fragen auf sie herab.

"Soll ich in den Urlaub fahren?"

Wunderschöne Südseeweisen erklangen. Wärme, Sonne, frische Luft…säuselte ihr der Wind zu. Ihre Sehnsucht wurde entfesselt, ihr Drang kaum auszuhalten.

"Geh hindurch!", lockte der Wind.

"Schau nach, was sich hinter diesem Tor verbirgt! Beantworte alle Fragen. – Verändere die Welt!"

Der Wind umschmeichelte sie wie ein aufdringlicher Geliebter. Ließ sie frösteln.

Immer noch wurde sie mit Fragen bombardiert.

Ihre Kraft schwand.

Das Tor so verlockend … Es versprach Wärme, Geborgenheit, Ruhe und Antworten auf alle Fragen. Sie fühlte sich angezogen wie eine Fliege zum Licht. Die Kälte kroch in ihre Glieder. Unfähig Entscheidungen zu treffen, saß sie still und reglos.

"Wage es!", frohlockte der Wind.

"Lass alle Sorgen hinter dir!"

Unruhig tänzelte das Einhorn auf und ab. Wieder einmal schüttelte es seine imposante Mähne.

Marians Gelähmtheit fiel von ihr ab. Der Wind kam ihr vor wie ein Heuchler. Ein "windiger" Vertreter, dachte Marian, der nichts als leere Versprechungen von sich gibt. Falsch, aber verlockend.

"Hau ab!", sagte sie und wunderte sich über ihre Schroffheit.

Das Tor verblasste, Wortfetzen entschwanden, der Wind verpuffte. Dunkelheit umhüllte Marian und das Einhorn wie ein Schleier.

Sie war wieder im "Schrank".

Die Rede

"Einst war das Leben anders.

Vor langer Zeit, als die ersten Weltenreiter durch das "Nichts" ritten. Vieles hat sich seitdem verändert. Auch wir sind davon nicht verschont geblieben. Und doch - heute wie damals - herrscht Unfrieden. Als die Elben beschlossen, den Menschen Wissen zu vermitteln, waren die Herzen aller Beteiligten voller Zorn."

Viele der Anwesenden blickten beschämt zu Boden, wie ein ertapptes Kind. Nur der Zwerg schaute grimmig und wagte es den Ehrwürdigen zu unterbrechen.

"Auch wir Zwerge waren gegen die Verbündung mit der menschlichen Rasse! – Und wie man sieht, haben wir Recht behalten."

"Was habt ihr den Menschen vorzuhalten, was euch auszeichnet?"

Der Tonfall des Ehrwürdigen erinnerte an einen Wolf, das dem Lamm versicherte, es nicht fressen zu wollen.

"N U N ", stotterte der Zwerg. "Wir respektierten die Natur und alle Tierarten."

"Wie kommt es dann, dass in vielen Überlieferungen Zwerge als streit-süchtig und egozentrisch gelten?"

Einige der Anwesenden lachten hämisch.

"Schadenfreude ist auch keine Tugend, die einen mit Stolz erfüllen sollte."

Schlagartig trat Stille ein, nur unterbrochen vom lauten Herzschlag des grauen Katers, der mittlerweile selig schlummerte.

Der Ehrwürdige fuhr fort: "Lange Zeit ist es uns nicht gelungen, Menschen mit Eigenschaften zu finden, die ein Weltenreiter benötigt. Menschen, die nicht an sich selbst denken. Es gibt viele Menschen, die Einzigartiges leisten und solche, die getränkt sind mit Boshaftigkeit. Jene, die wir suchen, fallen nicht durch ihre Taten auf, sondern durch ein reines Herz.

Doch ich sehe an euren Gesichtern, dass ich euch nichts Neues berichte. Euer Inneres wirkt unruhig, ihr wartet auf Erklärungen …! Die Augen verraten euch. – Ihr zweifelt an meinem Verstand. Ihr glaubt, ich sei dieser Aufgabe nicht gewachsen."

Ein Raunen erfüllte den kreisrunden Raum. Niemand wagte es, ein Urteil zu fällen und doch gierten alle nur auf den Augenblick.

Der Augenblick der vollständigen Erklärung. Begierig wie ein Hund, der vor einem gefüllten Napf auf das Kommando seines Herrchens wartet.

"Eine Katze, die vor einem Mauseloch sitzt, weiß nie, ob ihre Jagd erfolgreich endet. – Aber trotzdem hält sie ihre Gewohnheiten bei. Sie ändert niemals ihre Strategie, bis sich ihre Geduld auszahlt.

Ihr aber seid ungeduldig, schreit nach Veränderungen, lasst euch auch mit Worten nicht besänftigen. Ihr sucht die Schuld bei den anderen – den Menschen.

Was aber sind große Worte ohne Taten? Nichts als sinnloses Geplänkel. Nein, wie bereits erwähnt, halte ich nichts davon Traditionen zu brechen … - Als mich der "Rat der Vergangenheit" aufsuchte …"

Greifbare Unruhe unter den Anwesenden veranlasste den Ehrwürdigen, seine Rede zu unterbrechen. Der "Rat der Vergangenheit" tagte selten.

So selten, dass viele diese Zusammenkunft nur aus alten Überlieferungen kannten. Zu diesem erlesenen Kreis versammelten sich die Weisesten der Weisen. Mit Ausnahme des Ehrwürdigen waren alle anderen bereits seit vielen Jahrzehnten verstorben. - Ein Geistertreffen-

Was veranlasste die Seelen ihren Schlaf zu unterbrechen?

Der Ehrwürdige war sich der Wirkung seiner Aussage bewusst. Nur zögerlich begann er, seine Rede fortzusetzen. "Euer Unfrieden gelangte bis in die endlosen Weiten!"

Keiner schaute bei diesen Worten dem alten Herrn in die Augen. Nur die Elbenhexe Serafia blickte ihn an.

Ihr Blick verlor sich in der Weite seiner Augen, er nickte stumm.

Mit einem Ruck stand er auf, hünenhaft, die Menge zuckte zusammen, als entlud sich ein elektrischer Schlag.

Der Thron entschwand, lautlos glitt er durch die Felswand.

"Auch ihr hörtet die Weissagung des Orakels. Die gleichen Worte, die auch der "Rat der Vergangenheit" vernahm.

Wir sind ein sehr altes Volk, mit einer lange zurückliegenden Tradition.

Wir müssen unseren Glauben, unsere Zufriedenheit zurückerlangen! Dieser Eine wird uns dabei helfen…eine arme Seele, voll Hass und Zorn. Seine Aufgabe besteht darin, die Weltenreiter aufzuhalten." Das Pulverfass explodierte.

Alle redeten durcheinander, lautstark ohne Zusammenhang. Erst als der Weise seinen rechten Arm schwang und leise murmelte, verstummten alle.

Ein abgeschaltetes Gerät, eine hausgemachte Harmonie.

Es war als fehlte die Luft zum Sprechen.

"Hört das Ende der Geschichte, bevor ihr richtet!", erklang die melodisch klingende Stimme des Ehrwürdigen.

"Es wird dem Störenfried nicht gelingen, die Reiter vom rechten Weg zu bringen. Obwohl dem Eindringling starke Verbündete zur Seite stehen, die Elemente, die ihr zügelloses Benehmen nicht verlieren möchten.

Der "Rat der Vergangenheit" und meine Wenigkeit glauben an die Macht der neuen Weltenreiter.

Sobald die Geschichte zu einem guten Ende führt, wird auch in unseren Räumen wieder Zufriedenheit einkehren."

Nach diesen Worten entschwand der Ehrwürdige, löste sich in Nichts auf, wie vor ihm die Nebelgestalt.

Die Erstarrung der Anwesenden lockerte sich. Alle redeten wild gestikulierend. Wortfetzen, wie "Dummer, alter Mann" waren noch die nettesten Aussagen, die Serafia aufschnappte, bevor sie dem Ehrwürdigen folgte.

Im Arm den Kater, der die ganze Aufregung verschlafen hatte.

Zusammen mit der Elbenhexe verließ, unbemerkt von den anderen, ein kleines Geschöpf den Raum.

Klein, aber mit einer großen Aufgabe betraut.

Ohne Plan

Gespenstisch reckte er seine langen Äste gen Himmel. Doch würde er ihn n i e erreichen. – Sein Leben war bereits beendet!

Und doch trotzte dieser Baum noch jedem Sturm, stand dort am Wegesrand wie ein Mahnmal der Vergänglichkeit. Ehrfürchtig und nachdenklich betrachtete Eduardo das Gerippe.

"Was machst du da?", fragte eine schrille Kinderstimme. Genervt drehte sich Eduardo um.

"Das geht dich gar nichts an. Scher dich fort!", antwortete er schroff.

Mit einem Blick sortierte er den kleinen Bengel in die Kategorie Nervensäge ein.

"Das sagt meine Mama auch", bemerkte er und spielte dabei mit seiner Brille.

"Da hat sie auch Recht", kam prompt die Antwort.

Als er sich umdrehte, erschien das Bild einer lästigen Stubenfliege vor seinen Augen.

"Wo gehst du hin?", fragte die Fliege.

Ohne weitere Worte schritt Eduardo an dem schwarzen Baum vorbei.

Bereits nach wenigen Augenblicken holte der redselige Bengel ihn ein.

"Willst du jemanden besuchen?"

Seine Erfahrungen mit Kindern konnte er an einer Hand abzählen. Bis zu diesem Zeitpunkt fühlte er auch kein Bedauern. Kinder lärmten, störten bei allen Gelegenheiten, bekleckerten sich …Kurzum, er konnte ihnen nichts abgewinnen.

Abrupt blieb er stehen, wohlwollend betrachtete er seine schlanken Finger. Könnte er diese als Fliegenklatsche missbrauchen?

Einer Eingebung folgend, die er nicht erklären konnte, verscheuchte er diesen Plan.

Stattdessen fragte er mit einer Säuselstimme, die er nicht kannte.

"Wen könnte ich denn besuchen?"

"Alle, die hier wohnen. – Aber es sind nicht alle da."

Nach diesen Worten wandte der Junge sich um und lief wieselschnell davon.

Gedankenverloren schleuderte Eduardo Kieselsteine in den träge fließenden Bach.

Mit einem kindlichen Gefühl beobachtete er das Aufklatschen der Steine. Und freute sich, wenn diese ihm das Vergnügen bereiteten, mehrmals aufzutitschen, bevor sie in den gurgelnden Bach hinabsanken.

Er war wieder allein!

An diesem Ort, den er nicht kannte.

So ist es im Leben. Freundlichkeit zahlt sich in den wenigsten Fällen aus. Dann konnte er doch gleich seine alten Gewohnheiten beibehalten.

Er bückte sich, um seine Wut an den Steinen auszulassen, die er mit Wucht in den Bach beförderte. Seine anfängliche Freude über das mehrmalige Dahingleiten wurde zum erklärten Ziel: Verbissen warf er Stein um Stein, wobei er seine Wurftechnik mehr und mehr ausfeilte. Das Wasser spritzte, bäumte sich auf, um danach weiterhin träge dahinzuplätschern.

Wie ein Mensch, dachte Eduardo.

Wie oft wird unser Leben von Aufregungen begleitet, die uns aus dem Rhythmus werfen. Und doch geht das Leben meistens seinen gewohnten Gang.

Vielleicht umschifft es auch die Hindernisse wie das Wasser sich einen neuen Weg sucht, falls der alte mit Barrieren versperrt ist.

Das Wasser findet immer einen Weg!

Nur er, Eduardo Sanchez, war ratlos.

Bei Schwierigkeiten konsultierte er stets seinen Vater.

Ein, zwei Anrufe, ein Hebel hier getätigt, vertrauliche Gespräche und schwups, war die Luft wieder rein.

Ärgerlich betrachtete er den Personalausweis. Das Papier offenbarte ihm alle Informationen, aber keine Lösungen.

Er betrachtete das Wasser, das seinen Weg durch das Steinmeer suchte.

Tagträume ergriffen von ihm Besitz. Wieder sah er sich den Einhörnern gegenüber, hörte die seltsamen Weisen. Enttäuschung über sein Scheitern ließ seinen Körper zucken.

Plötzlich verdunkelte sich der Himmel und ließ Eduardo erwachen.

Krähen mit glänzendem Gefieder beendeten ihren Beutezug und landeten in seiner Nähe.

"Na, du Träumer!", krächzte die eine.

Vor Schreck entglitt ihm der Ausweis, der wie ein Papierflieger zu Boden segelte, um nah am Ufer einen Landeplatz zu finden.

"V A T E R!", stammelte Eduardo.

Seine Haut wechselte die Farbe wie ein Chamäleon. Das war doch die Stimme seines Vaters?!

Die Sonne beschien ein Gespenst, das am Ufer hockte.

Übrig geblieben von der letzten Spuknacht.

Die Vögel löschten ihren Durst und erhoben sich gestärkt in die Lüfte. Majestätisch entfernten sie sich krächzend. Punkte am Himmel, die sich am Horizont verloren.

"Vater, du wirst stolz auf deinen Sohn sein", rief Eduardo den fortfliegenden Krähen hinterher.

"Bist du doof?", fragte eine schrille Kinderstimme.

Da war sie wieder, die Stubenfliege.

"Oder krank? – Du siehst ganz komisch aus."

Wieder verfestigte sich in Eduardos Kopf das Bild einer Fliegenklatsche. Dieser Bengel hatte ihm gerade noch gefehlt! So würdevoll wie möglich erhob sich Eduardo, um mit seiner Körpergröße Überlegenheit zu demonstrieren. Doch gerade als er zum vernichtenden Schlag ausholen wollte, schoss ihm ein Gedanke durch den Kopf. Vielleicht konnte ihm dieser Bengel von Nutzen sein?! Wieder kam seine ihm unbekannte Säuselstimme zum Einsatz.

"Wo wohnst du mein Kleiner?"

"Warum willst du das wissen?", konterte der Bengel pfeilschnell.

Blöder Rotzbengel, dachte Eduardo.

Seine Säuselstimme erlitt einen Einbruch.

"Ich suche einen Ort namens Vorhausen. – Weißt du, wo ich diesen finden kann?"

"Ja", erklang die Antwort mit einer nicht zu überhörenden Arroganz.

"Und wo ist das?", bohrte Eduardo weiter, der seine Fistelstimme bereits eingebüßt hatte.

"Sag ich nicht! Ich soll nicht mit Fremden reden!"

Bevor Eduardo auch nur ein Wort herausbrachte, war der Junge verschwunden.

Eine Staubwolke erinnerte an seine Existenz. Der Ruf, der durch die Wiesen hallte, riss Eduardo aus seiner Erstarrung.

"Mami! Mami! Da ist ein böser Onkel, so einer wie im Fernsehen".

Hastig griff Eduardo den Personalausweis und entfernte sich.

Er rannte bis seine Füße protestierten.

Ungeachtet der Schmerzen absolvierte er Meter um Meter und erreichte stolpernd und hechelnd ein Ortsschild, das in großen Buchstaben die Ortschaft verkündete: "VORHAUSEN".

Ein Zeichen, das muss ein Zeichen sein!

Sein Kampfgeist erwachte.

Er war der rechtmäßige Weltenreiter. Das Schicksal nahm ihn an die Hand. Wie sonst war es zu erklären, dass er ohne Aufwand, abgesehen von wunden Füßen, hierher gelangt war.

Seine letzten Erinnerungen, die Höhle, die Enttäuschung, die Rache und nun war er hier…

Allen würde er es beweisen, vor allem seinem Vater.

Das Krächzen einer Krähe ließ ihn zusammenzucken.

Rupert Rotnase

Triefendnass schleppte er sich ans Ufer. Das Werfen in einen Bach empfand er als schlimmere Demütigung, als mit Kreide bemalt in Kinderhände zu gelangen. Bei diesem scheußlichen Gedanken schüttelte sich Rupert Rotnase und schaute dem Davoneilenden hinterher.

Er verabscheute diesen Fremden.

Menschen voll Hass und Neid gehörten zu den gefährlichsten Geschöpfen auf der Erde und dieser Kerl war einer von ihnen.

Doch Rupert war nicht dazu auserkoren, ein Urteil zu fällen, er diente lediglich als Informant.

Seine Aufgabe erfüllte ihn mit Stolz.

Mit stolz geschwellter Brust schritt er auf seinen winzigen Füßen daher wie ein Hahn auf Brautschau.

Rupert, vom Volke der Rotnasen, war ein guter Vertrauter des Ehrwürdigen.

Eilend strebte er danach, Bericht zu erstatten. Der Weg erwies sich als Martyrium. Steil, staubig, wüstenähnlich. Rupert verschnaufte.

Plötzlich vibrierte die Erde. Eine Veränderung, kaum spürbar, so als wenn ein Haar zu Boden fällt.

Gefahr drohte, er merkte es ganz deutlich.

Schatten vertrieben die Sonne.

Schatten, die sich näherten, größer, gigantisch – Rupert erstarrte. Ein Stein von vielen. Grau und unscheinbar.

"Mama, Mama!", rief eine Kinderstimme.

"Hier war der Onkel!"

Ein Moment verstrich, bis eine besorgte Stimme antwortete: "Nun, mein Schatz, jetzt ist er zum Glück verschwunden."

Für einen Augenblick beherrschte das Rauschen des Baches die Stille. Die Luft erfüllt von Lauten der Natur. Friedlich und erholsam.

"Mami, darf ich Steine in das Wasser werfen?"

"Wenn es sein muss."

Die Stille, vertrieben vom Plätschern und Knallen der Steine, die wie ein Hagelschauer in die Fluten stürzten.

"Wenn ich doch nur einen dickeren Steine fände! – Oh, da hinten liegt einer."

Rupert spürte instinktiv, dass der Junge seine Augen auf ihn gerichtet hielt. An und für sich eine Frechheit, ihn als "dick" zu bezeichnen. Die Schritte des Jungen auf dem staubigen Schotter erinnerten an knisternde

Brause, die im Mund feuerwerksartig explodiert. Nur noch wenige Schritte trennten Rupert von seinem Schicksal.

Würde er im Wasser enden?

Wie eine Rakete schoss ein Schatten vorbei. Lautlos und schnell. Ein Ruck, dann baumelte Rupert an seinen Ärmchen in der Luft. Es blieb keine Zeit für einen Schrei. Hinfortgetragen, endete die rasante Flucht in dem nahe gelegenen Unterholz.

"Mami! Mami! Eine Katze hat den Stein mitgenommen!"

"Jetzt ist es aber genug mit deinen Lügengeschichten. Fremde Leute, Katzen, die Steine mitnehmen. Ab nach Hause …"

Der Junge protestierte, doch sein Jammern war ohne Nutzen. Noch lange vernahm man das Wortspiel der beiden, bis es in der Ferne verstummte.

Rupert rieb sein schmerzendes Ärmchen, froh dem Bad entkommen zu sein.

"Danke Arturo", sagte Rupert. "Vielleicht klappt es beim nächsten Mal etwas sanfter."

Doch von dem grauen Kater war keine Spur mehr zu entdecken.

Allein kämpfte sich Rupert hinaus aus dem Gebüsch zurück ans Sonnenlicht.

Er musste zurück. Seine Aufgabe lautete "beobachten", nicht baden oder im Unterholz verstecken. Rupert vergewisserte sich akribisch, dass sich niemand in der Nähe befand. Erst dann schloss er seine Augen, berührte mit der rechten Hand den roten Punkt auf seinem Antlitz, murmelte krächzend ein paar Worte … und verschwand. Rupert löste sich in Luft auf.

Ein grauer Kieselstein weniger, der den staubigen Weg zierte. Punktgenau landete er in unmittelbarer Nähe seines Zielobjektes. Dies erfüllte ihn abermals mit großem Stolz. Verschwinden konnte jede Rotnase, aber da auftauchen, wo man benötigt wird ...

Tja, er war halt ein Meister seines Faches!

Sein Können und seine Loyalität widmete er dem Ehrwürdigen, die Liebe zu den Menschen teilte er allerdings nicht.

Zu viele schaurige Geschichten wurden an ihn herangetragen. Viele Ereignisse, die er selbst miterlebt hatte, prägten seine Meinung.

Menschen, die aus Gier jemand anderen nach dem Leben trachteten. Menschen, die Tiere und Menschen quälten. Menschen, die die Natur zerstörten, nicht erkennend, dass sie den Ast absägen, auf dem sie Zuflucht fanden.

Durch seine Unzufriedenheit schaufelte der Mensch sein eigenes Grab!

Die Naturgewalten würden die Menschheit auslöschen wie ein Luftzug die brennende Kerze.

Gnadenlos, ohne Kompromisse.

Für die Rotnasen kein Grund zur Traurigkeit.

Der Ehrwürdige empfand Sympathie für die menschliche Rasse. Rupert kannte allerdings kein Geschöpf, das dem weisen Mann missfiel.

In allem entdeckte er etwas Positives. – Eine Eigenschaft, die Rupert zutiefst bewunderte.

Voll Abscheu begutachtete er sein Zielobjekt, dieses war ein besonders scheußliches Exemplar.

Ein Kerl, getrieben von Neid und Rachegelüsten. Die Augen sind der Spiegel zur Seele. Diese Augen schimmerten dunkel und unheilvoll.

Haus Nummer 19

Das Domizil dieser Weltenreiterin entpuppte sich als schmuckes Einfamilienhaus.

Frühlingsblumen, zum Leben erwacht, strebten zum Licht. Farbenfroh buhlten sie um den besten Platz. Ein Farbenmeer in gelb, rosa, weiß und lila.

Wie ein wildes Tier lauerte dieser Kerl im Verborgenen. Eine alte Frau kam des Weges. Gebeugt vom Alter schlurfte sie vorsichtig den Weg entlang. Ihre dunkle Kleidung, ein Kontrast zu den üppig blühenden Blumen. "Auf wen warten Sie?", fragte sie mit einer merkwürdigen Stimme.

Rupert sah den Ertappten zusammenzucken.

Doch der Schock war nur von kurzer Dauer.

"Dort ist niemand zu Hause. Der jüngste Sohn weilt bei der Großmutter, Hauptstraße 19", schilderte die Dame. "Zu meiner Zeit kümmerte man sich immer selbst um die Kinder. Da gab es noch keinen neumodischen Kram, da gehörte die Mutter zum Kind. Da gab es noch Anstand und Benimm. Heute können die jungen Dinger noch nicht einmal grüßen. Ja, ja, ja, der Respekt vor dem Alter geht verloren." Schimpfend setzte die alte Dame ihren Weg fort.

Auf einer nahe gelegenen Eiche hockten zwei Raben, die der alten Dame mit geneigten Köpfen hinterher schauten.

Punktgenaue Landung!

Rupert rieb sich die kleinen Hände. Das machte ihm keiner so schnell nach. Man konnte es nicht oft genug erwähnen, er war ein Meister seines Faches.

Nachdenklich betrachtete er das Haus mit der Nummer 19. Die beiden Zahlen prangten riesig groß auf der hellen Außenwand.

Rupert wartete, genau wie die beiden Krähen, die es sich mittlerweile auf dem Dach bequem gemacht hatten. Ihr schwarzes Gefieder hob sich von den roten Dachpfannen ab wie ein weit sichtbares Zeichen.

Ein Plan entsteht

Eduardo war es sehr recht, wenn alte Leute einen Hang zur Geschwätzigkeit aufwiesen. Wie sonst hätte er erfahren, dass der jüngste Sohn der Großmutter einen Besuch abstattete. Apropos jüngste, das bedeutete, diese Person war eine Mutter von mehreren Kindern. Insgeheim ärgerte sich Eduardo, dass er diese alte Schachtel nicht in ein tief greifendes Gespräch verstrickt hatte. Was verbarg diese alte Dame an wichtigen Informationen? Mist, jetzt war es zu spät! Sollte sich noch einmal eine Gelegenheit bieten, würde er diese beim Schopfe packen.

Doch die Aussage, dass ein Bengel die Großmutter besuchte, war bereits ein Riesenschritt. In Gedanken sah Eduardo sein Ziel näher rücken. Seine Nase nahm die Witterung auf wie ein hungriges Tier. Schließlich war er hungrig, hungrig nach Gerechtigkeit.

" Ich bin Eduardo Sanchez, der wirkliche Weltenreiter!"

Hauptstraße 19, dafür benötigte man kein Navigationsgerät. In jeder Stadt oder in jedem Dorf befand sich die Hauptstraße im Herzen. Mittendrin im Geschehen, dort wo das Meiste passierte …

Was passierte in Vorhausen?

Vielleicht sagen sich dort Hund und Katze gute Nacht. Eduardo kicherte bei diesem Gedankenspiel.

Er würde für Abwechslung sorgen! Eduardo, beflügelt bald am Ziel seiner Träume zu sein, meisterte den Weg in Bestzeit. Seinen Blick starr auf die Hausnummern gerichtet, die ihm Schritt für Schritt den Weg wiesen.

Da Nummer dreizehn, fünfzehn, siebzehn, … neunzehn!

Game over!

Im Vorgarten übte ein kleiner Junge Fußballtricks. Eduardos Euphorie versiegte so schnell wie Wasser in der Wüste.

Wie lautete sein Plan?

Eduardo war ideenlos wie ein Neugeborenes. Den Jungen kidnappen? Nein, zu gefährlich! Sollte er den Jungen ansprechen? Aber was sollte er sagen? Vielleicht mit dieser lieblichen Stimme?

Verächtliche Blicke seines Vaters brannten auf seiner Haut. In seinem Wahn hörte er Stimmen.

"Typisch, mein Sohn. – Mal wieder ohne Plan! Mein Sohn, der Träumer, will mir etwas beweisen. Da lachen ja die Hühner."

"Du wirst sehr stolz auf mich sein", erwiderte Eduardo triumphierend.

Seine Antwort, schrill und laut, veranlasste den Jungen mit den Ballübungen innezuhalten.

Vorsichtig näherte er sich dem Gartenzaun.

Zum Greifen nah standen sie sich gegenüber.

Wer ist die Maus? Wer ist die Katze?

Die Gelegenheit war günstig. Eduardos Gehirn rasselte wie ein altersschwacher Computer auf der Suche nach Lösungsmöglichkeiten.

"Du wirst bestimmt einmal ein Profifußballer. Darf ich ein Autogramm von dir haben?", schmeichelte Eduardo und strahlte zufrieden über seinen genialen Schachzug.

Der Junge antwortete nicht. Seine blauen Augen fixierten Eduardo, als wolle er ihn durchleuchten.

Eduardos Unbehagen wuchs, ruckartig wendete er seinen Blick ab.

Das verächtliche Krächzen der Rabenvögel erinnerte ihn an das Räuspern seines Vaters.

Mutig wagte er daher einen neuen Vorstoß.

"Magst du Fußball, mein Junge?"

"Nein!", antwortete dieser und ging.

Unter größter Anstrengung gelang es Eduardo, seine Beherrschung nicht zu verlieren. Was fiel dem Bengel ein, ihn einfach stehen zu lassen wie einen dahergelaufenen Penner. Doch in dem Moment, in dem er einen neuen Vorstoß wagen wollte, ließ ihn das Krächzen der schwarzen Vögel zusammenzucken. In Eduardos Ohren klang das Gezeter der Tiere wie das Lachen seines Vaters.

Er biss sich auf seine Lippen, bis das Blut sein Kinn tränkte.

Von nun an gab es kein Zurück! Er musste Erfolg haben. Nur dann würde ihn jeder ernst nehmen.

Ihn, Eduardo, den rechtmäßigen Weltenreiter. Sein Name würde in den Geschichtsbüchern erscheinen als die Persönlichkeit, die der Menschheit die Zukunft offenbarte. Neue Erfindungen, Verhinderungen von Katastrophen – ein Blick genügt.

Fragen der Wissenschaft. – Kein Problem!

Archäologen, die bei ihm ein Ticket in die Vergangenheit buchten. Er lachte und rieb sich die Hände.

"Du bist ein Fuchs, Eduardo", murmelte er.

"Sie werden Schlange stehen, um mich um Rat bitten zu dürfen. Sie werden mir zu Füßen liegen und keiner wird mich mehr verachten. Sie werden zu mir aufsehen und mich mit Fragen bombardieren. Und ich, in meiner Barmherzigkeit, werde sie alle erhören…- wenn sie das nötige Kleingeld bereithalten."

Es war wieder da - sein Selbstwertgefühl. Mit der wiedergewonnenen Selbstsicherheit formte sich ein Plan in seinem Kopf.

"Du Teufel", sagte er und griff mit einem verschmitzten Lächeln nach seinem Mobiltelefon. Ein paar Aufnahmen von dem Jungen konnten nicht schaden.

Doch im selben Augenblick, da sein Plan reifte, verschwand der Junge hinterm Haus.

Die Krähen auf dem Dach hüpften aufgeregt hin und her. Mist, dachte

Eduardo. Doch sein ständig steigendes Hochgefühl verkraftete kleinere Schicksalsschläge ohne weitere Blessuren.

"Als Nächstes brauche ich ein Gewehr", sprach er zu den schwarzen Vögeln gewandt.

Die Krähen auf dem Dach zeterten protestierend, so als verstünden sie den Dialog, der ihnen zugedacht war. Die Reaktion irritierte ihn.

Konnten ihn diese Viecher verstehen?

Mit etwas weniger Hochgefühl dachte er an die Momente zurück, in denen er deutlich die Gegenwart seines Vaters verspürt hatte.

Vom Vater keine Spur, jedoch diese schwarzen Mistvögel! Wie ein lästiges Insekt schüttelte er diese sonderbaren Gedanken von sich.

"Seid bereit" – hallten die Worte durch sein Unterbewusstsein. – Nachwehen der schmerzlichen Zeremonie.

Ja, er war bereit!

Endlich würde er seinen Vater erfreuen können. Auch sein Großvater würde profitieren. Er konnte beweisen, dass sein Großvater mehr war als ein Spinner.

Die ganze Welt würde ihn verehren.

Wieder einmal betrachtet er das Foto, eine lieb gewonnene Angewohnheit.

"Opfer müssen sein, meine Liebe", flüsterte er liebevoll. Ein gefährliches Glitzern trat in seine Augen. Er fühlte sich von seligen Tagträumen berauscht.

Aufgerichtet wie ein Roboter, der sich seiner Aufgabe bewusst war, stolzierte er los. Donnergrollen begleitete ihn, in seinen Ohren klang es wie Salutschüsse.

Hoch lebe Eduardo Sanchez – der Retter der Welt!

Wer würde dann noch um eine Marian Chester trauern, oder um einen kleinen unfreundlichen Jungen?

NIEMAND!

Der Himmel, ein schwarzer Vorhang. Dunkle Wolken übernahmen die Vorherrschaft. Schon bald würden sie ihre Krieger aussenden. Tausende von Regentropfen, die prasselnd auf die Erde fielen und auf Eduardo.

Doch auch diese Sintflut konnte seinen Tatendrang nicht kühlen. Sein teuflischer Plan verfinsterte seine Seele und wartete geduldig auf seinen Einsatz.

Wie eine Spinne, die neben ihrem Netz lauert, bereit, die nächste Mahlzeit zu empfangen.

"Spinne" Eduardo erreichte die Bushaltestelle. Eine Stunde Wartezeit in strömendem Regen.

Selbstsicher wie der Terminator belagerte er die unbequeme Bank. Was zählt schon eine Stunde, wenn einem bald die Welt zu Füßen liegt.

"Mami schau, das ist der Mann!"

Eduardos Coolness bekam leichte Risse, denn der Leibhaftige näherte sich, die lästige Stubenfliege.

"Aber Mami, es ist wirklich wahr!"

Er bemerkte, wie die "Stubenfliegenmama" ihn begutachtete, als sei er ein Kunstobjekt. Sofort setzte er sein gewinnendes Lächeln auf.

Doch dieses prallte ab, verschwendet, als sei er "Quasimodo" .Der verächtliche Ausdruck auf dem Gesicht der "Stubenfliegenmama" verletzte seinen Stolz. Ein Eduardo Sanchez beeindruckt jede Frau, außer er selbst hat kein Interesse.

Zum Glück blieb er von weiteren Äußerungen verschont, denn die Fliegen strebten weiter. In den nassen Scheiben der Bushaltestelle betrachtete er sich wohlwollend. Leider konnte er nicht viel erkennen, denn ein Landstreicher versperrte seine Sicht. Nach etlichen Minuten registrierte er widerwillig, dass dieser Penner kein anderer als er selbst war. Erschrocken fuhr er sich durch das wirre Haar, das angeklatscht an seinem Kopfe hing. Seine Kleidung war durchnässt, ihr schützender Effekt aufgebraucht. Dunkle Augen, die rot umrandet waren, als sei er aus den Tiefen der Hölle hinaufgestiegen. Ausgemergelt, keine Spur mehr vom "Latin Lover". Kein Wunder, dass die "Fliegenmama" keinen Gefallen an ihm gefunden hatte.

Mit schlitternden Reifen stoppte Linie 79. Eine mürrisch drein blickende Busfahrerin öffnete die Tür. Streng zurückfrisierte Haare, eine Brille aus vergangenen Modetrends, ein mit Pickeln übersätes Gesicht.

"Hast du Geld dabei?", herrschte sie ihn an.

"Wie viel kostet die Fahrt nach?", er stockte einen Moment. Wohin wollte er überhaupt?

"Na, nun mach schon. Habe nicht ewig Zeit!"

Hilfe suchend schaute sich Eduardo um, dann sah er es. Bunt, mit großen Buchstaben, schmückte es die rechte Seite der Bushaltestelle.

Stadtfest in Raven.

Unterhaltung für Groß und Klein.

"Einmal nach Raven, bitte."

"Wenn es sein muss", antwortete die Busfahrerin. "Kostet dich 9,40 Euro." Lässig fingerte er einen 50 Euro Schein aus der Tasche und übergab ihn der Fahrerin.

"Hier bitte, stimmt so."

Vereint

Eine sirupartige Dunkelheit schloss sie ein.

Marian verspürte eine nie gekannte Angst. Schlimmer als alles andere, was sie jemals durchlebt hatte.

Angst vor dem Unbekannten! Angst, zu versagen! Angst … – Angst in ihrer Reinkultur!

Reglos verharrte sie, unfähig eine Entscheidung zu treffen.

"Sei bereit", murmelte eine Stimme tief in ihrem Unterbewusstsein.

"Du kannst es schaffen", hörte sie in ihrem Kopf.

Doch Marian war sich dessen nicht mehr so sicher.

Wieder einmal wurde sie von Zweifeln geplagt, die sie innerlich aushöhlten.

Vielleicht sollte sie lieber die Vitrine putzen.

"Sei nicht albern", meldete sich ihr Inneres zurück.

Nein, sie würde niemals die Abenteurerin werden …

"Ich kapiere Englisch nicht", hörte sie die klagenden Worte ihres Ältesten.

"Dann schau es dir noch einmal an. Gib niemals auf, du kannst alles schaffen."

Dieser Dialog drängte an die Oberfläche. Wie unangenehm, sie verlangte von ihren Kindern Dinge, die sie selbst nicht bewerkstelligen konnte …

Das Reittier unter ihr scharrte mit den Hufen.

Ungeduldig schien es auf eine Entscheidung zu warten.

Sollte sie den Weg hier beenden?

Ihre Umgebung veränderte sich.

Das Schwarz wurde von goldenem Licht aufgelöst. Deutlich wurden die Umrisse eines Tores sichtbar. Feuersäulen säumten die Öffnung und verbreiteten wohlige Wärme. Der Wind kehrte zurück, diesmal warm und schmeichelnd.

"Tritt hindurch! Verändere dein Leben!"

Sie merkte, dass es ihr schwer fiel, den Verlockungen zu widerstehen.

Sehnsucht nach Geborgenheit ließen ihre Kräfte schwinden. Immer noch war ihr Körper gelähmt vor Angst. Ihre Platzangst meldete sich zurück und drohte, ihr den Verstand zu rauben. Sie verfluchte den Tag, an dem sie als Kind den Schrank als Versteck wählte. Doch war es richtig, einem Gegenstand die Schuld zuzuweisen …?

Im Leben gab es viele Irrungen, doch für Fehlentscheidungen musste jeder allein einstehen. Sie konnte nicht dem Schrank die Schuld anhängen. Das Schrankversteck war ihre Wahl, ebenso wie die Anwesenheit in dieser Umgebung. Und nun stand der Wendepunkt ihres Lebens direkt vor ihr, zum Greifen nah.

Schluss mit den Selbstzweifeln, mit den Ausflüchten …! Sie war eine erwachsene Frau. Das Kind im Schrank war Vergangenheit. Die Zukunft in unmittelbarer Nähe. Und doch ist nichts wichtiger als die Gegenwart. Ohne Gegenwart gibt es weder Vergangenheit noch Zukunft.

Im Hier und Jetzt musste sie ihre Entscheidungen treffen.

Einmal über sich hinauswachsen.

Werde zur Abenteurerin, riskiere, erklimme den Gipfel der Berge und ignoriere das Kleingedruckte.

Marian schmunzelte über ihre Gedankengänge. Ein Druck fiel von ihr ab, sie richtete sich zu ihrer vollen Größe auf und meinte zu hören, wie eine Klammer zersprang.

Eine Klammer, die sie daran gehindert hatte, Großes zu vollbringen.

"Niemals! Niemals, trete ich durch dieses Tor", schrie sie den schwach beleuchteten Felswänden entgegen.

Sie spürte wie der Wind an Stärke gewann, mit voller Macht traf er sie.

War es Glück, Zufall, Magie dass sie nicht stürzte? Unter größter Anstrengung gelang es ihr, dem gewaltigen Sturm standzuhalten. Die Mähne des Einhorns peitschte ihr Gesicht. Instinktiv klammerte sie sich an den Hals des Tieres. Wenn nicht die Einhornhaare ihre Augen verdeckten, erhaschte sie einen Blick auf den Boden.

Aus den wabernden Nebeln bildeten sich Hände, die nach ihr zu greifen schienen. Der Orkan tobte mit betäubendem Lärm, dass ihre Ohren schmerzten. Die Feuersäulen, die das Tor erhellten, schienen sich zu entfachen. Türmten sich zu riesenhaften Gebilden auf, die an keine bestimmte Spezies erinnerten.

Hitze, Lärm, der Sturm und die komischen Nebelhände ließen Marian schaudern.

Mit nie gekannter Energie schrie sie erneut: " Haut ab! Ihr verschwendet eure Zeit! Niemals werde ich durch dieses Tor gehen!"

Als wenn jemand die Aus-Taste betätigt hatte, so plötzlich kehrte Ruhe ein.

Das Tor verdunkelt, keine Geräusche, kein Nebel und kein Feuer – wie weggezaubert.

Marian schaute verdutzt.

Trieb irgendjemand ein Spiel mit ihr?

Beruhte alles nur auf Einbildung?

Was hatte das alles zu bedeuten?

Noch bevor sie eine Antwort fand, verblasste das Licht vollständig. Vertrieben von der sirupartigen Dunkelheit, die die Situation zurück eroberte.

"So langsam wird es langweilig", konterte Marian und fühlte sich überlegen, als sei alles unter Kontrolle.

Mit einem Mal erhellte sich die Umgebung. Fackeln, die die Wände säumten, entzündeten sich. Wie von Geisterhand entflammte sich eine Fackel nach der anderen wie bei einem perfekten Dominospiel. Der Gang erschien unendlich weit und doch erkannte sie in weiter Ferne zwei Silhouetten. Ohne zu überlegen trieb sie ihr Reittier in diese Richtung.

Keine Ahnung, was sie dort erwartete und doch glaubte sie in ihrem tiefsten Innern die Antwort bereits zu kennen. Das Einhorn fiel in einen flotten Trab, sichtlich erleichtert, die Reise endlich fortsetzen zu können. Es kam Marian vor, als rückte das erstrebte Ziel aus ihrer Reichweite. Endlos die Distanz – unerreichbar. Der Wind trieb Tränen in ihre Augen, ihre Haarfrisur von Orkanböen zerwühlt. Ein atemberaubendes Tempo. Marian umklammerte das Tier, betend, das Gleichgewicht zu halten. Ein Geschwindigkeitsrausch, jede Achterbahnfahrt das reinste Zuckerschlecken. Endlich erreichte sie ihr Ziel.

Nun waren sie also vereint – die drei Auserwählten.

Die Weltenreiter.

Marian lächelte. Verlegen strich sie durch ihr Haar, um danach ihre Hände zu betrachten. Die Beine, zittrig von der Anstrengung, sich am Bauch des Tieres festzuklammern, beruhigten sich nur langsam. Aus ihrer Jeans fischte sie ein Papiertaschentuch, um durch ihre geröteten Augen zu wischen. Doch bei allem was sie machte, umspielte ein Lächeln ihre Lippen, als Schutz um ihre Unsicherheit zu verbergen.

Was sollte sie sagen?

Würden die anderen ihre Sprache verstehen?

Die Einhörner begrüßten sich freudig, ungeachtet ihrer Reiter.

Ein seltsames Gefühl nahm von Marian Besitz.

Eine Glückseligkeit breitete sich aus, als ob sie ihrer verlorenen Familie gegenüberstand.

Ein Teil fügte sich zu einem Ganzen.

Ohne eine Antwort zu erwarten fragte sie die beiden,

"Wie ist es euch ergangen?"

Eine förmliche Anrede kam nicht in Betracht.

Warum auch?

Marian hatte das Gefühl, die beiden schon ewig zu kennen. Wie aus dem Nichts tauchten in ihrem Kopf die Vornamen der beiden Anwesenden auf.

Die Situation erschien Marian keineswegs sonderbar.

"Mir ist es anfangs sehr schwer gefallen, den Verlockungen zu widerstehen", antwortete die dunkelhäutige Schönheit. Ihre Erscheinung bildete einen wunderschönen Kontrast zu dem perlmuttschimmernden Einhorn. Der Dritte im Bunde bestätigte die Aussage der Schönen mit einem verschmitzten Grinsen.

Der "Mann, dem die Frauen vertrauen" erinnerte Marian an "Indiana Jones", nur ohne Schlapphut und Peitsche.

"Wir haben es geschafft!", riefen sie zusammen wie aus einem Munde.

Ihre Worte hallten von den Felsen wider und wurden als Echo zurückgeworfen.

Eine tiefe Zufriedenheit senkte sich über die Anwesenden.

Es war, als sei eine zentnerschwere Last von ihren Schultern genommen worden.

Erschöpft schloss Marian die Augen.

"Marian, Marian!

Die Tür stand offen. Du hast angerufen?"

"W I E, W A S", stotterte Marian verwirrt.

Dieses Gespräch passte nicht zur Umgebung. Sollte es sich um eine neue Prüfung handeln?

Langsam öffnete sie die Augen. Die Helligkeit ließ sie blinzeln. Sie schaute in die besorgten Augen ihres Gegenübers.

Ihrer Freundin Victoria.

"Was machst du denn hier in der Höhle?", brachte Marian stammelnd hervor.

Victoria blickte verdutzt, als sehe sie ihr rotes Abendkleid von Gucci im Kaufhaus an der Stange.

"Höhle, wieso Höhle? Marian, du bist kreidebleich, als ob dir ein Gespenst begegnet wäre."

"Bist du ein Gespenst?", fragte Marian mit großen Augen. Victorias Antwort klang verdutzt und empört zugleich. "Jetzt ist es aber gut mit deinen Scherzen!"

Marian war nicht zu Scherzen aufgelegt, ganz im Gegenteil. Noch nie in ihrem Leben war ihr weniger zum Scherzen zumute gewesen.

Langsam, wie im Zeitlupentempo registrierte sie, dass sie sich im Esszimmer befand.

Sie saß auf einem Stuhl, vor sich eine leere Kaffeetasse.

"Aber, Abb, abberr", stotterte Marian.

"Wie kann das sein? Die Tasse war doch zerbrochen." Victoria schaute verwirrt, peinlich berührt begutachtete sie ihre frisch lackierten Fingernägel.

"Ich glaube, es ist der richtige Zeitpunkt, einen Termin mit Dr. Older zu vereinbaren. Dr. Older ist eine Koryphäe auf seinem Gebiet. Ein Psychiater der Extraklasse und dazu ein recht ansehnlicher Augenschmaus. Soll ich gleich anrufen?" Marian unterbrach ihre Freundin schroff und bedachte sie gleich darauf mit einem Lächeln, einer Wiedergutmachung gleich.

"Ich wollte dich nur ein wenig necken", sagte Marian und legte alle Überzeugungskraft, die sie aufbieten konnte, in ihre Stimme.

"Marian, das war nicht nett. Du hast mir einen gehörigen Schrecken eingejagt." Victoria schien sichtlich erleichtert, dass sich diese Angelegenheit so schnell erledigt hatte.

Typisch Victoria, dachte Marian, superschnell zu überzeugen. Der Bequemlichkeit halber.

Mit wackeligen Beinen erhob sich Marian und hielt sich mit zittrigen Händen an der Tischkante fest. Überall piesackten unsichtbare Beschwerden ihren Körper. Außen intakt, innen ausgehöhlt. Der Schmerz in ihren Oberschenkeln war enorm, als sei sie zu sportlichen Höchstleistungen aufgelaufen. Aber was hatte sie unternommen?

"Na klar, das Sitzen auf dem Einhorn."

Marian schlug sich die Hand vor den Mund. Doch Victoria bekam von all den Unstimmigkeiten nichts mit. Sie schenkte dem Spiegel ein filmreifes Lächeln, bevor sie den Lidstrich nachzog. Exakt, als gehöre diese Tätigkeit zu ihrer Haupteinnahmequelle.

"Du solltest auch etwas mehr Wert auf dein Äußeres legen", tönte sie und zupfte ein langes Härchen aus ihren Augenbrauen.

"Hmh", antwortete Marian und hing weiter ihren Gedanken nach.

"Trinken wir einen Cappuccino zusammen?", fragte Victoria und betrachtete Marian, als sähen sie sich heute zum ersten Mal.

Marian umklammerte immer noch den Esstisch. Eine Puppe, die niemand wegräumte.

"Marian, der Tisch kann auch ohne dich stehen. Was ist nur mit dir los? Soll ich nicht doch einen Termin vereinbaren …?"

"Nein, nein, nein", wiederholte Marian etwas zu schnell und schickte ein etwas dümmliches Lächeln auf die Reise.

"Marian, du bist sicher, dass alles in Ordnung ist?"

Nein, wollte Marian antworten, doch stattdessen schaute sie ihre Freundin beruhigend an.

"Ich mache uns erst einmal einen Cappuccino."

Diese Aussage schien Victorias Zauberwort für "Alles Paletti" zu sein, denn ohne weitere Fragen widmete sie sich erneut ihrer Schönheitspflege. Mit schmerzendem Muskelkater in den Beinen stolzierte Marian in die Küche, um das Getränk vorzubereiten. Schritt für Schritt kehrte ihre Sicherheit zurück. Während sie den Wasserkocher bemühte, gelangte Marian zu dem Entschluss, dass alles nur ein Traum gewesen war. Wie eine lästige Fliege verscheuchte sie alle Gegenargumente. Muskelkater, wackelige Knie, zittrige Hände – Nein, sie wollte nicht darüber nachdenken! Es war ein Traum – nur ein Traum.

Was sollte es auch sonst gewesen sein?

Nonsens, Quatsch, Blödsinn!

Der Wasserkocher holte sie mit einem Klack in die Wirklichkeit zurück. Das Privileg einer Hausfrau - eine spontane Kaffeepause mit einer Freundin.

Wenn das nicht Abenteuer genug war!

Es ist vollbracht

"Es ist vollbracht. Sie haben die Aufgabe gemeistert", krächzte Rupert und hüpfte vor Freude von einem Stummelbein auf das andere.

Der Ehrwürdige musterte ihn mit hochgezogenen Augenbrauen.

"Hast du deine Meinung gegenüber der menschlichen Rasse geändert?" Mit seinen Augen fixierte er den springenden Stein. Augenblicklich schämte sich Rupert seiner Gefühle, doch der weise Mann lächelte ihn wohlwollend an.

"Ich freue mich über deine Emotionen. Leider sind sie etwas verfrüht."

"Was bedeutet das, Meister?", fragte Rupert, den Blick erwartungsvoll an den Lippen hängend.

"Dies war nur der erste Teil."

"Ab Abbe Aber", stotterte Rupert, doch der Ehrwürdige unterbrach sein Gestammel.

"Zu keiner Zeit glaubte ich an ein Scheitern der Reiter. Nein, ich konnte mich nicht irren, denn dieser Bereich der Zukunft lag klar und deutlich vor mir. Doch besorgt es mich, dass die Auserwählten sich ihrer Stärke immer noch nicht bewusst sind. Die weitere Prüfung verlangt viel. Nur gemeinsam sind sie stark."

"Ihr könntet doch zur Sicherheit einen erneuten Blick in die Zukunft werfen", brachte Rupert triumphierend heraus, als wäre dies des Rätsels Lösung.

"Dieses Mal bleibt sie mir verwehrt. Das Schicksal nimmt seinen Lauf. Und doch bin ich voll Zuversicht, dass das Gute auch dieses Mal siegen wird."

Wie durch einen Vorhang schritt der Ehrwürdige durch die vor ihm liegende Felswand.

"Törichter, alter Mann", wetterte der Feuergeist, der bisher in einer Ecke still vor sich hingelodert hatte.

"Das Gute siegt…- welch Idiotie! Ha, ha , ha …!"
Sein Lachen erfüllte den Raum.

Der Schwur

Sie dachte nach. Sie dachte häufig nach. Aufgaben wie staubsaugen, Staub wischen, Wäsche sortieren regten dazu an. So langsam, dachte Marian, verlor sie die Berechtigung, zu Hause zu bleiben.

Die Kinder weilten in der Schule und mit zunehmendem Alter der Kinder wuchs auch die Selbstständigkeit, obwohl man sie nicht jeden Tag merken konnte.

Nein, so oder so, Marian musste ihr Comeback in der Arbeitswelt vorbereiten, oder nicht?

Zweifel nagten an ihr, fraßen sie innerlich auf und brachten ihre Entscheidung ins Wanken.

Vor Kurzem war etwas passiert …!

Aber Marian war sich gar nicht sicher, ob "das" wirklich geschehen war.

Aber falls es nicht stimmte, was sollten dann diese eigenartigen Träume bedeuten?

Such dir Arbeit oder lieber einen Psychiater!

Marian sortierte die Wäschestücke. Rote, weiße, blaue und der schäbige Rest, der sich nicht so richtig zuordnen lassen wollte. Eigentlich, dachte Marian, gibt es Parallelen zum wirklichen Leben.

Die Reichen, der Mittelstand, die Armen und das, was durch alle Raster fällt.

Als Hausfrau und Mutter stand es Marian zu, mindestens in der Waschküche für Recht und Ordnung zu sorgen. Daher befüllte sie die Wäschetrommel zuerst mit den übrig gebliebenen Wäschestücken.

Die anderen konnten warten!

Sollte auch sie warten? – Aber worauf?

Auf eine Antwort, aber wer kannte die Antwort?

NEIN, sie wollte keinen Gedanken mehr daran verschwenden.

Tief in ihrem Innern spürte sie den Wahrheitsgehalt, aber sie wehrte sich dagegen.

Sträubte sich wie eine Katze, die trotz guten Zuredens nicht in die Transportbox klettert.

Marian schaute wie hypnotisiert in die Wäschetrommel, die gerade die "übrig gebliebenen" Wäschestücke bearbeitete. Nicht gerade zimperlich, diese technische Errungenschaft.

Toll, dachte Marian, die Maschine hat wenigstens eine klare Zielvorstellung. Und ich irre planlos durch die Welt.

"Wer bin ich und was will ich?", murmelte sie und starrte weiterhin in die Wäschetrommel.

"Soll ich zum Psychiater, eine Arbeitsstelle suchen, beides, keines von beidem, nur Hausfrau und Mutter oder weiter eine "Weltenreiterin" sein?"

Marian lachte auf. Ein merkwürdiges Wort aus einer ungewöhnlichen Geschichte, oder schlicht und ergreifend ein Hirngespinst.

Einfach lächerlich …!

Was sonst?

Seit sie mit ihrer Kaffeetasse schlafend von ihrer Freundin geweckt wurde, hatte sich nichts Aufregendes ereignet. Irgendwie ärgerlich, aber beruhigend zugleich.

Die Waschmaschine ruckelte und schleuderte die Wäsche ohne Gnade.

Vielleicht sollte auch sie eine Gangart höher schalten und nicht in Selbstzweifel verfallen. Immer wieder schweiften ihre Gedanken ab, machten sich auf die selbstständige Reise, während die Waschmaschine ihre Aufgabe bewältigte – ohne Kompromisse.

Sie dachte zurück an ihre dreckigen Füße im Bett, die vielen Einhorn-bilder, die graue Katze. Tatsachen, die sie nicht wegdiskutieren konnte. Obwohl sie dieses Tier seit ihrer Ankunft zu Hause nicht mehr gesehen hatte.

Ankunft zu Hause .Was für ein Quatsch. Wahrscheinlich war sie nie-mals weg gewesen. Was heißt wahrscheinlich, auf jeden Fall.

Marian wühlte im Wäschehaufen, als sei sie dort auf der Suche nach einer passenden Antwort. Geistesabwesend faltete sie Wäschestück für Wäschestück und schmiss es dann erneut auf den passenden Farbhau-fen.

"Es war ein Traum", sagte Marian laut, als gelte es, die Waschmaschine davon zu überzeugen.

Wieder geisterten Erinnerungsfetzen durch ihren Kopf. Was ist mit den Einhornbildern, munkelte ihr Verstand.

"Zufall!", donnerte Marian heraus und funkelte die Waschmaschine böse an, wie einen schlecht zu überzeugenden Gesprächspartner.

Mittlerweile kreuzten keine Einhornzeichnungen Marians Weg. Abge-löst von Fußballgemälden, die die kommende EM ankündigten Alle Kinder, egal ob Junge oder Mädchen, zeichneten fieberhaft kickende Fußballer, da war kein Platz für Fabelwesen.

Marian hockte noch immer zwischen den bunten Haufen, die auf ihre Bearbeitung warteten.

Vielleicht würde ein Gespräch mit ihrer Freundin Sandra Licht in die Dunkelheit bringen. Der Krankenhausbesuch, dieser komische alte Mann …, war dies die Wirklichkeit?

Aber Marian traute sich nicht, ihre Freundin mit dieser Frage zu kon-sultieren.

Sie war müde, ausgelaugt von Zweifeln, Erklärungen und vielleicht erlebten Abenteuern. Mensch Marian tadelte sie sich selbst, wenn alle vor Entscheidungsfreude sprühten so wie du.

Was wäre dann?

Die Waschmaschine benötigte keine Hilfe, aber ich, ich brauche eine Auszeit in Form einer Kaffeepause.

Sie verließ ihren Beobachtungsposten und schlurfte zur Küche.

Während sie voll Vorfreude den Wasserkocher mit Wasser befüllte, vernahm sie eigenartige Miau-Geräusche aus dem Esszimmer.

"Was ist los?", fragte sie.

Doch die Miau-Antworten brachten nicht wirklich des Rätsels Lösung.

Unwillig eilte Marian in den gegenüberliegenden Raum, nachdem sie in freudiger Erwartung auf einen dampfenden Kaffee den Wasserkocher eingeschaltet hatte.

"Was ist denn los?", wiederholte sie unwirsch. Sie hasste es vor einer verdienten Pause unterbrochen zu werden. Ihre Stubentiger angelten wild nach irgendetwas, das sich unter der Vitrine verborgen hielt.

Die Vitrine, dachte Marian, Mist, die habe ich ganz vergessen. Ärgerlich registrierte sie die Staubschicht, die sich über die Dekoration gelegt hatte.

"Was habt ihr denn darunter verloren?", fragte sie halbherzig.

Die beiden antworteten prompt, aber leider immer noch unverständlich für menschliche Ohren. Marian besorgte eine Taschenlampe, die nicht weit entfernt in einem Schrank zwischen den Geschenkpapierrollen lag. Bewaffnet mit der künstlichen Lichtquelle, beugte sie sich anschließend hinab, um unter den Schrank blicken zu können.

In der Küche verkündete ein KLACK, dass der Wasserkocher das Wasser wunschgemäß zubereitet hatte.

"Verflixt", meckerte Marian, "hoffentlich habt ihr auch einen guten Grund mich aufzuscheuchen."

Caruso und Diva waren vor Aufregung kaum zu bändigen. Marian beschlich ein mulmiges Gefühl.

Was würde sie unter der Vitrine finden?

Vorsichtig legte sie sich lang auf den Boden, um besser unter den Schrank schauen zu können. Einen Augenblick der Überwindung, dann knipste sie ihre Lichtquelle an. Ein Schrei entrann ihrer Kehle, die Lampe entglitt ihr, als halte sie in ihrer Hand ein glühendes Eisen.

Das konnte nicht sein?

Unter der Vitrine lag ein Stein. Nein, nicht ein Stein, sondern "der" Stein.

Wie bei ihrer ersten Begegnung schimmerte er in allen erdenklichen Farben, schöner als jeder Regenbogen. Nachdem sie sich aus ihrer Erstarrung gelöst hatte, angelte sie ihn in Begleitung einiger Wollmäuse aus dem Untergrund hervor.

Caruso und Diva hatten das Interesse an dieser Aktion verloren. Ohne weiteres Geschrei wendeten sie sich anderen Dingen zu.

Ein Blick in ihre Augen blieb unergründlich, als versuche man, auf den Grund des tiefsten Ozeans zu schauen.

Der Stein fühlte sich warm und anheimelnd an. Sie konnte sich des Gedankens nicht erwehren, dass er sich in ihrer Hand anschmiegte, um Liebkosungen zu erhalten. Langsam richtete sie sich zu ihrer vollen Größe auf. Während sie den Stein streichelte, schweifte ihr Blick in die Ferne. Sie blickte durch das Fenster nach draußen und fixierte den Rasen, unmöglich aus dieser Entfernung irgendeinen Hinweis zu erhaschen. Aber was glaubte sie zu entdecken. Da waren nur die Gänseblümchen, Butterblumen, und hier und da ein Löwenzahn, die um die Gunst jedes Betrachters wetteiferten. Unkraut und doch wunderschön.

Marians Augen füllten sich mit Tränen.

Sie schämte sich nicht ihrer Gefühlsregung, sie schämte sich ihres Benehmens. Der Beweis lag in ihren Händen. Alles war wirklich geschehen und statt das Unmögliche zu begreifen, verleugnete sie.

Nein, sie war weit davon entfernt eine "Auserwählte" zu sein. Sie, Marian, hatte die Mission verraten.

Hoffentlich waren die beiden anderen stärker und standhafter als sie.

Mit Verachtung betrachtete sie ihr Spiegelbild in der Fensterscheibe.

"Unzufriedenheit" war ihr zweiter Vorname.

So konnte sie niemals die Menschheit retten!

Was hatte der alte Mann gepredigt?!

"Die, die durch die Tore schreiten, können ihr Wissen nicht preisgeben ohne Hohn und Spott zu ertragen."

Zum Glück war es ihr wenigstens gelungen, diesen Verlockungen zu widerstehen, aber … für die Verleugnung und Zweifel sorgte sie selbst.

Jetzt würde alles anderes werden. Allerdings hatte sie dies in den vergangenen Tagen bereits öfter in Aussicht gestellt, leider ohne Erfolg.

Nein, dieses Mal würde es gelingen.

Nie geglaubte Abenteuerlust flammte in ihren Augen auf. Marians Atem ging stoßweise, der Weg war mühselig und beschwerlich.

Nein, sie wusste nicht, worauf sie sich einließ.

Sie hielt den Stein an ihr Herz und nahm eine korrekte Haltung an.

"Ich schwöre."

Ihr Schwur hallte durch die Räume, vervielfältigte sich auf wundersame Weise.

"Ich schwöre, ich schwöre, ich schwöre …"

Sein Plan

Ein genialer Plan, und alles war sein Werk. Lässig tippte er mit der Hand an seinen Kopf und sprach: "Haha, Vater, da steckt mehr drin, als du dachtest."

Niemand war anwesend. Eduardo Sanchez war allein.

Mit einem teuflischen Grinsen begutachtete er die vor ihm liegenden Fotos.

Er klopfte sich anerkennend auf die Knie. Da war er, dieser Fußballbengel. Heimlich hatte er dieses Kind beobachtet und jede erdenkliche Situation auf Bild gebannt.

Unzählige Kritzeleien vervollständigten seinen Plan.

Er war ein Genie. Der Tiger zeigte seine Krallen. In Eduardos Augen funkelte Boshaftigkeit.

Die Pension in Raven war klein, aber sehr sauber. Das Beste aber: Sie lag sehr abgeschieden. Eine endlose Baumallee führte zu dem kleinen Bauernhof, der idyllisch inmitten der Natur lag. Es war eine Vorsehung, dass sein Weg ihn nach Raven geführt hatte, davon war Eduardo überzeugt. Keinen kümmerte es, wenn er seiner Wege ging.

Warum auch?

Er zahlte im Voraus und benahm sich stets wie ein Gentleman. Von dem verbitterten Landstreicher zu einem wortgewandten feinen Herrn.

Die Besitzer der Pension vergötterten ihn. Besonders, da er in Gegenwart der Pensionswirtin nie mit Komplimenten sparte.

Entspannt lehnte er sich in dem altmodischen Ohrensessel zurück, der seine Jugend in früheren Epochen absolviert hatte. Versonnen dachte Eduardo an die Heimat, an sein Zuhause.

Seit geraumer Zeit pflegte er keinen Kontakt mehr zu seinem Vater und seinem Großvater.

Nein, er wollte ihnen erst wieder gegenübertreten, wenn er Positives zu berichten hatte.

Seht her! – Eduardo, der Retter der Welt.

Er sonnte sich in seinem Ruhm, verlor sich in Tagträumen und merkte erst am Knurren seines Magens, wie die Zeit vergangen war.

Bald war er bereit!

Sieh her, schau in die Zukunft. Erblicke, was mit deinem Bengel geschieht. Oder überreiche mir gleich das Zepter, denn ich bin der einzig wahre Weltenreiter.

Der, der die Welt verändern wird …

Der Protest seines Magens veranlasste Eduardo, den kleinen Kühlschrank zu durchstöbern, der in der Miniküche seinen Blick magisch anzog.

Essen, er brauchte etwas zu essen!

Nach kurzer Zeit wurde er tatsächlich fündig. Salami und Käse runtergespült mit Bier.

Nun, später einmal würde er sich nur von Delikatessen ernähren. Daran bestand kein Zweifel.

Der Wind pfiff um das Haus und ließ die Jalousien klappern. Krähengeschrei unterstützte das Heulen des Sturmes. Schaurig wie in einem Gespensterschloss.

Eduardo zuckte zusammen. Er mochte diese Viecher nicht, sie waren ihm unheimlich.

Häufig hielten sie sich in seiner Nähe auf. Sie verfolgten ihn, steigerten seine Nervosität. Aasgeier, die ihr nächstes Opfer erspähten.

Ein Gewehr hätte diesem Übel ein Ende gesetzt. Leider zählte Eduardo nicht zu den besten Schützen, abgesehen davon, verabscheute er Waffen. Seine Waffen waren Charme, Wortgewandtheit, gutes Aussehen und sein Vater. Letzterem war es bisher immer gelungen, ihn aus jeglichen Situationen rauszuboxen. Eduardo hinterfragte niemals, sobald er seinen Vater über Unstimmigkeiten informiert hatte.

Was man nicht weiß, kann einen nicht belasten.

Es war keine Seltenheit, dass einige seiner Widersacher ein vorzeitiges Ende fanden. Purer Zufall, denn Eduardos Weste war stets blütenrein.

Nun aber war die Zeit gekommen, seinem Vater zu zeigen, dass er auch allein zurechtkam.

Auf seine Art …

Ohrenbetäubender Lärm fegte die Tiffany-Leuchte vom Tischchen. Das Schmuckstück zerbarst in tausende von Teilen. Der Sturm, so heftig, bahnte sich seinen Weg ins Innere des Raumes. Die Jalousie quietschte stöhnend in ihren Angeln, baumelte am "seidenen Faden des Lebens."

Das Fenster schlug aufgeregt hin und her und erzeugte einen applausähnlichen Klang.

Konnte es die Lampe nicht leiden?

Eduardo verscheuchte diesen blödsinnigen Einfall und stemmte sich gegen den Wind zum Fenster. Die bunten Lampenscherben knirschten unter seinen Schuhen.

Da war wohl eine Extravergütung für die Wirtin fällig. Unter größter Anstrengung erreichte er bei gefühlter Windstärke zwölf das Fenster.

Eduardo registrierte, dass sich die Scheibe des geschlossenen Fensters bedrohlich wölbte.

Eine Jalousie verabschiedete sich mit einem klagenden Geräusch und stürzte in die Nacht.

Warum musste er bei solch einem Mistwetter allein im Haus sein? Doch Rosalie, die resolute Pensionswirtin, befand sich mit ihrem Ehegatten Gerd auf Kegeltour.

Kälte ließ ihn frösteln, vom Gefühl der Einsamkeit noch verstärkt.

Unbeholfen fingerte er am Heizkörper herum. Leider breitete sich keine wohlige Wärme aus, denn Rosalie war eine sparsame Frau.

"Mist", murmelte Eduardo, versuchend durch seine eigene Stimme seine Beklommenheit abzuschütteln.

Instinktiv spürte er, dass sich noch etwas im Raum befand, doch er konnte nichts erkennen.

Eher zögerlich wandte er seinen Blick von rechts nach links und wieder zurück.

Nichts!

Eine unangenehme Ahnung erfüllte ihn. Er traute sich nicht, seinen Platz zu verlassen. Stur betrachtete er das Fenster. Dieses hatte wie ein wackerer Zinnsoldat allen Sturmgewalten zum Trotz standgehalten.

Das Tosen des Windes verstummte, nur die schwarzen Vögel gaben keine Ruhe. Immer noch gellten ihre Schreie durch die Dunkelheit, laut und krächzend untermalten sie das Gebrüll des Orkans.

Eduardo stand noch immer, erstarrt wie eine Salzsäule, am Fenster. Mit einem Ruck sprang das Fenster auf.

Seine Nerven flatterten. Gänsehaut überzog seinen Körper wie eine zweite Haut.

Eine Windböe erfasste seine Aufzeichnungen und Fotos und wirbelte sie umher. Ein Tornado, der sich an kleinen Dingen übte, um später an Stärke zu gewinnen.

Vor Schreck trat Eduardo einen Schritt rückwärts und stolperte über einen Fußschemel.

Schmerzverzerrt sprang er wie ein Stehauf-Männchen hoch, da er mit seinem Allerwertesten in einer Scherbe gelandet war.

Mit einem Ruck entfernte er diese und fasste sich an die wild pochende Stelle.

Boshaftes Lachen ertönte, wild, unbeherrscht und schadenfroh.

Eduardo schlotterten die Knie, er blickte umher wie ein ängstliches Tier, das in der Falle saß.

"Wer ist da?", stotterte er und hoffte insgeheim, darauf keine Antwort zu erhalten.

Eduardo war kreidebleich, ein Gespenst mit irrem Blick. Er wartete.

Quälende Minuten verstrichen.

Er rührte sich nicht vom Fleck, als seien seine Füße mit dem Untergrund verwachsen.

Das Lachen verstärkte sich, es fuhr durch Eduardos Glieder und erschütterte ihn in Mark und Bein. Sein Herz klopfte so laut, dass es in seinen Ohren dröhnte.

Mit einem markerschütternden Gekreische schlug das Fenster zu und zerbarst. Die Glassplitter flogen umher wie kleine Geschosse. Eduardo blieb von der Munition verschont, nur der Rahmen des Fensters traf ihn, so dass er zu Boden ging.

K.O. in der ersten Runde.

Wir glauben an das Gute

"Ich verstehe das nicht", wetterte der Zwerg.

"Das ist ja nichts Neues", konterte Rupert mit einem selbstgefälligen Grinsen.

Der Zwerg plusterte sich auf, erinnerte an einen Fasan kurz vor dem Angriff. Doch bevor es zur Eskalation kam, lenkte der Ehrwürdige friedenstiftend ein.

"Aber, aber meine Herrschaften. Wem nützt es, wenn ihr beide wie die Kampfhähne übereinander herfallt?"

"Hmh pfft", antworteten beide wie ein Ventil, aus dem Luft entwich.

"Nun berichtet mir", sprach der weise Mann und richtete seinen Blick zuerst auf Rupert.

Dies hatte ein erneutes "Hmh Pft" des Zwerges zur Folge.

Doch der Ehrwürdige beachtete diesen Einwand nicht. Tief im Innern des Waldes auf einem Baumstumpf sitzend, wartete er auf die Berichterstattung.

Vögel zwitscherten, Eichhörnchen sprangen in den Baumwipfeln umher und ab und zu lugte ein Reh durch die Büsche. – Eine Idylle.

Theatralisch begann Rupert zu erzählen.

"Dieser Kerl führt Böses im Schilde. Er träumt davon, die Welt zu verändern. Mithilfe von Fotos will er eine der Auserwählten erpressen und …"

Der alte Mann hatte die Hand gehoben, was Rupert veranlasste, augenblicklich mit seinen Äußerungen innezuhalten.

"Nun zu dir, Theodus."

Der Zwerg richtete sich zu seiner vollen Größe auf. Immerhin gehörte er in dieser Runde nicht zu den Kleinsten.

"Die Elemente sehen ihre Chance gekommen, das Duell für sich zu entscheiden. Wotus, der Mächtigste aller Feuerdrachen, aktivierte voller Vorfreude den Vulkan, den die Menschen in ihrer Sprache "Ätna" tauften. Diese Aktion ist gleichzusetzen mit einem Startschuss. Die Feuer sammeln sich zum großen Inferno. Erdbeben verbreiten Panik und sind doch nur ein Vorspiel. Wo soll das nur enden?"

Nach diesem Plädoyer sackte der Zwerg zusammen.

Der weise Alte zeigte keinerlei Regung.

"Wir müssen den Kerl aufhalten" wetterte Rupert wie ein übereifriger Politiker.

Er sah die Chance gekommen, die Aufmerksamkeit wieder auf seine Wenigkeit zu lenken.

Doch der Ehrwürdige lächelte nur milde und antwortete mit sonorer Stimme: "NEIN."

Rupert und Theodus blickten verwirrt.

Einig wiederholten sie wie aus einem Mund: "Nein?"

Die Tiere des Waldes hüllten sich in Schweigen, als fürchteten sie, das Gespräch zu verpassen.

"Aber", stammelte Rupert, "wir verlieren die Kontrolle."

Theodus nickte zustimmend.

"Ab und zu braucht es ein starkes Gewitter, um die Luft zu reinigen", antwortete der Ehrwürdige mit einer Stimme, die alle Zweifel ausräumte.

Rupert und Theodus schauten sich an. Lange Zeit traute sich keiner von beiden, das Schweigen zu brechen. Doch nach quälenden Minuten platzte es aus Theodus explosionsartig heraus.

"Soll das bedeuten, es ist alles geplant?"

"Nein", antwortete der Alte.

Wieder wechselten Rupert und Theodus Blicke. Wie aus dem Nichts erschien Serafia, dicht gefolgt von Arturo. Der graue Kater gesellte sich zu Theodus und Rupert, während Serafia an die Seite des Weisen trat.

Beinahe liebevoll legte sie ihre Hand auf seine Schulter, so als würde sie die Last, die auf seinen Schultern lastete, verteilen.

"Sie haben es nicht verdient, dass wir sie im Unklaren lassen."

Eine Pause, lang gezogen wie Kaugummi. Rupert und Theodus hielten die Luft an und hingen an den Lippen des Ehrwürdigen wie Spinnen an ihren Fäden. Ungeachtet der Spannung döste Arturo vor sich hin. Zusammengerollt, eine graue Kugel.

"Nun, so sei es", verkündete der Alte. Es klang wichtig, bedeutend, einer Prophezeiung gleich.

"Es ist den Elementen erlaubt, ihre "Mächte" auszuspielen. Sie glauben nicht daran, dass es den Auserwählten gelingen wird, die zweite der Prüfungen zu überstehen. Nur vereint können sie gewinnen. Kann es eine Einigung geben, eine tiefe Freundschaft, eine Verbundenheit, ohne sich zu kennen? Die Elemente zweifeln dies an."

"Was glauben wir!", schrie es aus Theodus heraus.

"Wir glauben an das Gute", antwortete Serafia.

"Aber wie wird das Ende der Geschichte aussehen?", warf Rupert ein.

"Ich müsste die Unwahrheit berichten. Dinge entwickeln sich, ändern stets ihren Lauf. Die Elemente ernähren sich von Unzufriedenheit. Diese wird immer präsent bleiben, solange die Menschheit auf Erden weilt. Wer etwas erreicht, strebt nach Neuem. Wer alles hat, strebt nach Veränderungen. Ob reich oder arm, niemand ist ohne Wunsch. Ein Wunsch spaltet sich unzählige Male wie ein Bakterium, das sich vermehrt.

Die Unzufriedenheit auszurotten wird den Weltenreitern nicht gelingen. Doch führt uns ihr Dasein vor Augen, dass wir vertrauen können. Unsere Tradition hat Bestand. Unser Vertrauen, dass es noch mehr Menschen gibt wie die drei. Solche, die ein reines Herz besitzen. Ein Herz, das lieben, freuen, aber auch hassen kann. Aber wo stets das Gute überwiegt."

Das Gesprochene verlor sich in der Weite des Waldes. Wurde davongetragen von den Schwingen der Vögel.

"Was passiert, wenn die Geschichte zu keinem guten Ende führt?", fragte Rupert und kratzte sich am Kopf.

"Man liest eine Geschichte Seite für Seite. An welcher Stelle wir uns befinden, vermag ich nicht zu sagen. Denkt an die Katze, die erst nach Warten herausfindet, ob ihre Jagd erfolgreich wird.

Habt Vertrauen und viel Geduld."

Theodus wand sich wie eine Schlange, bevor er seine Frage formulierte. Seine Worte verpufften, denn der Ehrwürdige und Serafia waren verschwunden. Aufgelöst in wallende Nebel. Zurück blieb nur der Baumstumpf, auf dem sich langsam das Moos aufrichtete.

Vögel zwitscherten, Eichhörnchen huschten, Kaninchen suchten ihren Bau. Die Natur erwachte zum Leben. Mittendrin ein schlafender grauer Kater, dessen Barthaare im Schlaf zuckten.

Besuch

Rosalie wischte sich die Hände an ihrer Schürze ab. Dieses Maß an Zerstörung steigerte ihre Wut. Eine wütende Rosalie glich einem angreifenden Nilpferd – höchste Alarmstufe.

Zertrümmerte Tiffanylampe, abgerissene Jalousie und ein zerstörtes Fenster. Was für ein Gelage!

Frechheit, diese Behauptung, ein Unwetter hätte getobt. Die Vorhersage des netten Herrn vom Wetterdienst lautete "laues Frühlingswetter."

Nun gut, sie und ihr Gerd hatten wenig Zeit damit verschwendet, das Frühlingsdüftchen einzuatmen. Schließlich herrschten auf einem Kegelausflug andere Prioritäten. Aber ein Orkan, der wäre doch nicht unbemerkt geblieben. Heute Morgen beim Bäcker hatte sie noch Lisbeth interviewt. Doch auch diese konnte sich nicht an ein Unwetter erinnern. Und Lisbeth wusste alles! Leider konnte die Arme aufgrund einer Magenverstimmung nicht am Kegelausflug teilnehmen. Schade, denn die Ausflüge des Klubs "Je oller, desto doller" waren legendär. Bei Gelegenheit sollte sie mal ein paar Informationen preisgeben, bezüglich Lisbeths Göttergatten. Dieser hatte die Freiheit in vollen Zügen genossen. – der alte Schwerenöter.

Aber der alte Bock konnte wundervoll Tango tanzen.

Na ja, ihr Gerd tanzte ja nicht.

Ein Geräusch aus der Küche führte sie in die Wirklichkeit zurück. Mit wiegendem Walzerschritt spürte sie den Lärmübeltäter auf. Ihr Ehemann, der sich unbeholfen eine Tasse Kaffee einschüttete.

"Aber Bärchen, warte doch auf mich."

Gerd antwortete, passend zu seinem Kosenamen, mit einem kurzen Brummen.

"Der Harry hat ein neues Fenster eingesetzt und die Rolllade repariert. Die Lampe ist nicht mehr zu retten."

"Das gute Stück von Tante Gerda", klagte Rosalie.

"War die nicht aus dem Baumarkt?", brummte Gerd, ohne vom Frühstück aufzublicken.

Rosalie antwortete sichtlich empört, "Aber Gerd, wie kannst du so etwas sagen. Wenn das die Gerda gehört hätte. Gott hab sie selig."

"Wenn ich mich recht erinnere, konntest du das gute Stück noch nie ausstehen."

Rosalie fauchte unbeeindruckt zurück, "Darum geht es doch gar nicht. Schließlich ist es ein Erbstück, da schaut keiner auf die Schönheit."

Zum ersten Mal blickte Gerd von seinem Frühstück auf und musterte seine Gattin eingehend.

"Hast recht", antwortete er.

Ein drohender Ausbruch kündigte sich an. Rosalies Unterlippe begann zu vibrieren, ihre Augen funkelten dunkel.

Ein leises Kratzen an der Tür entschärfte die Situation. Beide starrten zur Tür.

Wie von einer Tarantel gestochen, sprang Rosalie auf. Beinahe leichtfüßig, trotz ihrer Körperfülle, erreichte sie den angestrebten Ort.

Mit einem Schwung riss sie die Eichentür auf.

"Da bist du ja, mein Schatzilein. Ach, was hat dich Mamilein vermisst. Wie dünn du geworden bist."

Mit einer flinken Bewegung packte sie zu und hatte bald darauf einen dürren grauen Kater im Arm.

Hingebungsvoll kümmerte sich Rosalie um das Mitleid erregende Geschöpf, während Gerd sein Frühstück fortsetzte.

Rosalie servierte dem Kater ein Fürstenmahl. Ein Schälchen vom allerfeinsten Katzenfutter, Sahne mit Wasser verrührt, Käsestückchen und und und …

Dabei liebkoste sie das kleine Geschöpf und berichtete ihm von dem bösen Lampenzerstörer.

"Das interessiert das Viech doch nicht", schnauzte Gerd vom Tisch herüber, "Außerdem versteht er von deinem Geschwätz kein Wort."

"Du hast doch keine Ahnung", meckerte Rosalie. Der kleine Kater rieb sich an ihren Füßen und schnurrte wie ein Rasenmäher.

Die Zeichen im Hause Fischer standen auf Sturm.

Sie ignorierte ihren Ehegatten und ließ gerade den Ausflug wiederaufleben. Bei der brühwarmen Darstellung ihres Tangos mit dem göttlich tanzenden Werner, verließ Gerd demonstrativ den gedeckten Tisch.

"Wo willst du hin?"

"Wech", antwortete er und knallte die Tür in Schloss.

Rosalie bedachte diese Situation nur mit einem Schulterzucken, schließlich war sie gerade anderweitig beschäftigt. Da konnte der Kerl ruhig schmollen.

Der kleine Stromer und die Gedanken an den feurigen Tango versüßten ihr den Tag.

Gut gelaunt deckte sie den Tisch ab.

Später würde sie diesem Mieter eine saftige Rechnung präsentieren. Allein diese Lampe von Tante Gerda würde einen Batzen Geld einbringen.

Ein Erbstück, an dem ihr Herz hing. Rosalie freute sich diebisch.

Vielleicht konnten sie von dem Geld einen Urlaub in Andalusien machen?

Rosalie war noch nie im Ausland gewesen.

Einen Urlaub im Land der heißblütigen Tänzer. Ob sie sich den Göttergatten von Lisbeth ausleihen konnte? Mit einer Handbewegung verwarf sie diesen Gedanken. Ihr Brummbär hat schließlich auch seine Qualitäten.

Einige Zeit später verfasste sie die Rechnung mit sichtlicher Vorfreude.

Das Katertier schlummerte satt und zufrieden in ihrem Schoß.

So ein Unwetter konnte sich doch als recht nützlich erweisen. Wetterphänomene, die punktgenau einen Orkan zur Folge haben, sind ja keine Seltenheit …

Wer weiß, was aufgrund des Klimawandels noch alles passiert?, dachte Rosalie und lächelte versonnen.

Unverschämt

Unverschämt!

Diese Pensionswirtin nahm ihn aus wie eine Weihnachtsgans. Was konnte er denn für diesen Sturm? Höhere Gewalt, das zahlt alles die Versicherung.

Doch Rosalie war stur geblieben.

Zahlen oder gehen, hieß ihre Devise.

Sie berichtete ihm von eigenartigen Begebenheiten, von sündhaft teuren Erbstücken, von Lisbeth und drohte, die Polizei zu informieren.

Diesem Redeschwall konnte er nicht standhalten. Für einen Streit rangierte er gegen Rosalie nicht in der richtigen Gewichtsklasse. Und die Polente konnte er überhaupt nicht gebrauchen.

Kurzum, er hatte nachgegeben. – Der Klügere.

Ein schönes Sprichwort.

Vorsichtig rieb er sich die immer noch schmerzende Stelle am Hinterteil. Dieser komische Sturm war schon ein wenig unheimlich.

Doch für alles gab es eine plausible Erklärung.

Angewidert erblickte er den überteuerten Betrag, den diese Person von ihm verlangte.

Verdammt geschäftstüchtig, die Gute.

Was soll es, dachte er und wischte den Zettel mit einer lässigen Bewegung vom Tisch.

Die Bierflasche wackelte bedenklich.

Mit einem gezielten Hechtsprung brachte er die Flasche wieder in die Waage. Nur kein weiteres Aufsehen, so kurz vorm Finale.

Genug der Vorbereitungen. Finito, aus, fertig!

Wie ein Privatdetektiv hatte er so manche Stunde auf der Lauer gelegen.

Notizen und Fotos zierten den Tisch.

Argwöhnisch beobachtete er das neue Fenster. Durch dieses Fenster war der Sturm gelangt, der all seine Recherchen durch die Luft gewirbelt hatte.

Schweinearbeit, die alle wieder zu sortieren!

Mistwetter!

Vorsichtig näherte er sich dem Fenster und schaute in einen strahlend blauen Himmel.

Postkartenidylle, in der nur die Schreie der Krähen störten.

Diese Viecher führten etwas im Schilde.

Aber was? – Wahrscheinlich Zufall, dass sie immer wieder auftauchten.

Wir sind doch nicht bei Hitchcock!

Mit einer blitzschnellen Bewegung öffnete er das Fenster und verharrte einen Augenblick.

Erst als nichts passierte, kehrte Leben in seine Glieder zurück. Seine Finger glitten in die Sakkotasche, um die Schachtel Zigaretten ans Tageslicht zu befördern.

So viele Jahre Nichtraucher und nun hatte ihn das Laster wieder fest im Griff.

Mit zittrigen Fingern steckte er sich eine Zigarette an und blies den Rauch in den Himmel. Sein Vater verabscheute die Glimmstängel, da seine Ketten rauchende Mutter ihrem Lungenkrebs erlegen war. Damals schmiss auch er seine letzten Zigaretten ins Meer.

Aber jetzt brauchte er einen Halt. Ganz allein Großes zu bewirken, erfordert Mut und Unterstützung. Er war allein, umgeben von Krähen und einer resoluten Pensionswirtin. Sobald die Aufgabe erledigt war, würde er den Zigaretten den Kampf ansagen. Raucherentwöhnung unter Anleitung der teuersten Spezialisten.

Was kostet die Welt!? Nach seiner Tat könnte er sich die berühmtesten Professoren leisten, die ihm mit Rat und Tat zur Seite stehen würden.

Klopfen an der Tür ließ ihn unsanft in die Wirklichkeit zurückkehren.

"Brennt es bei Ihnen? Benötigen Sie die Feuerwehr? Ich sah Qualm aus dem Fenster ziehen."

"Nein, nein", stammelte Eduardo.

"Soll ich Ihnen meine Frau schicken?"

"Nein, nein", antwortete er erneut und suchte verzweifelnd nach anderen Worten.

Zu seiner Erleichterung entfernte sich der Pensionswirt, ohne dass es seiner Überzeugungskraft bedurfte. Geräusche im Treppenhaus ließen darauf schließen, dass sich sein Gesprächspartner nach unten entfernte.

Geradezu panikartig löschte er den brennenden Stängel. Die olle Fregatte fehlte ihm noch!

Lichtjahre entfernt, da er Sehnsucht empfand nach ihrem mütterlichen Schutz.

Morgen würde er die Bombe platzen lassen. Das Spiel nahm seinen Lauf mit ihm als Hauptperson.

Drei Wochen harte Arbeit, um in absehbarer Zeit die Lorbeeren einzuheimsen.

Mittwochs pflegte diese Marian immer zu putzen. Super Gelegenheit. Sie allein aufzusuchen, um ihr die Fotos zu überreichen.

Er fühlte sich wie ein Löwe mit der Aussicht auf fette Beute. Sie war ihm ganz allein ausgesetzt, getrennt von der Herde.

10 Uhr Mittwochmorgen!

Ahnungslos würde sie ihm die Haustür öffnen. Seine Geschichte begann.

Kapitel eins - wie er das Zepter an sich riss.

Eduardo, der einzig wahre Weltenreiter.

Frühstückszeit

Die Tätigkeiten einer Weltenreiterin unterschieden sich nicht im Geringsten von denen einer Hausfrau.

Kurzum, der Job oder die Berufung als Auserwählte rückte mehr und mehr in den Hintergrund.

Immer noch warteten unzählige Aufgaben auf Marian. Keine, mit denen man den Nobelpreis verdiente und doch von größter Wichtigkeit.

Sie liebte ihre Tätigkeiten und konnte doch nicht verhindern, dass sie ab und an nach Abwechselung gierte.

Nur nicht unzufrieden werden, schalt sie sich selbst.

Wieder ein Kampf gegen die übermächtige Armee der Wollmäuse.

Ein Anruf der Lehrerin, die um spontane Hilfe beim diesjährigen Sportfest bat.

Ein Hilferuf vom Sohnemann, der aus kuriosen Gründen den Bus verpasste. Aufgaben, die ihr zufielen, da sie ja nicht zur berufstätigen Liga gehörte.

War es ein Fluch oder ein Segen?

Tagesformabhängig philosophierte Marian, wobei sie einen kritischen Blick in den Spiegel warf.

Heute war es ein Segen.

Das Wetter, ihre Stimmung, ihre Vorfreude, kurzum - sie fühlte sich beschwingt und heiter.

Erstaunlich so eine Euphorie an einem Mittwoch.

Alle vier Wochen erwartete sie ihre Freundinnen zum Frühstück. Schon seit Jahren zelebrierten sie ein ausgiebiges Frühstück mit Sekt und viel Tratsch. Vier Mädels, fast wie bei "Sex and the city", denn selbst Victoria hielt diesen Tag in Ehren.

Überstunden abfeiern, Urlaub einreichen, sie, Marian, hatte dies nicht nötig. Heute fühlte sie sich wie eine Königin. Ihr neues Kleid umschmeichelte sanft ihre Figur. Ausnahmsweise hatte sie auch ihre störrischen Haare in den Griff bekommen.

Ihr Spiegelbild nickte bewundernd.

Nein, dieses eine Mal würde sie neben Victoria nicht wie eine Bäuerin aussehen.

Sie geriet in Versuchung, den Spiegel zu befragen.

Spieglein, Spieglein an der Wand, aber nein, doch nicht!

Bestätigungen konnten Enttäuschungen mit sich bringen. Abgesehen davon, dass dieser Spiegel zwar antik aussah, aber von der Gattung Zauberspiegel weit entfernt, eher Kategorie Baumarkt.

Marian kicherte unbeschwert wie ein kleines Kind.

Den Tisch liebevoll dekoriert, wartete sie voll Ungeduld auf die Ankunft der Freundinnen.

Tief in ihrem Innern schlummerte eine Vorahnung. Undefinierbar, trotzdem vorhanden – ein Bauchgefühl.

War der Sekt nicht gekühlt?

Die Deko nicht vollständig?

Landete der Aufschnitt gerade im Maul zweier Stubentiger?

Schnell rannte sie, um den Tisch in Augenschein zu nehmen. Alles in Ordnung!

Der Sekt wartete im Kühlschrank auf seinen Einsatz. Kunstvoll gefaltete Servierten, duftende Blumen, vollständige Wurstplatten.

Das komische Gefühl rückte in den Hintergrund.

Die Haustür klingelte Sturm.

"Überraschung!", riefen die drei aus einem Mund, als Marian ihnen die Türe öffnete.

Marian lachte unbeschwert. Ja, es würde ein wunderbarer Morgen werden.

"Du siehst super aus", flötete Victoria. Marian platzte fast vor Stolz, das Kompliment ging runter wie Öl.

"Danke", stammelte sie verlegen.

Kurz darauf erfüllten Lachen und Anekdoten das Haus. Tratsch und Klatsch machten die Runde.

Bühne frei zum Lästern.

"Hast du schon gehört?"

"Nein, sag bloß …"

"Das hätte ich niemals vermutet."

"Wisst ihr schon das Allerneuste …?"

Eine ausgelassene Stimmung, die sich von Minute zu Minute steigerte.

Um Punkt 10 Uhr erschütterte ein Klingeln die Idylle. Wie ein Peitschenhieb dröhnte das Läuten durchs Haus.

"Erwartest du noch jemanden?", fragte Victoria mit hochgezogenen Augenbrauen.

"Nicht, dass ich wüsste", erwiderte Marian.

Aus unerklärlichen Gründen machte ihr Herz einen Hüpfer. Die dunklen Vorahnungen nahmen wieder von ihr Besitz, wie ein Dämon, der durch ihren Körper fuhr.

"Koch du Kaffee! Ich werde nachschauen, wer es wagt, unsere Kreise zu stören."

Victoria, die Rachegöttin auf High Heels, stolzierte zur Haustür. Marian sah ihr nach, bis sie aus ihrem Sichtfeld verschwunden war.

"Kaffee!" riefen die Mädels, und erst dieser Zuruf weckte Marian. Das Gefühl, dass etwas Furchtbares passieren würde, ließ sie nicht los. Als sie endlich die Küche erreichte, brauchte sie einige Minuten, um sich zu erinnern, weshalb sie hier war

"Ach", murmelte Marian und füllte Kaffeepulver in den Trichter. Erst als dieser überquoll, stoppte sie.

"Was mache ich hier eigentlich? Marian, konzentriere dich." Mit zittriger Hand schaufelte sie das Mehl in die Packung zurück. Nachdem das Wasser im Tank war, startete sie die Maschine. Sie stierte das Gerät an, bis die ersten Tropfen die Glaskanne erreichten.

"Marian? Kommst du wieder?"

"Klar doch. Sofort", stammelte Marian und klammerte sich an die Arbeitsplatte, "ich bin gleich bei euch."

Sie wollte wissen, wer an der Haustür gewesen war und irgendwie auch wieder nicht. Es war ein sonderbares Gefühlschaos, das sie durchlebte. Dieser Neugier-Furcht-Cocktail zerriss sie in zwei Teile. In die Marian, die zu ihren Freundinnen zurückdrängte und die, die mit Zitterhand die Küche säuberte und sich um alle "Räum-mich-weg" Gegenstände kümmerte.

"M a r i a n! Ist dir etwas passiert?"

"Nein, nein", verhaspelte sie sich, "ich räume nur noch schnell auf."

"Spinnst du?", antwortete ein Frauenchor aus dem Nebenzimmer.

Marian versuchte, ihre Gedanken zu sortieren, straffte die Schultern und wandte sich Richtung Tür.

"Sag mal. Hast du auch fettreduzierten Frischkäse?", fragte Victoria.

"Ja, ich hole ihn." Mit klopfendem Herzen eilte Marian, um mit dem Käse zum Esszimmertisch zurückzukehren.

"Und?", fragte Marian und rückte ihren Stuhl zurecht.

"Gut", antwortete Victoria und bestrich ihr Brötchen mit dem 30% weniger Fett-Belag,"dachten schon, du wolltest nicht mit uns frühstücken."

Sandra und Laureen kicherten.

"Und?", fragte Marian erneut und starrte Victoria an.

Doch Victoria sah keine Notwendigkeit, ihren Kauvorgang zu beschleunigen. Seelenruhig spülte sie den Bissen mit dem dampfenden Kaffee hinunter. Es erschien Marian, als genösse ihre Freundin diesen Augenblick der ungeteilten Aufmerksamkeit. Endlich neigte sich der Schluckvorgang seinem Ende zu.

"Schmeckt."

Sandra und Laureen lachten auf, während Marian sich zügeln musste, ihrer Freundin nicht an die Gurgel zu springen.

"Nun, mach es nicht so spannend", schaltete sich Sandra ein, "Lass uns alle hören, welcher geheimnisvolle Störenfried an der Tür gewesen ist."

Marian schloss daraus, dass Victoria selbst bei ihrer Rückkehr an den Tisch geschwiegen hatte.

Warum nur?

Ihr ungutes Gefühl verstärkte sich.

"Wen erwartet ihr denn noch?", fragte Victoria argwöhnisch und schaute in die Runde.

Doch alle drei zuckten nur mit den Schultern.

"Nun, sag schon", meldete sich Laureen zu Wort, die vor Neugier ihr Brettchen hin- und herbewegte.

Victoria lachte mit ihrer glockenhellen Stimme, bevor es prustend aus ihr herausplatzte.

"George Clooney wollte wissen, ob wir Espresso haben." Laureen haute vor Übermut auf die Tischplatte, und Sandra verschluckte sich vor Lachen. Selbst Marian grinste und verbannte ihre Hysterie.

"Hirngespinst, Neurosen", murmelte sie.

Die Stimmung wurde ausgelassener. Alle scherzten, lachten, tratschten. Kurzum sie fanden zu ihrer alten Form zurück, die vom Klingeln unterbrochen worden war. Nur beiläufig erwähnte Victoria den Ausländer, der mit irgendwelchen Fotos vor der Tür rumgewedelt hatte.

"Typisch", meinte Laureen, "Diese Gestalten zeigen dir Bilder von zerstörten Gegenden und wollen Geld einsammeln. Als ob der Staat ihnen nicht genug in die Tasche schiebt, ohne Gegenleistung."

Bevor Laureen ihr Lieblingsthema vertiefte, kam der Sekt zum Einsatz. Der Alkohol war das Puzzleteil, das fehlte, um Marians Gefühlschaos zu beseitigen. Sie fühlte sich gelöst und mutig – all ihrer Ängste beraubt.

"Prost" sagte sie kichernd und leerte ihr zweites Glas.

Zum Wohle.

Kein schlechter Mensch

Er fühlte sich wie ein Aussätziger. Abgeblitzt, rausgeschmissen aus der Castingshow. Diese Barbiepuppe hatte ihn eiskalt abserviert.

Wie konnte das passieren?

Drei Wochen gründliche Recherchen und nichts als ein Reinfall. Keine mit Putzlappen bewaffnete Herrin des Hauses, sondern ein Modepüppchen.

Eine, die Regungen in ihm wachrief, die er lange unterdrückt hatte.

Viel zu lange…!

Aber für derartige Spielchen blieb keine Zeit. Er strebte nach Höherem.

Allerdings konnte er die Leiter nicht erreichen.

Wie ein begossener Pudel marschierte er Richtung Pension. Er brauchte Zeit zum Nachdenken. Sie würden alle noch zu ihm aufblicken.

Auch diese missmutige Busfahrerin von Linie 79, die ihn immer musterte wie einen Verbrecher.

Verbrecher, was für ein hartes Wort für jemanden, der die Welt verändern würde.

Schwerfällig schritt er die baumgesäumte Straße zur Pension entlang. Mit zittrigen Fingern suchte er nach der Zigarettenschachtel. – Ohne Erfolg.

Ging denn heute alles schief?

Seine Laune sank auf den Tiefpunkt.

Wütend trat er vor einen Stein, der in hohem Bogen vor einen Baum flog. Dummerweise traf er den Stamm. Der Stein prallte ab und landete wie ein Geschoss unsanft in Eduardos Magen. Er heulte auf wie ein verletzter Hund.

"Verdammt, hat sich denn alles gegen mich verschworen!", schrie er und beförderte den Stein mit der Hand in das neben der Straße liegende Rapsfeld. Wenn jetzt jemand seine Wege kreuzen würde, er könnte für nichts garantieren.

Düstere Gedanken vernebelten seinen Geist.

Den leichten Wind, der ihn umschmeichelte, registrierte er nur am Rande. Wie eine Boa umschlang der Wind seinen Körper. Blitzschnell schlug sie zu. Eduardo, unfähig sich zu rühren, stierte mit entsetzten Augen umher.

"Was ist das? Lass mich los!"

Seine Worte voll Panik verpufften ohne Wirkung.

Er versuchte wild um sich zu schlagen, doch er hatte nicht den Hauch einer Chance. Dieses nicht zu erkennende Etwas hielt ihn fest wie in einem Schraubstock.

"Ich habe nichts verbrochen", stotterte er.

"Hilfe, ich brauche Hilfe!"

Er hörte Lachen, wild und unbeherrscht. Gänsehaut überzog seinen Körper. Schweißperlen, die von der Stirn tropften, trübten seinen Blick.

Das ist das Ende!

Eine weitere Erklärung konnte er nicht geben. Immer noch stand er wie erstarrt.

Wenn seine Beine es zugelassen hätten, wäre er um Gnade winselnd auf die Knie gefallen. Doch dieser Schraubstock war unerbittlich, es gab kein Entrinnen. Durch den Schleier des Schweißes glaubte er weit entfernt eine Person zu erkennen.

"Hilfe!", schrie er erneut.

"Ich will noch nicht sterben …!"

Er schrie, schrie wie noch nie in seinem Leben.

Die Rettung, wo blieb die Rettung?

Wie ein zum Tode Verurteilter durchlebte er sein Leben noch einmal. Schweißperlen vermischten sich mit Tränen, die sich ungehindert ihren Weg bahnten. Seiner Sicht nun vollends beraubt, stand er da hilflos wie ein Neugeborenes.

"Ich bin doch kein schlechter Mensch", brachte er mühsam hervor.

"Daher benötigst du unsere Hilfe", säuselte ihm eine Stimme ins Ohr, begleitet von irrem Lachen.

Eduardo glaubte den Verstand zu verlieren. Er wollte sich winden, verstecken oder am besten die Flucht ergreifen. Weit, weit weg!

Doch noch immer war er hilflos wie eine Marionette. Vermischt mit dem irren Lachen vernahm er Schritte, die sich schnell näherten.

Sein getrübter Blick meinte, eine menschliche Silhouette zu erkennen

War es ein Wunschdenken?

Eine Einbildung?

"Was fehlt Ihnen?", erkundigte sich eine ihm bekannte Stimme.

Robert Roberts

Robert Roberts war ein pensionierter Lehrer, wie er im Buche stand. Durch und durch Beamter von altem Schrot und Korn.

Vor zwei Jahren in den verdienten Ruhestand getreten, drehte er jeden Tag seine Fitnessrunden. Er schätzte keine Pause. Nur wer rastet, der rostet.

Deshalb absolvierte er jedes Jahr sein Sportabzeichen.

Er, der pensionierte Realschullehrer, gehörte noch nicht zum alten Eisen.

Dicke und faule Kinder, und solche, die angebliche Lernstörungen aufwiesen, verachtete er. So einen Quatsch mit ADS und Kiss, und wie der ganze neumodische Kram auch heißen mag. Eine Tracht Prügel, ein paar Pfiffe mit seiner Pfeife, dann lief alles wie geschmiert.

Nun, es gab den einen oder anderen Aufmüpfigen. Leider wurden es immer mehr. Lag wahrscheinlich an der laschen Erziehung.

Schnickschnack!

Doch jetzt brauchte er sich nicht mehr mit den Blagen und deren Eltern rumstreiten.

Er konnte seinen Ruhestand genießen.

Stundenlang frönte er neben seinem Sportprogramm seiner Lieblingsbeschäftigung, dem Briefmarkensammeln.

Ja, seine Welt war in Ordnung. Seit vierzig Jahren mit seiner Elvira verheiratet.

Na ja, zugegeben, das Beste war runter …

Aber nachts ist es schließlich dunkel.

Robert Roberts stand mit beiden Beinen fest auf Mutter Erde.

Seine Welt war klar strukturiert, ohne Überraschungen, stets geordnet.

Das Benehmen des jungen Mannes wirkte befremdend. Von Weitem bemerkte er abgehackte Bewegungen, die an ein Zucken erinnerten.

Vielleicht litt dieser Mann an einer Krankheit. Erste Hilfe leisten stellte kein Problem dar, aber dieses schien eher eine geistige Fehlentwicklung zu sein.

Zum ersten Mal bereute er, ein Gegner der neumodischen Technik zu sein.

Ein Handy war lediglich ein überflüssiger Ballast, der beim Laufen behinderte.

Er könnte zur Pension laufen, um dort Hilfe zu holen. Doch Unzulänglichkeiten verletzten seinen Stolz. Nein, er würde dem jungen Mann schon beistehen.

Wahrscheinlich handelte es sich um Drogen oder Alkoholmissbrauch.

Sein Verdacht erhärtete sich, als er in dem Fremden den Ausländer aus der Pension erkannte.

Auf einem Dorf bleibt niemand ein Unbekannter. Er hörte diesen Kerl mit sich selbst reden und kurz darauf wie irre lachen. Geisteskrank, da halfen nur eine Zwangsjacke und Drogenentzug.

Keine zwei Meter von dem Paranoiden entfernt, verharrte Robert und sprach ihn an.

Blut überall

Eduardo versuchte zu antworten, doch seine Zunge klebte am Gaumen.

"Was fehlt Ihnen?", wiederholte jemand mit scharfer Stimme.

Wieder versuchte sich Eduardo bemerkbar zu machen, doch alles an ihm war steif wie ein Brett.

Als Schweiß und Tränen pausierten, erkannte er seinen Retter. Den alten Jogger, der täglich seine Runden absolvierte.

So plötzlich wie ihn das Etwas gepackt hatte, so schnell ohne Vorwarnung löste sich der Schraubstock. Eduardo knallte wie ein nasser Sack zu Boden. Schmerzend rieb er sich die Seite und stimmte ein Wolfsgeheul an. Der Albtraum war vorüber, er konnte sich wieder bewegen. Eduardo bemerkte den Alten, der sich zu ihm hinunterbeugte.

Doch was war das? Eine Luftböe erfasste seinen Helfer und riss ihn von den Beinen. Bevor Eduardo registrierte was geschah, schwebte der Jogger wie eine Feder durch die Lüfte.

Eduardo stierte hinauf. Er wollte aufspringen, um den alten Kerl zu retten.

Doch zu spät …!

Der Körper wirbelte umher, immer schneller und schneller, ein Kreisel im Sportoutfit. Eduardos Augen drohten aus den Höhlen zu springen. Er stierte, unfähig Hilfe zu leisten. Schreiend drehte sich der Alte, bis er plötzlich verstummte. Immer noch drehend näherte sich der menschliche Kreisel einem Baum. Dort endete die Karussellfahrt. Mit voller Wucht prallte der Alte vor den Stamm. Der Knall beendete Eduardos Apathie.

Erschrocken schrie er auf. Stolpernd rannte er zu dem gekrümmt liegenden Mann. Angst durchflutete ihn, eine gewisse Vorahnung ergriff von ihm Besitz. Mit zittrigen Knien erreichte er die Stelle und erstarrte erneut, diesmal ohne fremde Hilfe.

Blut, viel Blut tränkte den Boden. Ein wunderschönes Farbenspiel. Rot, im Hintergrund umrahmt vom leuchtend gelben Rapsfeld. Wie hypnotisiert blickte Eduardo auf die Flecken, die sich wie Lava ihren Weg durch das Grün suchten.

Ein leichter Wind umschmeichelte seinen Körper. Nervös blickte er sich um. Niemand war zu sehen. Ein Windhauch spielte mit seinen Haaren.

"Du brauchst unsere Hilfe", säuselte eine Stimme.

Eduardo vergaß das Atmen. Er träumte, er musste träumen.

Für einen Augenblick schloss er die Augen. Doch seine Situation blieb unverändert. Der alte Herr starrte ihn aus leeren Augen an.

"Lege dich nie mit Mächten an, die du nicht beherrschen kannst."

"Wwerr spprichtt da!", schrie Eduardo hysterisch.

Doch keiner antwortete.

Blut befleckte die Rinde des Baumes, Blut klebte an Blättern, an den Gräsern, an den gelben Blüten - Blut überall.

Eduardo wandte sich ab. Er musste würgen und presste seine Hand vor den Mund. Dann stolperte er los, den Weg entlang. Anfangs unbeholfen und langsam, steigerte er seine Geschwindigkeit. Er lief, er rannte, er raste, begleitet von einem Lachen, das aus seiner Kehle entrann. Eduardo, vom Rande des Wahnsinns nur einen Spalt entfernt.

Der Anwärter auf das jährliche Sportabzeichen blieb zurück am Straßenrand.

Anfang und Ende vereint

Rupert hatte das Desaster kommen sehen. Leider ohne es abwenden zu können. Tatenlos dazu verdonnert, zuzusehen wie das Schicksal seinen Lauf nahm. Das konnte niemals gut ausgehen.

Er vertraute dem Ehrwürdigen, doch er, Rupert, besaß keinen Optimismus.

Unruhig betrachtete er die erschlagene Gestalt, die ins Leere blickte. Das Blut getrocknet .... Rote Glasur auf sattgrünem Gras.

Ein Frühlingstag, auserwählt um das Leben erwachen zu lassen. Doch hier ruhte der Tod, eingerahmt vom frischen Grün. Anfang und Ende vereint. Rupert seufzte in Anbetracht der Ironie des Zufalls, der solch ein bizarres Kunstwerk erschaffen hatte.

Hilflos musste er mitansehen, wie das alles geschah. Seine Aufgabe lautete nur beobachten. Noch nie war ihm etwas schwerer gefallen.

Einer mehr oder weniger von der menschlichen Rasse fiel nicht ins Gewicht und doch empfand er Mitleid. Auch dieses Individuum würde vermisst – beneidenswert.

Bei den Rotnasen gab es keine Gemeinschaft. Ein bedauernswerter Zustand. Doch wer war schon in der Lage eine Bestandsliste zu führen bei der langen Lebenserwartung einer Rotnase?

Seine Wehmut war nur von kurzer Dauer, durfte nur von kurzer Dauer sein. Keine Zeit zum Putzen und zum Grübeln. Ein letzter Blick auf den geschundenen Körper, bevor er verschwand.

Punktgenaue Landung, dies war schließlich seine Spezialität, vor der Pension, bei der Arturo friedlich schlummernd auf der Gartenbank weilte.

Keine besonderen Vorkommnisse. Dieser Fremde weilte im dunklen Zimmer. Die Jalousien geschlossen, das Tageslicht ausgesperrt, verschanzte er sich wie in einer Burg.

Auch dieser Kerl konnte einem Mitleid abringen.

Rupert hatte die Abfuhr an der Haustür beobachtet. Peinlich, wie er von dannen kroch. Eine getretene Kreatur. Nein, ein strahlender Sieger sah anders aus.

Wie sollte die Geschichte enden?

Rupert dachte an die Worte des weisen Mannes.

Konnte sich dieser irren? Irgendwann war immer das erste Mal.

Schon beim Gedanken an diesen Zweifel biss er sich auf die schmalen Lippen. Er, Rupert Rotnase, vertraute dem weisen Herrn. Bisher war immer alles so eingetroffen, wie der Alte prophezeite. Aber,… da war er schon wieder - dieser nagende Zweifel.

Auch er war nicht mehr als ein Untertan seiner Gefühle. Ärgerlich trat er auf den Boden. Sofort wich die Müdigkeit des grauen Raubtieres. Die Ohren gespitzt, die Augen wachsam, suchte es nach dem Opfer.

Rupert begrüßte den Umstand, dass Arturo zu seinen Freunden zählte.

Obwohl die spitzen Krallen und Zähne einer Rotnase nicht gefährlich werden können.

Fast liebevoll betrachtete er das hagere Geschöpf, das wieder entspannt auf der Gartenbank ruhte. Wie eine schlafende Bombe, jederzeit zum Ausbruch bereit.

Ob der Kater weiß, wie die Geschichte enden wird? Nachdenklich betrachtete Rupert das dürre Etwas. Plötzlich und unerwartet unterbrach es erneut seinen Schlaf und blickte ihn an. Wie hypnotisiert schaute er in die grünen Augen, die an einen tiefen Bergsee erinnerten. Unergründlich, geheimnisvoll und doch voller Geborgenheit.

Ein Schrei unterbrach seine poetischen Gedanken.

"Gerd, denk dir, sie haben den alten Robert gefunden.

T o t , in unserer Allee."

Obwohl Rupert die Sicht auf die Pensionswirtin versperrt blieb, sah er sie leibhaftig vor sich.

Türen schlugen, Telefonklingeln, Schritte polterten durch das Haus. Stimmengewirr, panisch und ängstlich zugleich.

"Arturo", flüsterte Rupert, "hilf mir, in den Blumenkasten zu klettern." Der Kater war schlagartig hellwach, doch bevor er zur Tat schritt, streckte er seine Glieder. Dehnübungen, vor dem Einsatz. Er sprang von der Gartenbank und packte Ruperts Ärmchen.

"Sei vorsichtig!", zischte Rupert. Gerade als der Graue zum Sprung ansetzte, knarrte die Haustür und zwei Presseleute verließen das Haus.

"Hehe, schau einmal, was hat der Kater da im Maul?", fragte der eine, dessen Kamera auf dem fleckigen Hemd ruhte.

"Mensch, August, ist doch ganz egal. Machen wir eine Katzenreportage oder suchen wir einen Mörder?"

"Aber …", warf der eine zaghaft ein, doch sein Mitstreiter winkte nur verächtlich ab. Schnellen Schrittes eilten beide davon. Reporter "Fleckiges Hemd" schaute sich noch einmal fasziniert um und schüttelte dann heftig seinen Kopf.

"Puh, das war knapp", schnaufte Rupert. Mit einem beherzten Sprung landete der Kater erneut auf der Gartenbank und stemmte sich von dort hinauf zum Blumenkasten.

"Na du, riechst du an den schönen Blumen?", fragte eine Polizistin, die urplötzlich vor der Haustür erschien. Sie streichelte sanft Arturos Kopf. Rupert versteckte sich zwischen den Geranien und rieb sich das kleine Ärmchen. Er musste doch noch einmal seine Landetechnik überarbeiten. Die Fortbewegungsmethode, sich von Kater Arturo transportieren zu lassen, war auf Dauer etwas schmerzhaft für seine Gelenke.

"Du bist aber ein Lieber!", flötete die Beamtin und hörte nicht mit dem Streicheln auf. Kater Arturo schnurrte und schnurrte.

"Bist wohl eine Bauernhofkatze. – Wahrscheinlich nicht kastriert." Rupert beobachtete durch die Geranien, dass Arturo sein Heil in der Flucht suchte. Und er konnte es ihm nicht verübeln.

"He Kleiner, bleib doch hier!" Doch Kater Arturo verschwand im angrenzenden Feld, in dem ihm der Raps Asyl gewährte.

Rupert verharrte, neugierig der Dinge, die da kommen würden. Vorsichtig spähte er durch die rote Geranienpracht. Endlich konnte er auch in das Innere des Hauses blicken. Die kleine Pension verwandelte sich innerhalb kürzester Zeit in ein Tollhaus.

Mit Sirenengeheul erschienen weitere Polizeiwagen. Rupert war beeindruckt, wie schnell die Hüter des Gesetzes ausschwärmten.

Uniformierte Beamte bevölkerten das Anwesen, ein emsiges Treiben begann. Rupert lauschte, um auch jedes Wort aufzuschnappen. Seine Aufgabe wurde zusehends interessanter. Leider blieb ihm der Eingang ins Haus versperrt, auf keinen Fall wollte er eine Entdeckung riskieren. Welche Rotnase möchte schon mitten in den Ermittlungen als Souvenir enden?

"Ich müsste Ihren Gast befragen. – Wo kann ich ihn finden?", fragte ein untersetzter Beamter die sichtlich sensationsgierige Rosalie.

"Der arme Robert! So ein herzensguter Mensch!", schmetterte Rosalie theatralisch, um dann schluchzend in die Arme des Beamten zu sinken.

Dieser schien sichtlich bemüht, die bebenden Massen zu bändigen.

Was für ein herrliches Spektakel, frohlockte Rupert. Theodus würde vor Neid platzen.

Leute mit Koffern gesellten sich zu den Uniformierten. Wichtigtuerisch wurde gestikuliert und diskutiert. Rupert gewann den Eindruck, dass dieser Tod eine willkommene Abwechselung im Dorfleben darstellte. Alle schienen begierig, sich in den Vordergrund zu drängen. Schon bald erschienen weitere Presseleute.

Kurz darauf wimmelte es von Männern und Frauen, ausgerüstet mit Kameras, die alle an dieser Sensation teilnehmen wollten.

Das Gespräch mit dem Pensionsgast hätte er nur zu gerne belauscht, doch die Möglichkeit wurde durch eine weitere Horde Neugieriger endgültig vernichtet.

Rupert hatte genug gesehen, er verschwand.

Ein kurzer Stopp am Unglücksort, an dem der alte Pensionär gerade in einer Kiste verstaut wurde.

Ein "Klonk" und der Deckel schlug zu. Das Ende von Roberts, der Anfang von vielen Ermittlungen. Viele Leute umkreisten die Fundstelle wie Geier das Aas.

Immer wieder klackte ein Fotoapparat, surrte eine Kamera. Ein Fernsehteam berichtete live vom Ort des Grauens.

Wenn die wüssten, dachte Rupert, was sich hier wirklich zugetragen hat.

Akribisch wurde jede noch so kleine Spur gekennzeichnet. Sie trampelten durch das Rapsfeld, um jedes Detail zu entdecken. Nur Rupert sah die Schönheiten der Natur – den roten Mohn, das frische Grün und das Sonnengelb der Rapsblüten – welch ein Farbenspiel. Doch er schien der

Einzige zu sein, der diese Pracht genoss. Alle anderen fieberten der Aufklärung dieses Falles entgegen. Jeder wollte der Erste sein, der das Indiz fand.

Der arme alte Lehrer, geachtet und gefürchtet zugleich. Dieser sympathische Mann.

Rupert hatte genug gesehen und gehört.

Mit einer flinken Handbewegung berührte er den roten Fleck und verschwand.

Das Verhör

Eduardo machte jedem Gespenst Konkurrenz. Leichenblass hockte er in seinem Zimmer, Türen und Fenster verrammelt.

Überall vernahm er Stimmengewirr. Ohne aufzublicken wusste er, was das zu bedeuten hatte.

Die Polizei ermittelte. Und er war der einzige Zeuge und doch unbrauchbar.

Keiner würde ihm glauben, ihm, dem Fremden.

Seine Pensionswirte würden mit den Fingern auf ihn zeigen. Alle würden ihn an den Pranger stellen. Er dachte an die lästige Stubenfliege.

Mama, Mama, das ist der böse Mann!

Er hatte keine Chance und das Schlimmste überhaupt:

Sie hatten alle Recht!

Dieser alte Mann wollte ihm helfen.

Doch für ihn, Eduardo, kam jede Hilfe zu spät.

Sollte er die Flinte ins Korn werfen und reumütig seinen Vater um Hilfe bitten?

Wohl kaum – dafür war es zu spät!

Sein Vater würde sich bestätigt fühlen, ihn einen Träumer und Versager zu schimpfen.

Nein, er konnte nicht aufgeben.

Er, der einzig wahre Weltenreiter - bereits bei Kapitel eins am Ende.

Viel zu tief steckte er in dieser Geschichte. Die Ermittlungen der Polizei würden bei ihm landen, wie ein Wal am Strand.

Schritte auf der Treppe kündigten den drohenden Besuch an.

Der Countdown begann …

Es klopfte. Es gab keine Möglichkeit die Beamten zu vertrösten, ohne Verdacht zu erregen. Eduardo strich mit seinen Fingern durchs Haar, zupfte an seiner Kleidung und ging dann zur Tür. Knarzend öffnete er diese.

"Herr Sanchez", sprach ein freundlich blickender Beamter, "wir müssen Sie sprechen."

"Wenn es sein muss", antwortete Eduardo mit lang gezogenem Akzent und wich zur Seite.

"Wissen Sie was vorgefallen ist?"

"Nein", antwortete Eduardo, "Ich habe mich in mein Zimmer zurückgezogen, da ich mich nicht wohlfühle."

"Das sieht man", meinte der Beamte.

Eine Pause entstand.

Eduardo kam sich wie ein Insekt vor, das im Spinnennetz zappelt.

"Herr Roberts ist verstorben", erwähnte der Polizist beiläufig.

"Oh, ist das nicht der alte Jogger? Den habe ich heute Morgen noch gesehen."

"Wann war das?", schnellte der Polizist hervor und erinnerte an eine bisswütige Viper.

"Ich war kurz in der Stadt. Auf dem Nachhauseweg begegneten wir uns. Wie schon häufiger. Was ist denn passiert?"

Der Beamte fixierte ihn und fragte, " Wissen Sie es nicht?"

"Nein, wieso, woher?"

"Was machen Sie hier in Raven?", fragte der Beamte, ohne auf Eduardos Aussage einzugehen.

"Urlaub."

Eduardo beschlich ein ungutes Gefühl. Nach quälenden Sekunden wandte sich der Uniformierte zur Tür.

"Sie hören von uns."

Mit feuchten Händen schloss Eduardo die Tür und schlenderte zum Sessel zurück. Gedankenverloren fingerte er ein Taschentuch aus der Hose, um sich über seine Stirn zu wischen.

Er war der Hauptverdächtige.

Dies stand in den Augen des Beamten geschrieben. Keiner würde an seine Unschuld glauben. Im Geiste sah er, wie die Polizei ihn in Handschellen abführte. Fieberhaft überlegte er, ob er irgendwelche Spuren zurückgelassen hatte. Die kleinste Faser konnte sein Verderben sein.

Ruhig Blut, sprach er zu sich selbst. Sie können dir gar nichts beweisen. Aber schlimmer noch als der Tote war die Tatsache, dass dort auf der Allee etwas Unerklärliches geschehen war.

Der Feuergeist

Legte er sich wirklich mit Mächten an, die er nicht kontrollieren konnte?

Ratsam war das keineswegs, aber hatte er eine Wahl? Viel zu tief steckte er im Sumpf fest.

Und was den alten Kerl anging, Opfer müssen sein.

Wer Großes bewirken will, muss bereit sein zu opfern. Eduardo gewann seine alte Zuversicht zurück. So einen tollen Spruch hatte er zuletzt in der Schule formuliert und selbst dort relativ selten. Genau genommen eigentlich nie.

Außer wenn sein Kumpel und er sich die Dröhnung verpasst hatten. Mensch, das waren noch Zeiten. Was wohl sein alter Kumpel Pedro so trieb? Sein Trip in die Vergangenheit wurde unterbrochen von lautem Motorengeräusch. Die Bullenschnüffler rückten ab, auf der Suche nach der Wahrheit.

Die Wahrheit, die ihm bekannt war. Schon bei dem bloßen Gedanken daran begann er zu frösteln.

Nein, diesen Vorgang wollte er so schnell wie möglich vergessen.

Konzentrier dich auf deine Aufgabe …, schalt er sich selbst. Die Kälte, die seinen Körper durchzog, machte dieses Vorhaben nicht leichter.

"Brrr, dieses alte Bauernhaus lässt keine Wärme hinein." Wie zur Befreiung riss er alle Fenster auf. Noch schnell einen starken Kaffee zubereiten, dann würde sein Gehirn wieder arbeiten.

Vertieft in seine Suche nach dem schwarzen Gebräu bemerkte er spät, dass die Kälte sich davonstahl. Heimlich abgelöst durch Hitze, die selbst den kalten Mauern Leben einhauchte. Eduardo verrührte Mengen von Kaffeepulver mit kochendem Wasser. Verwundert wie viel Temperatur so eine Tasse Kaffee absonderte, drehte er sich um. Sein Ziel, den verschlissenen, gemütlichen Sessel, erreichte er nicht.

Klirrend zersplitterte die Tasse am Boden. Bunte Scherben bevölkerten den Boden und bildeten ein runenartiges Muster. Kaffee ergoss sich auf den Dielen, ein brauner Fluss, der sich seinen Weg bahnte.

"Wie lautet dein Plan?", fragte der Feuergeist und durchbohrte Eduardo mit seinen stechenden Augen. Eduardos Unterkiefer klappte herunter, doch kein Ton entrang seiner Kehle.

"Der Plan?", wiederholte das Geschöpf und zeigte seinen zahnlosen Schlund.

"Ich", stotterte Eduardo, unfähig sich zu artikulieren.

Aus seinem Innern beförderte das Wesen einen Fetzen Papier und übergab diesen wortlos seinem Gegenüber.

Reflexartig griff Eduardo danach.

Eine Fehlentscheidung. Der Zettel sonderte eine Hitze ab, die sich unerträglich in Eduardos Finger einbrannte. Ein Gefühl, als würde man mit bloßen Händen in ein Feuer greifen. Voll Panik rannte er zum Wasserhahn, um für Abkühlung zu sorgen.

Begleitet vom hämischen Lachen des Dämons, der zusammensackte und als Glut aus dem Fenster entschwand.

Eduardo, beschäftigt mit seinen Brandblasen, nahm das Verschwinden des Feuergeistes nicht wahr. Tränen trübten seine Sicht. Jammernd goss er literweise kaltes Wasser über seine geschundenen Finger. Seine Nerven waren zum Zerreißen gespannt. Liter für Liter rann durch den Wasserhahn. Wasserfälle, die seine Wunden kühlten.

Später, viel später, sein Zeitgefühl hatte sich verabschiedet, beendete er die Versorgung seiner Verbrennung und betrachtete mit Wehmut seine verletzte Hand.

Bei näherer Betrachtung formten sich die Brandblasen zu Buchstaben. Ein Zufall, denn mit diesem Wort oder Buchstabengewirr konnte er nichts anfangen. Vorsichtig sah er sich im Zimmer um. Erst jetzt registrierte er das Fehlen seines Gastes, das ihn nicht sonderlich bedrückte. Doch, dass dieser blöde Schnipsel ausgerechnet in dem Kaffeesee gelandet war … Nun ja, das war unschön. Vorsichtig näherte er sich dem Objekt, gespannt wie ein Flitzebogen, jederzeit zur Flucht bereit. Träge lag das weiße Etwas in der braunen Lache. Mehr und mehr passte sich das Weiß dem braunen Gemisch aus Kaffee und Dielenboden an.

Keine Schrift zu erkennen. Mit der unverletzten Hand versuchte Eduardo den Zettel zu drehen. Doch noch immer strahlte dieser eine derartige Hitze aus, dass es verwunderte, dass der Dielenboden nicht in Flammen aufging. Mit einem Aufschrei rannte Eduardo erneut zum kühlen Wasser. Schimpfend, fluchend und jaulend zugleich. Die Pusteln der linken Hand erreichten nicht dieselbe Größe, doch dieser Umstand war nicht gerade tröstlich, denn der Schmerz stand der vorherigen Verstümmelung in nichts nach. Wieder verließen Liter um Liter den chromblinkenden Wasserhahn.

Einige Zeit später betrachtete er den Zettel aus sicherer Entfernung. Lauernd wie ein Tier, das auf den rechten Augenblick wartet. Die Stirn in Falten, überlegend, wie er dem Zettel sein Geheimnis entreißen konnte.

Nein, seine Pein sollte nicht vergebens gewesen sein!

Sein Kaffeedurst war verflogen. Er benötigte ein stärkeres Aroma. Ein Griff in den Kühlschrank förderte eine Flasche Korn zutage. Diese kühlte die kleinen Pusteln wohltuend, während der Inhalt seine Kehle erfreute. Die Blasen der rechten Hand schmerzten unentwegt. Der Alkohol steigerte seinen Mut und so schaffte er es mit Hilfe von Handtüchern, den Zettel zu drehen.

Die Leere des klumpigen Zettels spiegelte sich in Eduardos Gesicht. Keine Botschaft, kein Befehl, keine Mitteilung…Hemmungslos schluchzend ließ sich Eduardo in den Sessel plumpsen. Die leere Kornflasche fiel unbeachtet zu Boden. Unter Tränen begutachtete er die Brandblasen der rechten Hand - eine Kraterlandschaft. Hügel für Hügel ergab eine Anhäufung von Buchstaben.

KAVA

Eduardo schüttelte den Kopf, die Stirn in Falten gelegt. Wie er es drehte und wendete, die Bedeutung dieser Buchstaben blieb ihm verschlossen. Selbst sein Faible für Sprachen half ihm nicht weiter.

"Kava? Kava...? Was in drei Teufels Namen soll das heißen?", murmelte er und bedauerte, dass er keine weitere Flasche Korn besaß.

"Kava, hihihi...", gickste er und schloss die Augen, der Alkohol forderte seinen Tribut.

Elbisches Lexikon - KAVA gleich Krieg.

Krieg mit Eduardo als Werkzeug. Doch von alldem ahnte Eduardo nichts. Eduardo war ahnungslos wie ein Baby auf dem Weg ins Traumland. Ein Geschenk des Alkohols, der seine Sinne benebelte und ihn verführte in eine Welt ohne Schmerz und Qual.

Etwas mehr Zufriedenheit

Pfirsichgroße Hagelkörner wüteten im Land. Wasser überflutete Keller innerhalb kürzester Zeit. Erdrutsche, Erdbeben und Buschfeuer hinterließen ein Inferno. Tief versunken durchblätterte Marian die Tageszeitung. Etwas mehr Zufriedenheit würde der Welt nicht schaden, dachte sie.

"Mama, warum bekommt Janus mehr Taschengeld?"

Michel stampfte trotzig mit den Füßen auf, um die Ungerechtigkeit auf der Welt noch zu unterstreichen. Seufzend wandte sich Marian ihrem jüngsten Sohn zu.

"So viel zum Thema Zufriedenheit", bemerkte sie verbittert.

"Dein Bruder ist immerhin vier Jahre älter."

Doch Michel befriedigte diese Aussage keineswegs.

"Mama, du kannst auch wieder arbeiten gehen. Simon aus meiner Klasse sagt, dass er jetzt viel öfter Playstation spielen darf, weil seine Mutter Geld verdient. Vielleicht gibt es dann mehr Taschengeld."

Diese Konversation versetzte Marian einen Stich. Eine Nadel, die einen Weg durch die Haut findet.

Man sieht sie kommen, unausweichlich, hält die Luft an. Tapfer und doch kommt der Schmerz, unaufhaltsam, kurz wie eine Gewitterfront, die sich in heftigen Schauern ergießt und anschließend verebbt.

Die wenigsten Mütter lieben diesen Satz "Mama, du kannst ruhig gehen." Marian bildete da keine Ausnahme. Vergleichbar mit Vögeln, die hingebungsvoll ihre Jungen füttern, bis die Nesthocker zu Nestflüchtern werden.

Tat es den Vogeleltern leid?

Marian hatte keine Ahnung.

Michel indes verließ nach seiner wortgewaltigen Rede lautstark den Raum. Die zugeschlagene Tür stöhnte in ihren Angeln.

"Etwas mehr Zufriedenheit würde dir nicht schaden. Seid froh, dass ich zu Hause bin, um mich um euch zu kümmern!", brüllte sie ihrem Sohnemann hinterher.

Doch dieser polterte gerade mit Trampelschritten die Treppe empor.

Wutentbrannt, schnaubend wie ein Tier, widmete sich Marian erneut der Tageszeitung.

In Farbe, so wunderschön, dass man in Verzückung geriet. Unter der Rubrik "Aktuelles aus der Region" das Foto eines strahlenden Rapsfeldes. Im Vordergrund Bäume mit einem zaghaften Ansatz von Grün, wie es nur der Frühling zaubern kann

"Ort des Grauens" lautete die Überschrift, die in dicken Lettern die Schlagzeile bildete. Marian faszinierte dieser Kontrast. Gebannt verschlang sie den dazugehörigen Text.

Unter mysteriösen Umständen verstarb unser geschätzter Robert Roberts, der …

Marian konnte nicht weiter lesen. Diese Nachricht erschütterte sie, ohne einen Grund benennen zu können.

Ehrlich gesagt kannte sie Lehrer Robert Roberts, als dieser noch in Amt und Würden in der Schule sein Zepter schwang. Ihre Sympathie für ihn hielt sich in Grenzen. Doch war es nicht ein ungeschriebenes Gesetz, dass niemand schlecht über einen Toten reden durfte?

Eigentlich Unsinn! Warum kehrte man die Wahrheit unter den Tisch? Etwas gefasster begann sie nun doch im Text fortzufahren. Lobeshymnen rankten sich um Verdienste, ein Verlust für unsere Gemeinde, hat

173

sich in unserem Ort verdient gemacht … bla bla bla.

Oh ja, dachte Marian. Wie ein Bluthund kontrollierte Lehrer Roberts die Mülltonnen, ob auch alles ordentlich sortiert wurde. Spielende Kinder mussten ihre Spielzeiten einschränken, Hunde durften nur zu bestimmten Zeiten bellen. Herr Roberts schikanierte jeden, der etwas unsportlich wirkte und flirtete ungeniert im Beisein seiner Ehefrau. Tatsachen, die jedem bekannt waren, belegt mit einem Schleier des Schweigens.

Wir werden unseren geschätzten Kollegen Robert Roberts in guter Erinnerung behalten.

Vor allem die Mülleimer werden sich wundern, dachte Marian und erschrak über ihren eigenen Zynismus.

"Mama, ich gehe zu Paul."

Marian gelangte zurück in die Realität und musterte ihren Kleinen.

"Soll ich dich nicht lieber hinbringen?", fragte Marian, ganz die besorgte Mutter.

"Aber Mami, ich bin doch schon groß. Ich gehe doch auch allein zur Bushaltestelle."

Es war weniger der Weg zu seinem Freund, der Marian missfiel, als vielmehr die plötzliche Selbstständigkeit ihres Sohnes. Wieder keimte das "Nicht-mehr-gebraucht-werden-Gefühl" auf. Sie musste schlucken, als sie ihren Sohnemann mit vielen Ermahnungen an der Haustür verabschiedete.

Sie war allein.

Ihr Ältester war mit Klassenkameraden unterwegs, ihr Kleinster auf dem Weg zum Freund, ihr Mann auf der Arbeit und Caruso und Diva auf der Pirsch.

Sie war allein – ganz allein.

Trübselig tapste sie zur Zeitung zurück. Was soll´s, sie war allein, sturmfreie Bude, Zeit, die Tageszeitung zu durchforschen. Wer braucht schon Gesellschaft?

Lustlos blätterte sie die Seiten hin und her und erblickte aus den Augenwinkeln in blutroter Schrift:

Der Krieg beginnt!

Diese Überschrift erregte ihre Aufmerksamkeit. Doch das Läuten an der Haustür unterbrach ihre Konzentration. Sie eilte zur Tür, um einen eifrigen Vertreter zu überzeugen, dass ihr Bedarf an Zeitschriften gedeckt war. Ärgerlich kehrte sie nach erfolgreicher Mission zurück und starrte auf die Zeitung. Doch so sehr sie sich auch bemühte, sie konnte den Artikel nicht mehr finden. Unruhig studierte sie jede Seite akribisch, ohne Erfolg. Schließlich gab sie ihr Vorhaben auf und entschied sich für eine Kaffeepause. Wahrscheinlich reine Einbildung diese Schlagzeile.

Ein Blick durch das Fenster offenbarte wunderschönes Frühlingswetter. Ich werde die ruhige Zeit genießen, entschied sie und fühlte sich auf einmal leicht und befreit.

Bewaffnet mit einem Buch und ihrer Kaffeetasse begab sie sich auf die Terrasse. Entspannt rekelte sie sich auf einem Küchenstuhl, den sie schnell nach draußen setzte. Die Gartensaison war noch nicht eröffnet, Gartenstühle und Utensilien warteten noch auf Erlösung von ihrem langen Winterschlaf.

Ein Sprichwort lautet: Wenn die Katzen aus dem Haus sind, tanzen die Mäuse auf dem Tisch.

Tanzen wollte sie nicht, aber faulenzen und an nichts denken.

Die Klingel an der Haustür machte ihr auch dieses Mal einen Strich durch die Rechnung. Marian, die von dem schrillen Klang zusammenzuckte, raste zornig zur Tür. Doch es war kein freundlich lächelnder Vertreter, sondern eine breit grinsende Laureen, die Einlass begehrte.

"Überraschung!", rief sie, als Marian die Tür öffnete.

Typisch, dachte Marian. Hat man Langeweile kommt keiner, aber wehe man liebäugelt mit irgendwelchen Plänen …

Ihre Gedanken behielt Marian für sich, stattdessen schmetterte sie freudestrahlend: "Das ist aber toll."

Sie konnte nicht verhindern, dass sie sich wie ein Verräter fühlte. Unwillkürlich fiel ihr der tote Roberts wieder ein, den alle so "schmerzlich" vermissten.

Ihre Lektüre rückte in weite Ferne, dafür saß sie nun mit ihrer Freundin auf der Terrasse, die ebenfalls auf einem Küchenstuhl Platz nahm.

Auch schön, dachte Marian und zwang sich zu einem Lächeln.

"Du glaubst nicht, was bei uns im Laden los ist. Immer mehr Stunden kloppen für immer weniger Geld. Genau wie bei Georg, der arme Kerl fährt mit seinem LKW eine Fernstrecke nach der anderen."

Die kurze Pause kündigte keineswegs an, dass Laureen der Gesprächsstoff ausging. Sie nahm einen Schluck Kaffee, um dann wie eine Giftnatter hervorzupreschen: "Was machen deine Jobbemühungen?"

Marian war so überrumpelt, dass sie sich am Kaffee verschluckte. Sie bedauerte sehr, heute nicht zum Fußballtraining zu müssen.

Nach einiger Zeit des Diskutierens verabschiedete sich Laureen und Marian atmete auf.

"Schade, dass ich nur so wenig Zeit habe", bemerkte Laureen, als sie sich zum Gehen wandte. "Aber du freust dich bestimmt über jegliche Art von Abwechslung."

Marian überhörte die bissige Bemerkung und flötete in ihren liebsten Tönen: "Wirklich bedauerlich, dass du schon gehen musst." Ihr Verrätergefühl kehrte zurück.

Als kurz darauf ihre Lieben den Weg nach Hause fanden, im Schlepptau die alltägliche Normalität, schien Marians Welt wieder in Ordnung.

Wenn auch mit einem kleinen Riss im Gemüt, der an Größe gewann. Seit dem Vorfall beim Frühstück betrübte sie diese Beklemmung. Sie spürte wie ein Tier, das instinktiv die Gefahr riecht, dass etwas in der

Luft lag. Aber es war nicht greifbar, nicht fassbar. Es war nur eine Ahnung, die sie nicht erklären konnte. Immer wieder schweifte ihr Unterbewusstsein ab, grübelte nach über den seltsamen Tod des Lehrers und über die eingebildete Schlagzeile. Drei Worte, die sich eingebrannt hatten in ihr Gedächtnis und doch unauffindbar blieben.

Immer wieder lauschte sie, stierte aus dem Fenster, rannte unruhig auf und ab. Sie fühlte sich wie ein Hirte, der seine Herde bewachte. Mit dem untrüglichen Verdacht, dass sich die Raubtiere näherten. - Eine unsichtbare Bedrohung. Aber wann und wo ein Angriff erfolgt, vermochte sie nicht zu sagen.

Ihr fröstelte.

Drachengebrüll

Gegen Abend entluden sich die Naturgewalten. Blitze lieferten sich ein Wetterleuchten. Das tinnitusfördernde Donnern klang wie das Grollen eines gigantischen Tieres.

"Mama, da brüllt ein Drache", fachsimpelte Michel, der verschlafen seine Augen rieb.

"Hmh", antwortete Marian.

"Drachen gibt es nicht", bemerkte Daniel mit einer Stimme, die jegliche Zweifel ausschloss

"Mama, was glaubst du?", fragte Michel und wandte sich erwartungsvoll seiner Mutter zu.

Wieder einmal druckste Marian herum, was ihren ansonsten recht ruhigen Ehemann regelrecht erzürnte.

"Es gibt kein Drachenviehzeug. Und damit basta!"

"Man könnte meinen, das Gewitter konzentriert sich nur auf unser Haus", schaltete sich Janus gedankenverloren in die Diskussion ein.

Marian wollte diese Aussage ihres Sohnes bejahen. Doch ihr Ehemann Daniel mochte solch einen Humbug, wie er es nannte, nicht hören. Wie gerne würde sie ihn aufklären. Berichten von all dem, was sie neben Hausarbeit und Kindererziehung erlebt hatte, doch die Vernunft hielt sie zurück.

Wieder einmal wurde ihr schmerzlich bewusst, dass sie diesen Weg allein bestreiten musste.

So vieles gab es auf der Welt. Vielleicht würde man es manchmal selbst erkennen, wenn die Scheuklappen sich lösten. Doch landete man eher beim Nervenarzt, als dass die Menschheit etwas Unerklärliches zugeben würde. Alles, was die Logik der Menschheit übersteigt, existiert nicht. Marian war es vergönnt, über den Tellerrand hinauszublicken und doch …

Ab und zu überkam sie der Wunsch, wieder Marian, die Nur- Hausfrau und Mutter zu sein. Eventuell gewürzt mit einem Minijob, das würde alle Gemüter beruhigen.

Selbst Laureen. Doch die Suche nach einem passenden Job wäre ähnlich einer Odyssee. Immerhin zählte Marian bereits zweiundvierzig Jahre, und entfernte sich damit mehr und mehr von der jugendlichen Zielgruppe.

Methusalem auf Arbeitssuche, dachte Marian verbittert.

Blitze zuckten und erhellten das Haus, bevor sie wieder verblassten. Lichtflackern - vergleichbar mit einer Discokugel.

"Eine Warnung, dies soll eine Warnung sein!", rief Marian in die Stille hinein.

"Was für eine Warnung?", fragte Daniel mit hochgezogenen Augenbrauen.

"Eine Warnung an die Menschheit", erwiderte Marian kleinlaut und hasste sich dafür, den Mund aufgemacht zu haben.

"Ich glaube, wir sollten den Fernsehkonsum einschränken", erklärte

Daniel und musterte Marian wie ein fremdes Wesen.

Kurze Funkstille. Jeder beschäftigte sich mit belanglosen Kleinigkeiten, bis die übliche Konversation die Stimmung auflockerte. Sie sprachen über die Schule, über Belanglosigkeiten, bis ein Blick auf die Uhr die Bettzeit für die beiden Jungen ankündigte.

Während Janus und Michel wenig später in ihren Betten dem Sandmann zum Opfer fielen und auch Caruso und Diva sich gemütlich auf Sofa und Stuhl rekelten, wütete das Gewitter mit unveränderter Härte.

Bei einem Gläschen Wein vergaß Daniel die Drachengespräche und versorgte Marian mit Firmenneuigkeiten.

Friede, Freude, Eierkuchen …

Menschen vergessen gern Unerfreuliches.

Marian konnte nicht vergessen. Immer und immer wieder beobachtete sie verstohlen das Unwetter, das sie ab und zu wie ein Scheinwerferlicht erleuchtete.

"Du stehst im Rampenlicht", scherzte ihr Mann.

Sie lachte und prostete ihrem Mann zu.

Der Wein, blutrot, drang durch ihren Mund die Kehle hinab. Teuflisch süß, verführerisch.

Marian, mit rot gefärbten Lippen, erstrahlte wie eine Filmdiva.

Daniel betrachtete seine Frau nach dem zweiten Glas des kräftigen Weines mit glasigen Augen.

Marian blickte starr, lauschte den Worten ihres Mannes. Sie war nur eine Hostess, eine Begleitung, die ihre Aufgabe meisterte. Vor ihrem geistigen Auge erschienen die Worte:

DER KRIEG GEGINNT! Ihr graute vor Morgen.

Und doch lächelte Marian, als wäre ihr diese Mimik ins Gesicht gemeißelt.

Kava

Das Inferno war nicht mehr aufzuhalten und er war müde, so furchtbar müde.

KAVA   KRIEG

Welch grausige Botschaft, und doch unabwendbar.

Nun würde das Schicksal entscheiden, dann wäre auch seine Aufgabe erfüllt.

Viel zu lange hatte er auf diesen Augenblick gewartet und hatte aufgehört zu zählen, als sich die Lebensjahre häuften.

Jahrhunderte um Jahrhunderte.

Doch wollte er nicht klagen, nicht in Selbstmitleid versinken. Sein Blick blieb haften auf dem vor seinen Füßen sitzenden Kater.

Blicke verschmolzen, tauchten hinab in die Tiefen der Seele. Der Ehrwürdige konnte lesen wie in einem Buch. Der Graue tauschte Erlebnisse aus und offenbarte sich. Arturo, der Tierkundler, dessen Aufgabe darin bestand, die Menschen zu erforschen.

Der Weise sammelte Erfahrungen, sortierte Informationen, ohne ein Urteil zu fällen.

"Die Menschheit ist es nicht wert, dass du dich ihretwegen grämst", fauchte Serafia, die plötzlich an seiner Seite auftauchte. Die Verbindung mit dem Kater zerbrach wie ein Grashalm, den der Wind geknickt hatte.

"Was hat dich derart verbittert?", fragte der Ehrwürdige, ohne sie eines Blickes zu würdigen.

Weiterhin schaute er in die Leere, als befände sich sein Geist bereits auf Reisen. Die Seele auf Wanderschaft.

"Diese Angelegenheit vergiftet dein Herz. Du gehst daran zugrunde und das darf nicht passieren."

Endlich begegneten sich ihre Gesichter. Einen kurzen Moment - ein

Knistern. Viele ungesagte Worte, die greifbar umherschwirrten. Ein Hauch, dann war der Zauber des Moments vorüber. Die Chance vertan.

"Auch ich bin ersetzbar."

"Nein!", rief Serafia hastig, beinahe angstvoll.

Im Gesicht - die Furcht vor Verlust. Doch augenblicklich ersetzt durch eine eiserne Maske, die keine Regung zuließ. Schweigen, das mehr sagte als tausend Worte.

"Was ist so besonders an diesen Weltenreitern?" , fragte Serafia und unterbrach damit die traute Zweisamkeit, "Wir können doch auch ohne Menschen weiterleben."

"Können wir das wirklich?", erwiderte der Ehrwürdige. Und ließ die Frage wirken wie einen Trank, der durch die durstige Kehle rinnt.

Die Elbenhexe blieb eine Antwort schuldig.

Zusammen lauschten sie den Geräuschen der Natur. Verschmolzen, waren ein Teil davon und doch so fern. Vogelgezwitscher, Froschkonzert, rauschende Blätter, vom Wind liebkost.

"Die Welt ohne Menschen wäre ein Dschungel - ungezähmt und wild. Unkontrollierbare Elemente, die zerstörerisch vernichten. - Alles ohne Ausnahme.

Über was würden wir herrschen?

Nein, wenn die Menschheit stirbt, haben wir versagt. Wir, die Hüter der Welten, die Hüter der Natur … am Ende.

Die Aufgabe, die Menschen zu formen, ist mühselig. Doch wir alle konzentrieren uns auf dieses Ziel. Fehlt das Ziel, irren wir kopflos umher. Unfrieden würde uns zerreiben wie ein Mühlstein das Getreide."

Die Sonne versank blutrot am Horizont und bedeckte das Gesicht mit leuchtenden Flecken.

Die Rede hatte ihn geschwächt!

Die Sonne erhellte einen alten Mann, der sich nach Ruhe sehnte. Eine Ruhe, die die Last von seinen Schultern riss, die schwere Bürde, die ihm auferlegt war.

"Ich werde dich begleiten", sagte Serafia. Ihr Ton war kompromisslos.

Der Ehrwürdige lächelte. Es war nicht das milde Lächeln eines weisen Mannes, sondern das eines alten Greises, der am Ende des Weges die Zweisamkeit suchte.

Gemeinsam schritten die beiden in den Sonnenuntergang. Zwei Schatten, die mit der Sonne verschwanden.

Im Dunkeln vereint, umgeben von Stille.

"Wann wird es soweit sein?"

Diese Frage wie ein Kloß in Serafias Hals … nun war sie heraus.

"Es heißt: Eines Tages wird eine Weltenreiterin kommen, die sich ihrer Stärke nicht bewusst ist. Wenn sie überzeugt ist, nimmt das Schicksal seinen Lauf. Danach ist meine Aufgabe erfüllt."

Erleichterung in seiner Stimme. Als ginge es um die Fertigstellung einer Zeichnung, eines Spiels.

"Wie wird diese Geschichte enden?", fragte die Elbenhexe.

"Ich vermag es nicht zu sagen. Ein weiterer Wassertropfen in einem Ozean richtet keinen Schaden an. Und doch könnte genau dieser eine Tropfen Katastrophen auslösen. Brechende Stämme, ungezügelte Wassermassen, die sich donnernd einen Weg bahnen. Ein Pulverfass, das auf den Funken wartet."

Gedankenverloren richtete Serafia ihre Frage in die Dunkelheit hinein.

"Wie wird diese Geschichte enden?"

Die Nacht, undurchdringbar von einem samtenen Schwarz. Tiere der Nacht im Konzert. Mondbeschienene Bäume, die gespenstische Schatten formten.

Mittendrin, von der Dunkelheit verschluckt, zwei Personen. Mit allem verschmolzen. In inniger Umarmung, als gäbe es kein Morgen.

Die Frage ging unter im Rausch der Gefühle. Eine Frage, deren Antwort schon lange bekannt war.

Jede Geschichte hat ein Ende.

Mann und Frau, die Masken fielen, vereint, als handelte es sich um den letzten Tag der Welt.

Sei ein richtiger Kerl

Der Schlaf war wie ein rettendes Elixier, gaukelte ihm eine gewünschte Wirklichkeit vor. Er sah sich als Herrscher über ein Imperium. Mächtig regierte er über ein Reich, in dem alle zu ihm aufblickten.

Eduardo Sanchez, der Retter, der König, der Bestimmer der Welt. Der Traum stärkte sein angeschlagenes Ego, hob ihn empor in einen Himmel, der unerreichbar war.

Sein Ziel, nach dem er strebte, benebelte seinen Geist. Mit pochendem Schädel kehrte er zurück in die Realität. Versunken in einem Sessel, in dem alle Glieder schmerzten. Zu seinen Füßen die leere Flasche. Diese zeigte mit ihrem Flaschenhals auf Eduardo, beinahe anklagend, verächtlich.

War er an der Reihe mit Flaschen drehen?

Welche Aufgabe sollte er erfüllen?

Angewidert betrachtete er seine verletzte Hand. Rote Pusteln erhoben sich wie Krater auf einer Ebene. Beim Anblick kehrte der Schmerz zurück, signalisierte seinem Gehirn: Du bist verwundet.

Eduardo heulte auf wie ein getretener Hund.

Bist du ein Feigling, ein Weichei!, donnerte seine innere Stimme.

Sein Gejammer verstummte.

Wer gibt schon gern zu, ein Feigling zu sein, selbst wenn es der Wahrheit entspricht.

Erhobenen Hauptes, einem König gleich, stolzierte er zum Waschbecken, um seine Wunden erneut mit Wasser zu benetzen.

Reiß dich zusammen! Sei ein richtiger Kerl!

Auf der Suche nach Herausforderungen, breitschultrig wie ein Bär, mutig wie ein Löwe, schnell wie eine Schlange.

Er rettete sich in Tagträume. Verstrickte Traum und Wirklichkeit. Eduardo Sanchez war weder breitschultrig noch mutig und vor allem kein Held.

Sondern das uneinsichtige Kleinkind, das mit Supermannkostüm den Gedanken hegt, fliegen zu können. – Eine Bruchlandung!

Knirschende Schritte auf dem Schotter, laut wie das Abfeuern von Schrotkugeln, kündigten Besuch an. Stimmen drangen an sein Ohr, jedoch kein einzelner Gesprächsfetzen.

Der "Bär" wurde zum "Kaninchen", wollte flüchten, doch wohin?

Die Polizei, die Polizei, sie wird dich holen!, schrie seine innere Stimme.

Schlurfende Schritte, die die Treppe emporstiegen.

Eduardo wurde an einen Henker erinnert, an das Jüngste Gericht, an ewige Verdammnis.

Er zitterte. Der Henker war bekleidet mit einem schwarzen Mantel, das Gesicht bedeckt von einer Kapuze. Beinahe seelenlos mit polierter Axt, die vor Vorfreude bedrohlich schwankte.

Der "Löwe" verschwand hinterm Sessel, als es klopfte.

Er reagierte nicht, kauerte sich zusammen wie eine Maus im hohen Gras, die sich vor einer Katze versteckt.

Wieder ein Klopfen, diesmal energischer.

Dieses Etwas vor der Tür schien ein Spiel mit ihm zu treiben. Das Raubtier beobachtet sein Opfer, wiegt es in Sicherheit und schlägt irgendwann blitzschnell zu. Eduardo war die Maus, er blieb in Deckung.

Ruckartig wurde die Tür aufgestoßen.

Vom Dämmerlicht des Flures umrahmt, erschien der Eindringling. Eduardo blinzelte.

Doch der Henker entpuppte sich als Henkerin. Das Fegefeuer, groß, gewaltig mit Dirndlkleid, Hochsteckfrisur und Umschlag in der Hand. "Was machen Sie hinter dem Sessel?", schnauzte Rosalie. Eduardo war im Unklaren, ob er lachen oder weinen sollte. Konnte er erleichtert sein, dass es sich nur um seine Pensionswirtin handelte, oder war diese Person im Trachtenkleid gefährlicher als der Leibhaftige persönlich? "Was machen Sie hinter meinem Sessel?", meckerte Rosalie erneut, der Ton deutlich schärfer.

Eduardo setzte ein bekümmertes Gesicht auf und untersuchte verzweifelt den Boden.

"Ich habe etwas verloren."

Im Stillen gratulierte er sich für seine Schauspielkunst. Rosalie bemerkte die leere Flasche.

"Junge, Sie müssen mal etwas auf sich Acht geben."

Dabei musterte sie ihn mit unergründlicher Miene. Eduardo wollte diese Konversation so schnell wie möglich beenden, daher nickte er nur wohlwollend und setzte sein charmantes Lächeln auf.

Rosalie, immun gegen derlei Annäherung, rümpfte die Nase.

"Sie könnten auch mal wieder Körperpflege betreiben. Oder ist das in ihren Kulturkreisen nicht üblich?"

Flink wie ein Wiesel, trotz ihrer Körperfülle, packte sie die rechte Hand von Eduardo, um den "Dreck" einer genauen Musterung zu unterziehen. Angewidert stöhnte sie auf.

"Mein Junge, was ist geschehen? Das müssen wir sofort mit Salbe behandeln. Oh, an beiden Händen! Da warst du wohl ein wenig ungeschickt."

Die Berührung versetzte ihm einen elektrischen Schlag, schnell wandte er sich ab.

"Habe mich gestern verbrannt", erwiderte er stockend und wenig glaubwürdig.

Doch Rosalie sparte mit Kommentaren und reichte ihm stattdessen einen großen Umschlag, den sie ihm demonstrativ vor die Nase hielt.

"Nun hätte ich bei all der Aufregung fast den Brief vergessen. Hier bitte, hat ein reizender älterer Herr abgegeben. Sah ein wenig aus wie ein Filmstar", schwärmte Rosalie

Eduardo wich zurück. Argwöhnisch betrachtete er den harmlos wirkenden Umschlag. Seine Alarmglocken schrillten. Seine verletzte linke Hand zuckte vor, um das Mitbringsel zu fassen, doch kurz vor dem Ziel zögerte er.

"Was ist denn los?", fragte Rosalie.

"Haben Sie Schmerzen?"

Rosalie kehrte ihre mütterliche Seite nach außen. Schließlich verdankte sie diesem Jüngelchen einen schönen Batzen Geld.

"Legen Sie den Umschlag bitte auf den Tisch."

Rosalie gehorchte, lieb und nett, ein Mütterchen im Dirndlkleid. Doch der Zeitpunkt der Verwandlung trat ein, als ihr Blick auf das verbrannte Dielenbrett fiel.

"Was ist denn da passiert?!", schmetterte sie, alle Herzlichkeit verschwunden. Rosalies Unterlippe vibrierte, ihre Augen funkelten. Wie eine Giftschlange stieß sie hervor, " Das müssen Sie ersetzen."

Sie wirbelte auf dem Absatz herum, umgeben von ihrer wehenden Blumenschürze. Das Haupt erhoben wie eine Königin, der Gang schlurfend, eine Bauersfrau, die sich schimpfend entfernte.

Eduardo atmete auf. Lauernd gierte er nach dem Umschlag, den Rosalie lieblos auf den Tisch befördert hatte.

Wer konnte dieser alte Mann, dieser Überbringer gewesen sein?

Eduardo, in Gedanken versunken, bemerkte nicht die erneute Ankunft von Rosalie.

"Hier", sagte sie barsch und schmiss eine Tube Salbe in seine Richtung. Instinktiv versuchte er den Gegenstand zu schnappen. Es gelang ihm, doch schmerzverzerrt ließ er die Salbe danach auf den Boden fallen.

Wortlos verließ die Pensionswirtin das Zimmer, Eduardo blieb allein mit dem geheimnisvollen Umschlag zurück. Mit blutroter Schrift stand dort geschrieben:

EDUARDO SANCHEZ – PERSÖNLICH

Neugierig umkreiste er das Schreiben wie ein Hund einen Igel. Nein, dieses Papier konnte ihn nicht verletzen. Schließlich hatte auch die Wirtin keinen Schaden davongetragen. Mit einer beherzten Bewegung griff er nach dem Objekt seiner Begierde. Seine Pusteln brannten. War dies ein Vorzeichen, eine Warnung? Er verharrte, doch kein weiteres Leid geschah.

Hektisch wie ein Ertrinkender, der nach dem Rettungsring greift, öffnete er das Schreiben und hielt bald darauf das Schriftstück in den Händen.

Bedächtig las er Zeile für Zeile. Seine Gesichtsfarbe entschwand und doch fühlte er sich weiterhin magisch von dem Inhalt angezogen, der sich ihm offenbarte. Immer und immer wieder studierte er das Schreiben. Es schien, als lerne er den Inhalt auswendig, als sei es seine Aufgabe, das Geschriebene in einem Vortrag zum Besten zu geben.

Seine Augen huschten über die Zeilen. Nach einiger Zeit schüttelte er fassungslos den Kopf, als sei ihm erst jetzt der Inhalt verständlich.

Stöhnend ließ er sich in den Sessel plumpsen, ein nasser Sack, ausgedient und leer.

"Miss Marple"

Für Rosalie war die Sache klar wie Kloßbrühe. Vom "Miss Marple" Fieber erfasst, notierte sie Ungereimtheiten.

Mit dem Auftauchen des Fremden war die ganze Schererei ins Rollen gekommen. Dieses merkwürdige Verhalten. Sonderbare Einzelgänger waren stets verdächtig. Das wusste kein anderer besser als Rosalie, die Krimikennerin. Wundersame Männer mutierten meist zu Tierquälern, Kinderschändern oder gar zu Mördern. Rosalie war sich sicher, dass letzteres Exemplar bei ihr ein Zimmer bewohnte.

Alles passte zusammen. Wahrscheinlich war er bei seinen pädophilen Neigungen von Lehrer Robert Roberts beobachtet worden. Dieser korrekte Herr stellte ihn zur Rede und - zack, wurde er abgemurkst. Aus dem Weg geschafft, wie es in Fachkreisen heißt. Rosalie, eifrige Fernsehzuschauerin von Krimis aller Art, war im Bilde. Und dank Serien wie CSI Miami und dergleichen auch in Spurensuche bewandert.

Wer war dieser Fremde? Vor allem, was trieb er seit Wochen in dem kleinen Dorf? Geschäftlich? Nein solche Leute verirrten sich selten in eine abgeschiedene Pension. Regina, die Schwiegertochter von Lisbeth machte vor kurzem komische Andeutungen. Letztere beim Seniorentreffen, bei dem Regina die Betagten mit Kaffee und Kuchen versorgte. Ihr Dennis, ihr aufgeweckter Junge, habe einen komischen Fremden beobachtet.

Selbst Martha, die Busfahrerin, hatte sich schon nach dem kauzigen Landstreicher erkundigt.

Eigentlich wirkte er ja nicht wie ein Mörder. Aber wie hatte ein Mörder auszusehen?

Rosalie strahlte vor Freude. Sie würde den Fall aufklären. Sie sah bereits die Schlagzeilen vor sich:

Rosalie Fischer löst im Alleingang den Mord an unserem allseits geliebten Robert Roberts auf.

Rosalie Fischer, der Polizei einen Schritt voraus.

Rosalie Fischer, dem Mörder auf der Spur.

Im Geiste überlegte sie, welches Kleid ihr am meisten schmeichelte. Für die Fotos in der Zeitung.

Auch ein Termin beim Friseur musste vereinbart werden. Ein Ansturm auf die Titelseite sämtlicher Zeitungen bedurfte einer guten Vorbereitung, ganz zu schweigen von den benötigten Informationen.

Doch eine Rosalie Fischer war ein Garant für alle Art von Informationen, ein Füllhorn, das niemals versiegt.

Mit gerunzelter Stirn betrachtete sie ihre Aufzeichnungen.

Höchste Priorität wurde dem Dielenbrett zuteil. Rosalie versah das Wort Dielenbrett mit einem Ausrufezeichen.

Wollte dieser Kerl das Haus abbrennen?

Mit spitzbübischer Freude setzte sie eine saftige Rechnung auf. Schade, dass er nicht noch ein Erbstück von Tante Gerda auf dem Gewissen hatte.

Aber auch ohne Erbstück rückte die Traumreise nach Andalusien näher. Recht teuer, so ein Dielenbrett, dachte Rosalie und betrachtete ihr Werk.

Wie aufregend, einen vermeintlichen Mörder im Haus zu beherbergen. Alle ihre Freunde würden sie um diese spannende Geschichte beneiden. Die nächsten Kegelabende waren gesichert. Bei all ihrer Euphorie war für Angst kein Platz. Rosalie befand sich im Jagdfieber.

- Wohnt seit einigen Wochen hier
- Geht keiner Arbeit nach
- Hat keine Freunde
- Zerstörungswut (Tante Gerdas Lampe, Fenster)
- Ängstlich

- Gibt zu, dem alten Roberts begegnet zu sein
- Netter Besuch vom alten Herrn (Filmstar?)
- Zahlt Miete im Voraus (positiv)

Zufrieden stoppte sie ihre Notizen. Sobald das Rührei für ihr Bärchen die Pfanne verlassen hatte, startete ihre Aktion: Rosalie überführt Mörder …

Rührei, Friseur, Jungen von Regina befragen, Fakten sammeln, Indizien, Beweise

Rosalie kannte sich aus, schließlich war sie vom Fach! Unsanft katapultierte sie die Eier in die Pfanne. Das Fett spritzte und zischte und sog die Eiermatsche gierig auf. Liebe geht bekanntlich durch den Magen, doch bei diesem Gericht machte das Sprichwort eine Pause.

Rosalie Fischer wirbelte wie ein wildes Tier, das nach draußen drängt. Hinaus in die Freiheit, hinaus zum Friseur.

Bei all dem Lärm, den die Essenszubereitung verbreitete und dem lautem Getöse von Rosalie, als Gerd sich abfällig über das zubereitete Mahl äußerste, verschwand Eduardo Sanchez durch die Hintertür.

Kater Arturo blickte ihm fragend hinterher.

Hilflos

Wie ein Boot, das ziellos auf dem Meer trieb, stürmte Eduardo Sanchez hinaus. Draußen angelangt sog er die frische Luft in seine Lungen wie ein Mensch, der im letzten Augenblick vor dem Erstickungstod gerettet wird.

Nun gab es kein Zurück!

Schwindel ließ seinen Körper taumeln, er suchte Halt, einen Rettungsanker und stützte sich an die Hausmauer. Für einen kurzen Augenblick raubte ihm der Schmerz die Besinnung. Die Pusteln brannten, als würde die Hand in Feuer getaucht. Schmerz, der sein Denken aussetzte. In gewaltigen Wogen nahm er Besitz von seinem Körper. Die Berührung mit der kühlen Wand ließ die Pusteln pulsieren.

Fassungslos betrachtete Eduardo das Geschehen, nicht registrierend, dass es sich um sein eigenes Körperteil handelte. Es schien, als würde die Kälte der Mauer die Pusteln absprengen. Sie wehrten sich, schienen gleichzeitig zu wachsen und zu schrumpfen.

Vulkane, die Blut und Eiter spuckten. Sie bedeckten seine Hand, schienen in Schüben herauszuquellen. – Eine Eruption. Rot und Gelb vermengten sich, wurden zu einer zähen Flüssigkeit, die den Boden benetzte. Mund und Augen weit aufgerissen. Schreie in der Kehle erstickt. Eduardo begutachtete das Schauspiel wie ein weit entferntes Naturphänomen.

Ein immerwährender Schmerz und Eduardo verharrte fassungslos und mit Stummheit geschlagen.

Dauerte es Sekunden, Minuten, Stunden oder verschlang das Ereignis ganze Tage?

Urplötzlich stoppte das Beben, die Pusteln verschwanden. Rosa Haut bedeckte die Wunden, zart wie der Flaum eines Vogeljungen. Vorsichtig, beinahe reflexartig wischte er Blut und Eiter an der Hose ab.

Mit dem wohligen Gefühl einer Schiffsschaukel, wenn sie in die Tiefe stürzt, hielt er seine linke Hand an die Mauer.

Der Schmerz überrannte ihn, taumelnd fiel er zu Boden. Lichtpunkte tanzten vor seinen Augen, er konnte die Fluten, die seine linke Hand besudelten, nur erahnen. Seine Zähne gruben sich in seine Lippen.

Die Lippen begrüßten die Annäherung, sprangen auf und verfärbten. Denn aus schmalen Rissen lief es hinaus, roter Lebenssaft, der nach draußen strebte.

Mühsam richtete sich Eduardo auf. Es war geschehen, auch seine linke Hand war von den Pusteln befreit. Liebevoll streichelte er seine Hände wie kostbare Schmuckstücke, die er verloren glaubte und die nun zu ihm zurückgekehrt waren.

Aus seinen Augen quollen Freudentränen und versorgten die geschundenen Lippen. Eduardo tanzte umher, ein kleines Kind, lachend wie ein Verzweifelter.

Mit den gesunden Fingern beförderte er den Brief aus seiner Tasche und presste ihn an sein Herz. Der Inhalt des braunen Umschlags – sein Auftrag!

Das Schreiben entwickelte ein Eigenleben, belastete ihn schwer, als würde ein Zentnergewicht seine Brust zerschmettern. Mit roher Gewalt stopfte er das Papier in seine Tasche zurück, in die es sich anschmiegte, leicht wie ein Blatt im Wind.

"Lege dich niemals mit Mächten an, die du nicht beherrschen kannst", hörte sich Eduardo murmeln.

Irres Lachen, das ihm durch Mark und Bein fuhr. Erschrocken blickte er sich um. Als er bemerkte, dass das Lachen aus ihm herausdrang, schlug er seine Lippen zusammen. Aus den Rissen sickerte erneut rote Flüssigkeit hervor. Blut, das sein Kinn wärmte und sich tröpfchenweise zu den anderen Flecken gesellte.

Eduardo rannte, stürmte wie ein Besessener die Allee entlang.

Die beiden Rabenvögel, die das Treiben von einer Zaunlatte aus beobachteten, flatterten auf. Schon von Weitem erkannte Eduardo die Unglücksstelle, an der das Schicksal seinen Lauf genommen hatte.

Blumen und ewige Lichter signalisierten jedem:

Hier ist etwas Schreckliches geschehen!

Eine Aura des Todes, garniert mit bunten Blumen.

Dort, wo das Blut den Boden getränkt hatte, wuchsen Mohnblumen. Blutrot und von berauschender Wirkung. Geduckt passierte Eduardo den Tatort. Seine Haltung glich einem Schuldbekenntnis. Rosalie hätte ihre helle Freude daran gehabt. Eduardo, ein Spielball der Elemente, kein König, kein Kaiser – ein Diener. Würde er den Sieg davontragen oder als Ballast untergehen?

Verdreckt, blutend, wieder ein "Kaninchen", das nicht wusste, wer zu seinen Freunden oder Feinden gehörte. Zum ersten Mal seit den Vorfällen vermisste er Geborgenheit, zum ersten Mal wünschte er sich seinen Vater an seiner Seite.

Er wollte seinen Vater mit Stolz erfüllen, ohne ein Unrecht heraufzubeschwören.

Ohne ein Unrecht …?

Tief in seinem Inneren spürte er, dass ihn diese Einsicht viel zu spät ereilte. Sein Weg war eine Einbahnstraße. Es gab kein Zurück, keine Möglichkeit aus dem "Spiel" auszusteigen. Erledigte er diesen Auftrag nicht, würde er vernichtet. Von der Bildfläche "geweht" wie Lehrer Roberts oder eingesperrt wegen Mordes von der Polizei.

Wie auch immer er die Dinge drehte und wendete, traf ihn die Erkenntnis wie ein Schlag. Er war der Fremde, der Außenseiter, der ehemalige Retter der Welt. Keiner würde ihn vermissen, er war nichts als wertloser Ballast. Derjenige in einem Film, der ins Gras biss, derjenige in einem Roman, der der Feder des Autors zum Opfer fiel.

Sein Lohn nach getaner Arbeit war ungewiss.

Verlangte ein Diener nach Geld, wenn er seinem Herrn einen Dienst erwies? Aber er, Eduardo Sanchez, würde sich teuer verkaufen.

Dreckig und zerlumpt straffte er seinen Körper. Er war nicht nur ein dummer Handlanger.

Nein, er war Eduardo Sanchez, der Herrscher der Welt, der einzig wahre Weltenreiter.

Als ein leichter Windzug die Mohnblumen zum Tanzen brachte, raste Eduardo los. Er rannte, als würde er von einem Schwarm Bienen verfolgt. Majestätisch hoch oben am Himmel zwei schwarze Punkte, die den davon hastenden Eduardo begleiteten.

Der Morgen

Der Morgen kam.

Die Luft, vom Gewitter gereinigt, erfrischend und belebend.

Ein Gefühl, unausgereift, vage und doch vorhanden. Seit jenem Tag, an dem der Fremde vor ihrer Haustür gestanden hatte, beschlich sie eine dunkle Vorahnung. Die sich immer wieder in ihr Gedächtnis drängte. Unerklärbar, nicht verständlich …

Was war mit diesem ausländischen Kerl, der von Haus zu Haus gezogen war? Es beschlich sie das ungute Gefühl, dass er kein Fremder gewesen war. Im Grunde genommen waren es belanglose Kleinigkeiten, die ihr Gefahr suggerierten, die sie nicht in Worte fassen konnte.

Ständig kreisten die Puzzleteile: Lehrer, Schlagzeile, Fremder durch ihre Gehirnwindungen. Doch sie war außerstande einen Zusammenhang zu erkennen.

"Guten Morgen, mein Schatz", trällerte ihr gut gelaunter Ehemann.

Marian beneidete ihren Daniel für dessen Unbeschwertheit, mit der er dem Tag begegnete.

Aber woher sollte er wissen, dass ihr Gerede von gestern mehr war als eine Hysterie. Selbst wenn sie ihrem Mann die Geschichte nicht vorenthielte, wie würde die Reaktion lauten …?

Blühende Fantasie, unterhaltsame Story, Aprilscherz … eine endlose Liste an Antworten.

Nein, der Krieg hatte begonnen, mit ihr als einsamer Feldherrin.

"Hallo Bussibär", flötete sie zurück.

Was Daniel sofort zum Anlass nahm, sorgenvoll über seinen Bauch zu streicheln. Sie schlang die Arme um ihn, stürmisch überhäufte sie ihn mit Zärtlichkeiten.

"Na, na", er wand sich wie ein Aal.

"Lass uns an dieser Stelle morgen Abend fortfahren." Enttäuscht ließ sie von ihm ab.

"Habe ich eventuell ein wichtiges Ereignis versäumt?", fragte er schuldbewusst.

"Nein, nein ist schon okay."

Daniel packte sie von hinten und bedeckte ihr Gesicht mit Küssen, die auf ihrem Körper eine angenehme Gänsehaut verbreiteten.

Wieder einmal musste ihr Daniel zu einem Seminar. Ein Managerworkshop, von ihrem Ehemann gehässig als "Survivaltraining" bezeichnet.

"Ich liebe dich", flüsterte er ihr ins Ohr.

Diese Worte gingen runter wie Honig. Marian schwebte im siebten Himmel. Marian, die Feldherrin, war nicht allein und würde es auch nie sein!

"Guten Morgen, gibt es Toast?", knurrte Janus und schlurfte zu seinem Stammplatz.

Aus dem siebten Himmel in die Realität zu stürzen, das Los eines jeden – irgendwann.

Abrupt wurde der Liebesbeweis eingestellt, der Alltag kehrte zurück.

"Mama, du weißt doch noch, dass ich nach der Schule zu Luca gehe?"

Mamas müssen alles wissen, alles organisieren, parat stehen, allzeit bereit stehen wie ein Zinnsoldat, und die Speicherkapazität eines Computers aufweisen.

"Du erwähntest es gestern", bemerkte Marian beiläufig.

"Das geht doch klar, oder?"

Das Gesagte lautete in der Übersetzung, mach mir lieber keinen Strich durch die Rechnung. Marian war sich dessen Sinn bewusst.

Mit einem "Geht schon in Ordnung", rettete sie ihren Seelenfrieden und den ihres ältesten Sohnes. Ein wenig heile Welt konnte nicht schaden. Bei dem Gedanken erschauderte sie. War es nicht geradezu lächerlich, mit welchen Nichtigkeiten sie sich beschäftigen musste. Das Leben bestand aus Entscheidungen über Kleinigkeiten, jede so unbedeutend wie ein Sandkorn in der Einöde. Doch alle zusammen ergaben eine Wüste.

Die wirklich großen Ereignisse waren die Steine, die ab und an im Sand ruhten.

"Mami, brüllt der Drache noch?"

Mit einem breiten Grinsen gesellte sich Michel an den gedeckten Frühstückstisch, die blauen Augen verdeckt von strubbeligem Haar.

"Du hast ja einen Knall!", motzte Janus und bedachte seinen Bruder mit giftigen Blicken.

Es dauerte eine Weile, bis sich die Gemüter beruhigten.

"So", sagte Daniel, der nun fertig gestriegelt und gebürstet in der Tür stand.

Sofort ergriff Marian ihren Ehemann und schmiegte sich in seine Arme. Sie umarmte und herzte ihn, bis das wiederholte Blicken auf seine Armbanduhr sie zur Vernunft brachte.

"Sag schon, habe ich einen wichtigen Termin vergessen?", fragte er sie sichtlich irritiert.

"Nein, nein", versicherte sie hastig.

"Schatz, ich muss nun los. Ich komme sonst zu spät", bemerkte er, ohne auf das vorherige Gespräch zurückzukommen.

"Ja, ja, schon gut", erwiderte sie und konnte den leicht verärgerten Unterton in ihrer Stimme nicht verbergen. Missmutig gab sie ihn frei, fegte noch einmal über seine Schulter, um eine Fluse zu verscheuchen und kämpfte verlegen mit den Tränen.

"Schatz, was ist nur los? Ich komme doch wieder."

"Ja, Ja", antwortete sie erneut und ärgerte sich sofort, dass ihr nichts Besseres eingefallen war.

Ihr Ehemann versprach, zu ihr zurückzukehren, und sie sagte nur: Ja, Ja. Was sollte denn das für eine Antwort sein?

Manchmal wäre es praktisch, wenn einem die Gelegenheit geboten würde, einige Sätze noch einmal zu beantworten. So wie beim Film. Schnitt, Klappe Eins, die Zehnte.

"Fährst du nicht mit deinem Arbeitskollegen?", fragte Marian, nur um ihren Ehemann am Gehen zu hindern. Wobei sie innerlich immer noch ihre blöde Antwort verfluchte.

"Nein, ich habe keine Lust, Richards derbe Witze schon im Morgengrauen ertragen zu müssen."

"Aha", antwortete Marian.

Schon wieder so eine dumme Antwort. Als könnte sie nicht eins und eins addieren.

"So, ich muss nun los, bis morgen."

Ein flüchtiger Kuss, dann war er verschwunden.

Verschwunden im Morgengrauen.

Was hatte dieses Wort zu bedeuten?

Marians Herz hörte auf zu schlagen, rein gefühlsmäßig natürlich. Hatte sie nicht noch gestern Abend gedacht, dass ihr vor dem heutigen Morgen graute?

War dies ein Zufall, dass ihr Mann dieses Wort benutzte?

"Mama, ich gehe jetzt."

Es war Janus, ihr ältester Sohn, der ihre Gedanken durcheinanderwirbelte.

Marians Augen schimmerten feucht, als sie auch ihren Janus aufs Herzlichste verabschiedete. Mit Müh und Not konnte sie die Tränenflut stoppen. Ein Damm, der kleine Risse aufwies, schien zu bersten, doch Marian stopfte sie in Windeseile. Nein, sie konnte sich nicht ihren Gefühlen hingeben. Mit einem schalen Geschmack im Mund winkte sie ihm hinterher. So muss sich eine Mutter am Hafen fühlen, dachte Marian, die das Schiff am Horizont entschwinden sieht.

Das Gefühl, dass sich etwas Furchtbares ereignen würde, wuchs stetig. Als sie wenig später ihren Michel mit dem Schulranzen die Wegbiegung entlangschlendern sah, fing sie an zu zittern. Ihr Kleiner wollte groß sein und wirkte aus dieser Entfernung zerbrechlich und klein. Irgendetwas in ihr wollte ihm folgen, doch ihre Füße versagten den Dienst. Sie fühlte sich elend, ohne den Grund dafür zu kennen. Ein Grippeanfall, du hast bestimmt eine Erkältung verschleppt. Mit dieser Erklärung stolperte sie in die Küche zurück. Vor ihren Augen sah sie immer wieder den gleichen Film. Ihr Michel, ihr Junge, schrie um Hilfe und stürzte in die Tiefe. Marian schüttelte sich wie ein nasser Hund, der sich auf diese Weise des Wassers entledigte. Der Damm begann zu bersten, Tränen kullerten ungehindert. Wieder sah sie ihren Sohn fallen. Nein, nein, das konnte, das durfte nicht sein!

Sie griff nach der Tageszeitung und blätterte. Die Seiten rissen, während sie wie in Panik an der Zeitung zerrte. Doch keine Schlagzeile, weder rot noch schwarz, lieferte ihr den gesuchten Aufschluss.

Sei bereit!

Worte, die sich unauslöschbar in ihr Gedächtnis eingebrannt hatten. Marian streifte das Zittern und Zögern ab. Marian, die sich schlangengleich ihrer alten Haut entledigte.

Marian, die Weltenreiterin. Marian, die NUR Hausfrau und Mutter ohne Minijob, mutierte zur Abenteurerin. Wie ein wildes Tier, das lange Zeit geruht hat und nun erwacht war.

Das Telefon schrillte laut. Zögerlich nahm sie das Gespräch entgegen. "Chester."

"Herzlichen Glückwunsch, haben Sie einen Augenblick Zeit?", flötete eine geschulte Frauenstimme.

"Nein!", posaunte Marian, ich muss die Welt retten!"

Triumphierend knallte sie den Hörer auf. Es kam ihr vor, als sei sie neu geboren. Ohne Hast schlüpfte sie in bequeme Sachen. Einen kurzen Augenblick glaubte sie die stöhnende Stimme von Victoria zu hören, die über Marians Outfit klagte. Marian wischte diese Lächerlichkeit beiseite, im Geiste ihren Sohnemann vor Augen, der seine Mama brauchte. Eine Löwin zog hinaus, bereit, ihr Junges zu beschützen. Komme was da wolle! Als sie die Haustür passierte, spürte sie einen tiefen Schmerz in ihrem Herzen. Marian rannte, raste wie ein Sprinter und fand ihn …

Michel

Berufswunsch: Drachenforscher.

Doch wenn er seinen Berufswunsch äußerste, lächelten ihn alle nur mitleidig an. Michel hatte keinerlei Verständnis für soviel Ignoranz. Er war sich sicher, dass Drachen existierten. Die Anforderungen für einen Forscher beinhalteten Mut, Stärke und Willenskraft.

Den Lehrplan der Schule zählte Michel nicht zu den wichtigsten Dingen in seinem Dasein.

Etwas zögerlich schlenderte er den Weg entlang. Seit einigen Tagen hatte er beschlossen, groß zu sein und den Schulweg allein zu bewältigen.

Nicht, weil er gewachsen war, sondern weil einige Kinder hinter seinem Rücken tuschelten und ihn als Muttersöhnchen bezeichneten. Eigentlich hatten sie Recht.

Er, Michel, war der Sohn einer Mutter und darauf war er stolz, doch Muttersöhnchen, nein, das klang etwas zu weich.

Und er, Michel oder um genau zu sein Michael Chester, wollte kein Weichei sein!

Harry Potter war kein Muttersöhnchen, aber vielleicht lag das daran, dass er keine mehr hatte?

In sämtlichen Actionfilmen und Abenteuerfilmen, die er in seinem Leben bisher sehen durfte, stand unverrückbar fest:

Kein Platz für eine mitfühlende, gluckende Mama.

Michel verringerte sein Tempo und zupfte gedankenverloren an den Grasbüscheln, die den Weg säumten. Überall auf den Wegen verstreut lagen kleine Äste, Blätter und Steine. Opfer, die das gestrige Unwetter gefordert hatte. Frischgrüne Blätter, die auch ihre Jungfräulichkeit nicht vor dem Verderben bewahrt hatte.

Michel verharrte - hier an dieser Stelle traf er immer seinen Freund Paul. Doch von dem fehlte jede Spur.

Schon jetzt vermisste Michel die Begleitung seiner Mama und beförderte, aus Frust, mit einem gezielten Tritt einen Ast in die Wiese. Dieser drehte einige Pirouetten, bevor er in das Grün eintauchte.

Michel war ratlos. Wo blieb sein Freund?

Seine Mutter mit ihren Ratschlägen fehlte, und er bedauerte sehr, heute kein Muttersöhnchen zu sein. Musste er jetzt gehen, um den Bus nicht zu verpassen?

Hatte er möglicherweise eine Freistunde und nicht mehr daran gedacht? Vielleicht hatte eine Epidemie seinen Freund dahingerafft …

Unruhig hüpfte er von einem Fuß auf den anderen.

Leichter Wind strich durch die Wiese, erfrischend und kühl zugleich. Michel hatte kein Auge für wettertechnische Angelegenheiten. Mürrisch blickte er sich um, um festzustellen, dass kein Paul sich näherte.

Dann muss ich eben die paar Meter alleine gehen, dachte Michel. Er gab sich einen Ruck, um den restlichen Schulweg bis zur Bushaltestelle zu bestreiten.

Einen angehenden Drachenforscher schreckt dies in keiner Weise, und wenn überhaupt nur ein kleines bisschen.

Wie aus dem Nichts tauchte ein Fremder vor ihm auf. Michel wollte stumm an ihm vorbeiziehen, doch der Kerl versperrte ihm den Weg.

Michel wünschte von ganzem Herzen seine Mama herbei, denn dieser Mann verursachte mehr als einen eisigen Schauer auf seinem Rücken.

Blut besprenkeltes Hemd, dreckige Hose und dabei ein irres Grinsen, das einer boshaften Statue glich.

"Lassen Sie mich vorbei!", meckerte Michel und schaute den Fremden mit böse funkelnden Augen an.

Diese Reaktion war das Ergebnis einer schulischen Projektwoche: Mut tut gut.

Ab und zu, dachte Michel, erhascht man in der Schule doch den ein oder anderen nützlichen Tipp.

Leider zeigte sich sein Gegenüber von seinem furchtlosen Auftreten unbeeindruckt.

Der Fremde lachte schrill und so unangenehm, als ob seine Lehrerin mit Kreide über die Tafel kratzte.

Michels Mut schmolz, vorsichtig musterte er diesen Fremdling. In diesem Augenblick erkannte er den Mann. Es war derselbe, der ihn bei seiner Oma aufgesucht und fotografiert hatte.

"Was wollen Sie von mir!", schrie Michel. Sein Fluchtinstinkt erwachte.

Sämtliche spannenden Filme, Ermahnungen seiner Eltern, schaurig erfundene Geschichten, alles rauschte an ihm vorbei, ein Zug der Erinnerungen.

Tausendmal lieber würde er nun das Getuschel ertragen von all den anderen, die ihn ein Muttersöhnchen schimpften. Tausendmal lieber, es gibt so viele schöne Dinge, denen er den Vorrang gewährte. Aber er stand diesem komischen Kauz gegenüber.

Wo blieb nur Paul?

War sein Freund bereits das Opfer dieses Irren geworden?

Der Mann streckte seine Hände nach ihm aus, die an einigen Stellen "schweinchenrosa" schimmerten.

Zum Glück erwischte er nur Michels Freundschaftsband, das zerrissen zu Boden segelte.

Michel musste lachen. Er konnte es nicht unterdrücken, es schoss aus ihm heraus wie die Luft aus einem Ballon.

Plötzlich war die Luft erfüllt von einem Knirschen und Knacken. Der Boden unter seinen Füßen begann zu vibrieren. Michels Lachen verstarb. Mucksmäuschenstill erstarrte er, er konnte sich aus den Geschehnissen keinen Reim machen.

Es gab nur eine Erklärung. Er träumte und würde gleich von seiner Mama geweckt.

Steine rollten von hinten an seine Füße. Er wagte nicht, sich umzuschauen. Mit aller Entschlossenheit, die er aufbringen konnte, studierte er die Gesichtszüge seines Gegenübers. Leider spiegelte sich darin keine Regung, weder Furcht noch Mitleid.

Das ist kein Mensch, dachte Michel erschrocken.

Wo blieben die Helden?

Anscheinend ruhen Helden an Freitagen, dachte Michel.

Er war allein.

Das Knacken erinnerte an ein Ungeheuer, das alles zermalmt, was sich ihm in den Weg stellt. Er malte es in seinem Geiste, seine Fantasie entwarf Schreckgespenster.

"Mami", flüsterte er leise.

Die Straße ausgestorben, keine lärmenden Schulkinder oder Autos, die den Weg entlangfuhren.

Noch nicht einmal die Hundebesitzer, die ihre Tiere ausführten.

Was war hier los?

Befand er sich in einer anderen Dimension?

Die Welt hielt den Atem an. Knacken, Bersten, ein leichter Windzug und rollende Steine.

Michels Beine zitterten, er konnte sie nicht mehr kontrollieren. Ein Roboter, bei dem eine Sicherung durchbrannte.

Das Grinsen seines Gegenübers ähnelte dem eines Dämons. Unergründlich, teuflisch wich er einen Schritt zurück. Mit den Armen rudernd, verlor er den Halt. Es sah aus, als beabsichtigte er vom Boden abzuheben, vogelgleich.

Und tatsächlich, er flog. Er streckte seine Arme der Sonne entgegen. Erst als die Dunkelheit ihn umhüllte, merkte er, dass sich der Himmel entfernte. Sein Hilferuf verlor sich, prallte von den Felswänden ab und wurde aufgesogen wie das Wasser von einem Schwamm.

Er fiel und fiel, stürzte hinab in diese undurchdringbare Dunkelheit. Michel schrie, sehnte sich nach Halt unter seinen Füßen. Er strampelte, versuchte die Schwärze der Tiefe mit seinen Augen zu durchdringen. Doch es gelang ihm nicht. Er fiel und fiel. Wind brachte seine Augen zum Tränen. Er schrie, dass die Lungen schmerzten. Brüllte und schluchzte und stürzte weiter hinab ... immer tiefer und tiefer.

Der Lichtkegel entfernte sich, verblasste.

Von totaler Finsternis umhüllt, erlöste ihn die Ohnmacht.

Paul

Paul war nie der Schnellste. Das führte dazu, dass er bei Sportveranstaltungen im Regelfall zum Schluss in die Mannschaft gewählt wurde.

Es entging ihm niemals, dass das andere Team aufatmete, wenn er auf Drängen des Lehrers von einer Mannschaft aufgerufen wurde. Die Gruppenleiter rissen sich um die sportlichen Jungs, gefolgt von unsportlichen Jungs, dann kamen die Mädchen und danach … Paul. Niemals erwähnte er, welche Höllenqualen er durchlitt. Still weinte er in seinem Zimmer vor sich hin. Wenn seine ebenfalls sportlichen Geschwister ihn hänselten, pflegten seine Eltern zu sagen: "Kinder, nicht jeder kann eine Sportskanone sein."

Doch ihre Blicke straften sie Lügen.

So flink wie es seine Beine zuließen, rannte er seinem Freund Michel hinterher. Erstaunlicherweise war dieser nicht mehr zu sehen. Paul hätte schwören können, ihn aus der Entfernung erkannt zu haben. Bei ihm stand eine weitere Person. Außerdem drangen eigentümliche Geräusche an sein Ohr. Doch nun war es still – zu still.

Paul raste.

Insgeheim bedauerte er, dass sein Sportlehrer diese Leistung nicht beurteilen würde.

Doch schon bald verringerte er sein Tempo, da Seitenstechen seine Lauflust schmälerte.

Zuviel Sport ist auch nicht gesund, dachte er und näherte sich Schritt für Schritt ihrem Treffpunkt.

Ein eigentümliches Gefühl beschlich ihn.

Der Platz leer und doch glaubte er, nicht allein zu sein.

"Michel!", rief er.

"Michel, komm raus aus deinem Versteck."

Irgendwie war ihm mulmig, ohne dass er den Grund dafür benennen konnte.

Lag es daran, dass der Platz menschenleer …

Wind bog die Grashalme und ließ die herumliegenden Blätter schweben. Sie drehten Pirouetten, wurden hoch – und runtergewirbelt, wie ein Ensemble von Primaballerinas. Mit ihnen bewegte sich anmutig ein Satinband, das rot und schwarz glänzte.

Paul schrie entsetzt auf und schaute auf seinen rechten Arm. Da war es zu finden, ihr Freundschaftsarmband, ihr Clubcode.

Der "Club der Drachenforscher."

Wie immer, wenn er auf sich allein gestellt war, erfasste ihn eine Welle der Nervosität.

Es gab so viele Möglichkeiten, aber nur eine Lösung. Paul mittendrin im Wechselbad der Gefühle. Vorsichtig fing er das tanzende Bändchen ein.

Mut, Stärke und Willenskraft so lauteten ihre Parolen.

Er würde sich ihrer als würdig erweisen, sofern kein Marathon auf dem Programm stand.

Mit einem Ruck wischte er seine Unsicherheit hinweg, er schlug ein neues Kapitel auf.

Paul, der Unbezwingbare, die Spürnase oder einfach nur PAUL, der den Schulbus verpassen würde.

Die Straße füllte sich mit Autos und Menschen, als wenn sie wie Statisten den Hauptfilm bevölkerten.

Komisch, dachte Paul, wo waren all diese Personen vorher?

Das Leben nahm seinen Lauf und doch war es anders. Es schien fast, als hätten all diese Leute auf ein Startzeichen gewartet.

Erst so einsam wie eine Wüste, nun überfüllt wie ein Nordseestrand in den Sommerferien.

Paul schüttelte den Kopf.

Urplötzlich bemerkte Paul einen kleinen Riss in der Erde. Risse entstanden nicht über Nacht, außer bei einem Erdbeben.

Doch diese Naturgewalt kannte Paul nur aus Büchern.

"Musst du nicht zur Schule?", tadelte ihn eine ältere Dame.

Paul schreckte hoch und fing verlegen an zu stottern.

"IIIch hhaabe spätter Schule."

Ohne ein weiteres Wort schritt die Dame samt Hündchen davon.

Eine dauergewellte Erscheinung, die mit ihrem Hund in punkto Frisur konkurrierte.

Paul konnte nicht sagen, warum er gelogen hatte. Verräterische Röte überzog sein Gesicht. Gehetzt blickte er von rechts nach links und wieder zurück.

Was war geschehen?

Eines schien gewiss, das Freundschaftsband verlor niemand freiwillig.

Hier war etwas Schreckliches passiert.

Die Polizei, hier konnte nur die Polizei helfen.

Wie hatte der nette Polizist gemeint, der vor Kurzem die Schule besuchte? In Notfällen immer die 110 wählen. Es war wie eine Erleuchtung, die Paul widerfuhr.

110, 110, aber wo ist das Telefon?

Eine Ungerechtigkeit, wenn man angeblich noch zu jung ist. Seine Geschwister besaßen alle bereits ein Mobiltelefon.

"He", schallte es von einiger Entfernung, "ist das nicht der dicke Paul?"

Es war ein Schuss in den Magen. Sein Seitenstechen, seine Röte, seine Unsicherheit kehrten zurück.

Nun war er wieder nur Paul.

"Na, du Qualle. Bist wohl außer Puste?", schnauzte einer der drei Jungen, die sich unaufhaltsam näherten.

Paul suchte nach einem Ausweg, einem passenden Versteck. Am liebsten wäre er im Erdboden versunken. Die Drittklässler waren nur noch wenige Schritte entfernt. Paul sandte flehende Blicke zu den vorbeieilenden Passanten, doch diese schauten in andere Richtungen.

Paul ,der Dicke, allein …

Kein Held änderte die Situation. (Schließlich war Freitag). Paul entschied sich für die Flucht, nachdem der Erdboden sein Flehen nicht erhörte.

War Michel im Erdboden verschwunden? Wahrscheinlich, dachte Paul, das Leben ist ungerecht. Bei einigen funktioniert alles, bei anderen gar nichts.

"He, du I-Männeken, kannst du schnell zu Mutti laufen."

Paul rannte, als verfolge ihn der Teufel höchstpersönlich.

Nach einigen Metern stoppte er seine Flucht, da sich vor ihm ein Hindernis erhob. Ich bin tot, dachte Paul und rollte mit seinen Augen. Erstaunt über den schnellen Übergang vom Leben zum Tod.

Er wurde abgeholt von einem bleichen, fremdländischen Geist, der ein mit Blut getupftes Hemd trug. Das irre Grinsen erschütterte Paul bis ins Mark. Mit Händen, die an einigen Stellen rosa schimmerten, wollte dieses Ungetüm nach ihm greifen. Ich bin zu schnell gelaufen, überlegte Paul, bevor er mit einem zufriedenen Lächeln zu Boden sackte.

Welch schönes Ende, für einen, der immer als Letzter in die Mannschaft gewählt wurde.

Apokalypse

Große Teile der Philippinen wurden von einem Taifun nie gekannter Ausmaße getroffen. Immer noch warten hilflose Menschen auf Unterstützung, die ihr gesamtes Hab und Gut verloren haben. Klimaforscher warnen die Stürme werden heftiger, ohne einen Grund zu kennen.

Erdbeben, Überschwemmungen und Waldbrände toben überall auf der Welt, Jahr für Jahr.

Ruhende Vulkane erwachen zum Leben. Stoßen riesige Aschefontänen in die Luft und versetzen Anwohner in Panik.

Sardinien wurde von einer Unwetterfront heimgesucht. Flüsse traten über die Ufer. Straßen und Häuser wurden innerhalb kürzester Zeit überschwemmt.

Wer erkennt die Signale? Wer schaut hinter die Kulissen?

Geheimnisse wohlbehütet, keiner möchte zugeben, dass er die Kontrolle verliert, nie besessen hat.

Wasser, Feuer, Luft und Erde, Elemente ohne Packende. Gebiete dem Wind einzuhalten, lösche Feuer mit Worten. Stelle dich der Wasserflut und stoppe Erdrutsche mit Diskutieren.

Wer ist der Herrscher der Welt?

Der Mensch, ein Wassertropfen im Ozean.

Erfindungen prägen die Menschheit. Der Mensch strebt nach Höherem und verliert sich dabei, ohne es zu merken. Veränderungen, die das Leben erleichtern, oft Gift für die Erde.

Den Einklang mit der Natur bereits verschüttet, tief – zu tief.

Klimagipfel mit mäßigem Erfolg. Von Profitgier geleitet. Der Mensch, eine selbst ernannte Gottheit.

Da sitzen sie, die Hühner, in engen Käfigen und warten auf Entscheidungen, ob ihnen mehr Platz zusteht.

Tiere in Tierheimen, nicht mehr passend zur Wohnungseinrichtung, oder im Weg, da die Urlaubszeit naht.

Auch mit seinesgleichen geht der Mensch nicht zimperlich um. Kinder in armen Ländern, unterernährt und krank seit Jahrzehnten.

Lasst uns zusehen wie Leute erpresst und am Straßenrand erschlagen werden.

Lasst uns wegsehen, wenn Robbenbabys mit Kulleraugen blutbefleckt verrecken.

Mit Entsetzen blickt die Menschheit auf die Berichterstattung aus fernen Ländern, in denen Menschen durch Katastrophen alles verlieren. Und doch sind die Bilder beim nächsten Einkaufsbummel verschwunden.

Ist es nicht wichtiger, dass ein passendes Sommeroutfit unseren Kleiderschrank ziert?

Kinder, die mit zwei Jahren das Wort Computer buchstabieren können.

Jeder soll sich doch um seinen eigenen Dreck kümmern.

Was würde die Menschheit sagen, wenn sie wüsste, dass die Unzufriedenheit die Elemente nährt.

Panik unter den Experten, Aufruhr, Unruhen, oder Gelassenheit, solange der Mensch das besitzt, was er ersehnt.

Das Collier, das rote Sportcoupé … sein persönliches Glück. Faszinierend, dass dieses Wort "Glück" unzählige Bedeutungen beinhaltet. Für den einen bedeutet es, Nahrung für die Familie zu verdienen. Ein anderer findet sein Glück, wenn er den Kampf gegen eine Krankheit gewinnt. Dann gibt es die, die Glück über Reichtum definieren. Und die, die glücklich sind, wenn sie sich bedingungslos aufopfern, um anderen helfen zu können. Schon verrückt dieses Menschenvolk.

Während die Gedanken durch Ruperts Kopf schwirrten, manifestierte er seine Meinung von den Menschen.

Und doch, ein Teil von ihm wünschte sich dringend ein Happyend.

Am Straßenrand hockend, ein Stein unter vielen, als Zeuge der Ereignisse. Die Unschuld des Jungen rührte ihn.

Warum mussten immer wieder Unbeteiligte in bösartige Geschehnisse verwickelt werden?

Er wünschte sich die Gelassenheit des Ehrwürdigen, der stets über den Dingen schwebte.

Aber war es eine Kunst, wenn einem der Ausgang der Geschichte bekannt war?

Zwar beteuerte der Weise, diesmal nicht in die Zukunft blicken zu können, aber …

Vielleicht wollte der Ehrwürdige keinen beunruhigen.

Stand das Ende der Welt unmittelbar bevor?

Rupert Rotnase konnte nicht schwitzen, doch diese Vorstellung des Untergangs machte ihm zu schaffen. Der Teil, der an ein gutes Ende glaubte, wuchs, dehnte sich aus wie ein Ballon, der mit Luft gefüllt wurde.

Die Augen des Jungen vor sich, konnte er nicht verhindern, das etwas Feuchtes aus seinen Augen quoll.

Regnet es?, dachte er und blickte nach oben.

Strahlend blauer Himmel, ein Tag aus einem Kinderbilderbuch.

Zeit für einen Bericht.

Als Rupert Rotnase verschwand, kläffte der kleine Hund, der mit Frauchen die tägliche Runde absolvierte.

"Ruhe!", rief die Dame, "Da ist doch nichts Aufregendes."

Zurück blieb nur eine Träne, die das Gras benetzte.

Die Vorahnung

Sie hatte keinerlei Erinnerung an ihren Weg. Und auch keine Ahnung, wer oder was ihr den Pfad gewiesen hatte.

Aber was spielte das für eine Rolle?

Mit der unbeirrbaren Nase eines Bluthundes war sie einer Spur gefolgt. Die Vorstellung, dass ihrem Sohn ein Haar gekrümmt würde, beflügelte sie, machte sie zur reißenden Bestie.

Was wurde hier gespielt?

Hättest du besser das Kleingedruckte gelesen, verkündete Laureens Stimme in ihrem Kopf.

Marian ohne Plan B und weit entfernt von Plan A, schüttelte die lästigen Gedanken aus ihrem Sinn. Sie hatte sich dazu entschlossen, die Welt zu retten und weit wichtiger, ihren Sohn.

Instinktiv spürte sie seine Not, hörte seine Rufe und war doch hilflos wie ein Insekt, das im Spinnennetz zappelt. Marian, im bequemen Outfit, erregte keinerlei Aufmerksamkeit. Keine Menschenseele, weder zu Fuß noch im Fahrzeug, begegnete ihr. An normalen Tagen recht seltsam, aber heute war kein normaler Tag.

Abgehetzt gelangte sie zu dem Treffpunkt, von dem aus ihr Michel mit Freund Paul zusammentraf.

Eiskalte Luft empfing sie, als sie eine Stelle im Boden überschritt.

Eine Wunde in der Erde, die wie eine Narbe wirkte. Ihre Nackenhaare regten sich, Gänsehaut überzog den restlichen Körper, unbeirrt dessen schritt sie weiter.

In den letzten Wochen war so viel Erstaunliches passiert, dass ihre innere Warnung in ihrer Wirkung verpuffte.

Vorbei mit der ängstlichen Marian, die glaubte, ihren Verstand zu verlieren.

Marian, die Weltenreiterin, hatte nur ein Ziel vor Augen, ihren Sohn wohlbehalten in die Arme schließen zu können.

Entschlossen schritt sie voran, ihr Blick stählern wie ein Adler, der sein Opfer erspäht.

Sie war bereit, es mit Qual und Pein aufzunehmen.

Sollte dies ihre Bestimmung sein?

Die Sonne brannte ungewöhnlich stark vom Himmel, Vögel flogen am Firmament, eine Traumkulisse und ihr Albtraum.

Jeans und Turnschuhe ragten aus dem Gras hervor. Ihr Herzschlag beschleunigte das Tempo, der Atem stockte. Sie fand ihn, regungslos, verschlungen vom Grün.

"Paul", flüsterte sie eindringlich und strich eine Locke aus seinem Gesicht.

"Paul!"

Es dauerte eine Weile, bis dieser die Augen öffnete. Sein Blick abwesend, fast so als wäre die Seele verschwunden. Nach quälenden Minuten formten sich seine Lippen zu Wörtern.

"Habe ich den Bus verpasst?"

Marian war so überrumpelt von dieser Frage, dass sie ihm die Antwort schuldig blieb.

Diese Stille genügte, um in Paul den Pfropfen zu lösen, der sein Denken hemmte. Es sprudelte aus ihm heraus wie aus einer Flasche Sekt, die ruckartig geöffnet wurde.

"Mama wird schimpfen. Michel ist verschwunden, wie vom Erdboden verschluckt. Der Bus ist bestimmt weg. Da war ein Mann, oder besser, ein Gespenst. Bin ich tot? Ich habe Michel kurz gesehen, war etwas zu spät dran. Wo ist meine Sporttasche? Herr Reuter wird meinen, ich schwänze den Schulsport. Bin ich verletzt? Sie müssen Michel finden, er ist mein bester Freund. Oh je, ich sitze im Gras, wenn ich nun Flecken auf der Hose habe."

Nur sehr langsam hörte der Sekt auf zu spritzen. Marian wagte es nicht, den Informationsfluss zu unterbrechen. Wie aus einer Kläranlage filterte sie alle brauchbaren Sätze heraus. Ihr Herz krampfte sich zusammen, als sie hörte, dass ihr Sohn verschwunden war.

Wo befand er sich?

Es bedurfte keiner Frage. Irgendetwas war vorgefallen. Die Möglichkeit, dass ihr Sohn in der Schule am Unterricht teilnahm, schloss sie aus. Ihre Nerven liefen auf Hochtouren.

"Wissen Sie wo Michel ist?", fragte Paul mit sich überschlagender Stimme.

Ihr Blick streifte die Erdnarbe, und da war es, dieses eine Gefühl. Unerklärlich, phänomenal, geradezu unheimlich. Vor ihrem geistigen Auge sah sie ihren Sohn in die Tiefe stürzen. Sie registrierte den flehenden Ausdruck in seinem Gesicht, vernahm die Rufe, als wäre sie ein Teil davon.

Kein Riss, kein Spalt und doch fühlte sie instinktiv, dass dies der Ort des Geschehens war.

Paul fragte und erzählte und lag unbeachtet der Flecken immer noch an der Stelle wie ein gestrandeter Wal. Marian schloss die Augen. Ihre Umgebung verschwand. Sie fiel in Trance, ein Kung-Fu-Meister, der sich auf seinen größten Kampf vorbereitet.

Der Welt entrückt.

Ein Knarren und Bersten, laut und unheimlich. Die Narbe öffnete sich zu einer klaffenden Wunde. Ein schwarzes Loch, gähnende Tiefe. Dies war der Augenblick, an dem Daniel zu Hause anrief, um mitzuteilen, dass die Survival-Trainer ihnen befohlen hatten, sich einen Abgrund vorzustellen.

Und es war der Moment, in dem Marian sprang. Sie breitete ihre Arme aus, als könnte sie fliegen. Ein Vogel, der sich in den Himmel empor-schwingen wollte.

In ihrem Gesicht spiegelte sich Entschlossenheit. Ungeachtet aller Ge-fahren, nur ein Ziel vor Augen, ihren Sohn zu finden.

Die Dunkelheit umfing sie wie eine alte Bekannte. Sie raste hinab, ähn-lich einem Falken auf Beutezug.

Das restliche Licht aufgesogen, dem Ende entgegen. Im Flug setzte ihr Gehirn wieder ein und überschüttete sie mit negativen Gedanken.

Du wirst am Boden zerschmettern!

Was hast du dir dabei gedacht?

Das ist das Ende!

Der Windzug trieb ihr Tränen in die Augen. Ihre Platzangst kehrte zu-rück. Die Haut war vor Angst und Kälte mit Gänsehaut überzogen.

Sie fiel und fiel und fiel.

"Stell dir vor, Liebling, wir sollten uns vorstellen, wir stürzen in einen Abgrund. So ein Quatsch, nicht wahr?", schmetterte Daniel derweil auf dem Anrufbeantworter.

Es gab keine logische Erklärung, aber sie hörte seine Stimme so deut-lich, als ob er sie in den Abgrund begleitete.

"Daniel", hauchte sie, doch sie bekam keine Antwort.

"Daniel, ich liebe dich", rief sie, während ihr Flug sie unaufhörlich wei-ter Richtung Tiefe führte.

Es gab kein Zurück.

Marian fiel und fühlte sich wie in einer Achterbahn, die durch die Dun-kelheit rast.

Sie sah nicht ihre Hand vor Augen, sie konnte nicht mehr unterscheiden zwischen oben und unten.

Sie fiel und fiel und fiel …

"Michel, ich komme!", schrie Marian, hoffend, dass sie unbeschadet den Boden erreichen würde!

Angriff der Toxe

Chaos bei Fährunglück, fast 800 Menschen gelten noch als vermisst.
Tausende Waldbrände. Bislang zerstörten die Feuer in Kalifornien mehr als 400 Quadratkilometer.
Unwetter in Deutschland. Hagelkörner pfirsichgroß.
Keine Sorge, das hat es schon immer gegeben …
Klimawandel – Ammenmärchen – Angstmacherei.
Stürme, die Bäume umknicken lassen wie Streichhölzer. Eisbären, denen das Eis unter den Pfoten schmilzt. Besorgnis? - Nein, Freude!
Hurra, wir ringen um Grönland.
Wem gehören die Bodenschätze?
Die Eisbären können auch in Zoos überleben, wie ihre berühmten Artgenossen namens Knut und Flocke uns erfolgreich bewiesen haben.
Es lebt sich doch recht gut unter Menschen, oder?
Frag doch all die Haustiere, die ihren Menschen eng verbunden waren und nun im Wald angeleint an einem Baum auf Erlösung warten.
Entsorgt in Mülltonnen, erschlagen, ertränkt, ohne Grund. Aber an einem Sonntag die heilige Messe in der Kirche empfangen.
Scheinheilig, eine Glorie, die verblasst. Ein Heiligenschein, der nie existieren kann.
Der Mensch gottgleich, selbst erhoben auf den Thron, nicht mehr als ein Wassertropfen in einem Ozean.
Theodus kannte viele Schreckensbilder, die sich einbrannten, unauslöschbar wie eine Tätowierung. Er spürte Mitgefühl für alle leidenden Geschöpfe, erdverbunden als Zwerg.

Wut kribbelte in ihm, am liebsten wollte er allem ein Ende setzen.

Sollte Wotus, der Drache, toben. Erdgeister und Wassermassen antreten zum letzten Gefecht.

Eine Apokalypse, eine neue Sintflut … ein neuer Anfang. Seine Faust schmerzte, da er sie vor Zorn in den Boden rammte. Kleine Steinchen rollten los.

"Habt Vertrauen und viel Geduld", hörte er den Ehrwürdigen sagen. Beides keine Eigenschaften, die ein Zwerg im Überfluss besaß.

Stumm betrachtete er das Treiben der Menschen, die er beobachtete, als säße er an einem riesigen Steuerpult. Menschen in freier Wildbahn, die in den Bergen wanderten. Oder jene, die gestresst durch die Stadt irrten. Einige geliebt, andere wiederum von trauriger Gestalt. Eine bunte Palette, gemischt wie ein Haufen Edelsteine. Jeder für sich einzigartig und doch nur ein Stein!

Er fuhr mit der Hand über die graue Felswand, die ihm immer wieder neue Bilder präsentierte.

Wichtige Persönlichkeiten auf dem Weg zum G8-Gipfel. Diese Unterhaltungssendung gefiel Theodus immer wieder gut. Erwachsene Menschen, die versuchten gemeinsam etwas zu erreichen.

Schütze das Klima und vermehre unseren Reichtum.

Keine grauenvollen Bilder, Friede, Freude, Glückseligkeit.

Theodus seufzte tief in seinen Bart hinein und zog geräuschvoll die Nase hoch.

Wie von der Tarantel gestochen, schoss er in die Höhe. Geräuschvoll krachte der Schemel zu Boden, den er als Sitzplatz gewählt hatte.

Da, ein Sündenbock!

Ein kleiner und doch ein ernst zu nehmender Fall. Auf der Felswand erschien das Konterfei eines Jungen, der mit einem Stock wild um sich schlug. Blumen und Blätter flogen umher, unfähig sich zu wehren. Plötzlich erklang das Jaulen eines Tieres, begleitet vom fiesen Lachen eines Jungen, der mit seinen Eltern einen Spaziergang unternahm. Seine dunklen Haare fielen ihm keck ins Gesicht, seine Augen blitzten boshaft. Wahrlich gab es schlimmere Personen und doch lüstete es Theodus hier und jetzt Einhalt zu gebieten. Wieselschnell schaute er sich um.

Er war allein.

Theodus, der alleinige Herrscher in der Kommandozentrale. Mit einem breiten Grinsen drückte er den kleinen roten Knopf, der mit "Tox" gekennzeichnet war. Sie strömten in Schwärmen herbei.

Rote, bienenartige Insekten. Flauschig wie Hummeln, aggressiv wie Tiere, die in die Enge getrieben wurden. Eine Jagd vergleichbar mit der Stierhatz in Pamplona. Bei genauerem Hinsehen erkannte man die spitzen Hörner, die die kleinen Toxe in das Fleisch des Opfers rammten. Der Junge schrie aus Leibeskräften und rannte um sein Leben. Übersät mit unzähligen kleinen Pusteln, die ihm diese Stierinsekten zugefügt hatten. Rote, fliegende Punkte soweit das Auge reichte …

Wild gestikulierend rettete sich das Opfer in die Arme seiner Eltern. Schluchzend, mit tränennassen Augen beschrieb er den Angriff.

Theodus sah, wie die Eltern missbilligend den Kopf schüttelten.

"Bleib gefälligst auf den Wegen!", motzte der Vater. Tränenreich versuchte der Junge erneut, die Insekten zu beschreiben, doch zu Theodus Freude erntete er nur Hohn und Spott.

Das Schöne an den Toxen war, dass sie nur für das auserwählte Opfer sichtbar waren. Die schmerzhaften Pikser verblassten innerhalb kürzester Zeit. Theodus klopfte sich anerkennend auf die Schulter. Wenn doch alle Delikte so einfach zu bestrafen wären.

"Du bist doch nicht etwa …?", erklang eine vorwurfsvolle Stimme im Hintergrund.

"Nein, nein", antwortete Theodus etwas zu holprig, um glaubwürdig zu klingen.

Mit der Hand fuhr er erneut über die Wand, um die Tat zu vertuschen. Der rote Knopf leuchtete verräterisch.

"Du kannst es einfach nicht lassen", sagte Rupert und klang wie ein Vater, der sein ungezogenes Kind tadelte. Theodus gab sich einen Ruck, fühlte sich zu ungerecht behandelt.

"Ich versuche Straftaten dieser scheußlichen Menschen zu verhindern", erklärte er im feinsten Oberbefehlston.

"Schau selbst, wozu diese Rasse fähig ist."

Abermals fuhr er mit seiner Hand über die Felswand.

Die Diashow begann.

Selbstzufrieden blickte Theodus auf die Felsenwandleinwand, um diesen Menschensympathisanten zu überzeugen. Da waren sie wieder zu sehen: kleine Kinder, die hingebungsvoll Blumen pflanzten. Eine Bergwandertruppe, die voller Ehrfurcht die Natur bestaunte. Jugendliche, die Autos für einen guten Zweck wuschen. Hochzeitsgäste, die dem strahlenden Brautpaar zujubelten. Ein Mann, der einer alten Dame über die Straße half. Demonstranten, die verhinderten, dass ein Baum der Säge zum Opfer fiel. Er sah glückliche, strahlende Menschen und Tränen. Tränen, die eine Familie vergoss, da ihr geliebtes Haustier verstorben war.

Das Grab ausgehoben, der Leichnam verhüllt mit einem weißen Tuch. Vergissmeinnicht warteten in Töpfen, bereit, die letzte Ruhestätte zu schmücken.

Theodus fühlte sich in die Enge getrieben. Sein ständiges Wechseln der Programme hatte nicht den erhofften Erfolg gebracht. Nun war er an der Gartenpforte angelangt, um zu erkennen, dass es kein Entrinnen mehr gab.

Er war ein Zwerg wie er im Buche stand, missmutig und pessimistisch.

Stand es ihm überhaupt zu, sich einzugestehen, dass er sich in der menschlichen Rasse geirrt hatte?

Nicht alle waren grundlegend schlecht, auch wenn er dies ungern zugab.

Schreckensszenarien blieben im Gedächtnis haften, wahrscheinlich weil sie seine Meinung bestätigten. Er betrachtete Rupert verstohlen von der Seite. Unverkennbar, die Augen zeugten von Tränen. Mulmig rutschte Theodus auf seinem Schemel hin und her. Was gab es entgegenzusetzen, wenn die Situation schon Steine erweichte.

Im tiefsten Innern wünschte auch er ein Fortbestehen der rätselhaften menschlichen Rasse. Sie war wie ein liebgewordenes Laster. Nicht immer willkommen, aber ohne fehlte etwas.

Aber Theodus war mit Leib und Seele Zwerg. Ein Zwerg war nie gerührt. Rupert ließ seiner Gerührtheit freien Lauf, Tränen benetzten den Boden. Beim Anblick des entstandenen Sees drehte sich Theodus beschämt zur Seite.

Nein, aus seinen Augen quoll nichts!

Nur die Nase wurde mehrmals verdächtig geschnäuzt.

"Verflixter Schnupfen", schimpfte Theodus mit eigentümlicher Stimme.

Domoropitpusch

"Der Gesprächsteilnehmer ist im Moment nicht erreichbar."

Daniel verzweifelte. Immer und immer wieder versuchte er sein Glück, doch die freundliche Dame hatte nur den einen Spruch für ihn parat.

Wo steckte seine Frau? Es lag ihm fern, ihr hinterher zu spionieren, aber heute war alles anders.

Warum?

Er geriet in Erklärungsnot. Immer und immer wieder betätigte er die Wahlwiederholung, als wäre er süchtig nach der Stimme der Unbekannten.

Pause im Seminar. Alle Teilnehmer nutzten die Unterbrechung, um sich auszutauschen und dabei genüsslich einen Kaffee zu trinken. Nur der ein oder andere setzte sich ab, um irgendwo ein Raucherzimmer ausfindig zu machen. Wie ein unerwünschter Eindringling saß Daniel in einer Ecke.

Der Kaffee hatte das Dampfen eingestellt, seine Finger schmerzten vom ewigen Tippen auf dem Handy.

Bei Victoria meldete sich deren Putzfrau, bei Sandra niemand und Laureen stöhnte so lange über das Leben im Allgemeinen, dass Daniel seiner Frau wünschte, sich dorthin nicht verirrt zu haben.

"Bestimmt ist Marian auf der Suche nach einem Job", flötete Laureen zum Abschied in den Hörer.

Am liebsten hätte er die Polizei benachrichtigt, aber das war natürlich lächerlich.

Vielleicht war sie beim Einkaufen oder beim Friseur, spazieren …, es gab unzählige Möglichkeiten. Daniel dachte zurück an den Morgen, an die ausgetauschten Zärtlichkeiten.

Irgendetwas war anders, aber was?

Das Unwetter letzte Nacht, eingebettet mit komischen Drachenandeutungen, hatte ihm schlechte Träume beschert.

Er sah einen Abgrund. Sah seinen Sohn in die Tiefe stürzen. Während seine Frau hinterherrannte, stand er unbeweglich am Straßenrand.

Allein, ein Zaungast, unfähig einzuschreiten. Daniel schüttelte die Gedanken von sich ab und trank den lauwarmen Kaffee in einem Zug.

Immer wieder Abgründe …

Erst dieser Traum, dann die Aufgabe beim Seminar. Zufall, nur Zufall! Was sonst?

Der Kaffee belebte ihn und machte ihn gleichzeitig schläfrig. Morgen würde er seiner Familie alles erzählen.

Und wenn es kein Morgen mehr gab?

Daniel erschrak bei diesem Gedanken, straffte seine Schultern und beschloss, sich unter die anderen Teilnehmer zu mischen. Was für blödsinnige Dinge einem einfallen, wenn der Schlaf fehlt.

Gleich würde er das Vertrauen eines großen Hundes gewinnen müssen. Dies war die zweite Aufgabe des Trainings. Der Stuhl in der Ecke strotzte vor Gemütlichkeit und machte jedem Sessel Konkurrenz. Für einen Augenblick noch Zeit für sich, bevor er sich ins Getümmel stürzte. Vor Übermüdung nickte er ein und sah sich seiner größten Herausforderung gegenüber.

"Keine Angst, der tut nichts", belehrte Frau Landing, die Seminarleiterin, alle Anwesenden.

"Dies ist ein Domoropitpusch."

"Ein was?", wimmerte Daniel aus gebührender Entfernung.

"Ein Domoropitpusch – Designerhund", belehrte ihn Frau Landing erneut.

Daniel schlotterten die Knie. Das Viech schaute ihn mit großen Glupschaugen an, die im Kontrast mit den rasiermesserscharfen Zähnen aufblitzten. Speichel tropfte dem Höllentier aus dem Maul und bildete eine riesige Lache am Boden. Der lange Schwanz des Tieres peitschte umher und ließ auf der Pfütze etliche Wellen entstehen, als es sich näherte.

"Sitz!", kommandierte sie und schon gehorchte das Tier, sitzend genau so groß wie Frau Landing, trotz Stöckelschuhe.

Die Schöne und das Biest, dachte Daniel.

Liebevoll kraulte Frau Landing das lockige Fell des Biestes.

Daniels Nerven vibrierten …

"Kommen Sie ruhig näher", wisperte die Frau Landing-Dompteurin und wedelte mit der tauähnlichen Leine.

"Das ist Hell, ihr Partner."

"Oh", mehr Worte rannen nicht durch seine Kehle. Stocksteif, nur die Knie schlotterten, schaute er dem Untier in die Augen. "Hell" bedeutet Hölle, dachte Daniel und hoffte, der Namensgeber hatte nur nach dem Aussehen des Tieres die Taufe vollzogen.

"Nun kommen Sie schon, Herr Chester, die anderen Teilnehmer warten auch auf ihren Partner."

Immer noch tropfte Speichel aus dem Maul heraus, nur der wedelnde Schwanz ruhte still, wie eine abwartende Schlange. Mit ungutem Gefühl setzte Daniel einen Fuß vor den anderen. Langsam, im Schneckentempo.

"Lauf zu ihm, Hell!", kommandierte Frau Landing und warf die Leine zu Boden.

"NEIN!", gellte Daniels Ruf, als er das Viech auf sich zu stürzen sah.

100 kg Lebendgewicht ließen den Untergrund vibrieren. Der Speichel flog umher wie ein plötzlicher Regenguss. Ein Haifischgebiss, die dunklen Glupschaugen schauten mordlüstern.

"Sitz! Platz! – Sei ein gutes Hündchen", schrie Daniel. Doch die Ohren des Kolosses schienen verstopft.

Daniel warf sich schützend zu Boden.

"Was machen Sie da?", fragte eine vorwurfsvolle Stimme. Daniel blinzelte.

Er lag auf dem Boden und vor ihm stand wie eine Engelserscheinung - Frau Landing.

Die anderen Teilnehmer bildeten einen Halbkreis und warteten belustigt auf eine Erklärung.

Zum Glück nur ein Traum, durchfuhr es Daniel.

"Entschuldigung", sprach er mit erstaunlich fester Stimme.

"Bin nur die Sache mit dem Abgrund noch einmal durchgegangen."

Frau Landing wandte sich verärgert ab, während die anderen Mitstreiter ihn mit verschwörerischen Blicken bedachten.

"Lassen Sie uns nun fortfahren", sagte sie in einem Ton, der keinen Widerspruch duldete.

Von nun an blieb Daniel keine Zeit mehr, einen Gedanken an seine Familie zu verschwenden. Frau Landing stellte ihre Ehre wieder her und nahm dazu Daniel völlig in Beschlag.

"Ich möchte keinen Domoropitpusch als Partner", erklärte Daniel.

Die Oberbefehlshaberin musterte ihn nach dieser Bemerkung wie einen Aussätzigen. Befänden sie sich auf einer Galeere, wäre Daniel die Aufgabe zuteil geworden, das Schiff allein zu steuern.

Frau Landing trommelte den Takt.

Angekommen

Marian landete.

Die Achterbahnfahrt bremste, der erwartete Aufprall blieb nur ein Schreckgespenst. Marian war dankbar und freute sich über diesen Umstand, wie über einen lang ersehnten Lottogewinn. Sie hatte den Sprung überlebt und war sich dessen bewusst, dass dies keineswegs nur Glück war. - Es grenzte an Magie …

Vorsichtig tastete sie den Fußboden ab. Kalt und glatt: Steinboden. Sie fröstelte. Sie sah ihren Körper zerschellt am Boden, verrenkte Glieder, Blut und Kleidungsfetzen, aufgespießt auf Felsspitzen, die wie Speere Richtung Himmel zeigten.

"Michel!", rief sie ängstlich.

Ihr Herzschlag raste laut wie ein Trommelschlag.

"Michel!", ihre Stimme dünn, kaum hörbar.

Was wenn der kleine Körper den Sturz nicht überlebt hatte?

Sie sträubte sich, den Gedanken weiterzuspinnen. Das Blut hämmerte in ihren Adern.

Nein, das durfte nicht sein …!

"Michel, Michel, Michel!"

Immer und immer wieder rief sie seinen Namen. Eine alte Schallplatte, die an einer Stelle sprang. Das kurze Glücksgefühl des Überlebens wich der Resignation. Sie fühlte sich, als habe sie einen Berg erklommen. Einer von vielen, in einer Gebirgskette, die sich am Horizont verlor.

Auf allen vieren bewegte sie sich in der undurchdringbaren Dunkelheit in eine Richtung. Schweiß, Schüttelfrost und Schwindelgefühle suchten ihren Körper heim und vernichteten damit auch den letzten Rest der anfänglichen Freude. Ihr rasendes Herz sehnte sich nach der innigen Umarmung ihres geliebten Sohnes und wurde gleichzeitig getränkt von aufkommendem Hass.

"Ich hasse euch!", schrie sie in die Finsternis hinein, bevor sie zusammensackte. Ein Häufchen Elend, tränenüberströmt, unfähig einen klaren Gedanken zu fassen. Marian wusste nicht, wie lange sie in dieser Position verweilt hatte. Sie wusste noch nicht einmal, gegen wen oder was sich ihr Hass richtete. Doch irgendwann, ihr Zeitgefühl hatte sie längst verloren, versiegten ihre Tränenbäche. Ihre auf Sparflamme laufende Restenergie bekam einen Schub und aktivierte die letzten Reserven, die ihr zur Verfügung standen. Zurückgekehrt von den Toten schalteten sich ihre Lebensgeister wieder ein. Marian, hinausgezogen um die Welt zu retten, scheiterte bereits an der Rettung ihres Sohnes. Ihr Verstand rebellierte.

NEIN, du darfst nicht aufgeben!!

Sei bereit, flüsterte eine Stimme in ihrem Innern. Die Worte ergriffen Besitz von ihr, setzten ungeahnte Kräfte in Bewegung. Marian schlüpfte aus ihrem Kokon.

Krabbelnd wandte sie sich von der kalten Felswand ab, zielstrebig, als wäre der richtige Pfad verinnerlicht. Schon bald bemerkte sie, dass sie sich aufrichten konnte. Der Schmetterling entfaltete sich zu seiner ganzen Größe.

"Ich bin bereit!", schrie sie und verscheuchte damit die Dunkelheit.

Die plötzliche Helligkeit ließ sie erblinden, sie schirmte ihre Augen mit der Hand ab, um langsam ihre Umgebung wahrzunehmen.

Eine lichtdurchflutete Höhle, an den Seitenwänden drängten sich Zuschauer an Zuschauer. Dicht an dicht, um keinen Augenblick zu verpassen.

Nebelgestalten, Leviaten, Elben, Feuergeister und viele ihr unbekannte Geschöpfe, sie alle gierten darauf, fieberten dem weiteren Verlauf entgegen.

Eine Stimmung, die sich mit einem alles entscheidenden Pokalspiel durchaus messen konnte.

Marian sah ihn.

Auf einer Anhöhe, majestätisch niederblickend auf das weitere Geschehen. Ihre Erinnerung verlor sich in alte Monumentalfilme. Das alte Rom, Schaukämpfe im Kolosseum.

Welche Kreaturen würden auf sie losgelassen?

Sie wartete auf ein Zeichen, eine Ansprache – doch nichts geschah.

Wo ist mein Sohn, wollte sie dem Mob entgegenbrüllen. Diesen Ehrwürdigen am Kragen packen und wie ein Raubtier ihr Opfer zu Tode schütteln.

Doch stattdessen hob sie die Hand zum Gruß.

Eine flüchtige Begrüßung, oberflächlich und doch irgendwie herzlich.

Hass und Zuneigung hielten sich die Waage. Genug der Worte, der Rätsel und Platz für Taten.

Sie war bereit.

Doch wie oft sie sich dies auch verinnerlichte, ein Rest Skepsis blieb haften. Ein Rinnsal, das sich immer weiter fraß.

Haben Helden Angst?

Marian wusste die Antwort nicht. Ihre Furcht verborgen unter einer hauchdünnen Schicht Heldentum.

Marian, Beruf Hausfrau und Mutter, Berufswunsch zurzeit Heldin, machte sich auf den Weg.

Ein Königreich für einen Schluck Zaubertrank.

Erst vorsichtig, dann etwas selbstsicherer, setzte sie Schritt für Schritt. Der Gang entpuppte sich als Brücke, an die sich links und rechts das Wasser schmiegte.

Marian schaute nicht zurück. Das Licht konnte den Grund des Wassers nicht durchdringen. Reglos, eine schlafende Bestie, still und unbewegt.

Wie auf ein geheimes Kommando änderte sich der Zustand des nassen Elements. Kräuselnd, Wellen schlagend, das Ungeheuer peitschte mit dem Schwanz.

Marians Unbehagen wuchs.

Konzentriert auf ihrem Weg und doch mit Furcht einflößenden Gedanken.

Was verbarg sich im Untergrund?

Schlagartig fielen ihr unzählige Filme und Bücher ein, in denen Wassergeschöpfe ihr Unwesen trieben. Und das waren erstaunlicherweise relativ viele. Das Wasser schäumte, spritzte und bäumte sich auf, mit einer wild gewordenen Pferdeherde vergleichbar.

Blick nur nach vorn, ermahnte sich Marian.

Untote, Riesenschlangen, Haie, Krokodile …

Doch das einzige Wesen, welches ihr den Platz auf der Brücke streitig machte, war ein Insekt. Fünfzehn cm lang, in einer misslichen Situation. Sechs Beine, die hilflos in der Luft strampelten.

Käfer-Aerobic oder Notlage? Marian verweilte, ab und zu einen flüchtigen Blick in Richtung Wasser werfend.

Als Eduardo sein Bewusstsein wiedererlangte, war er nicht mehr als ein wimmerndes Tier, das sich am Boden krümmte. Bruchsteinhaft blätterte sich das Erlebte vor ihm auf. Er sah den Jungen, taumelnd, hilflos abstürzen in die Tiefe.

Nein, das hatte er nicht gewollt! Die Kontrolle entglitt ihm, die Zügel des Pferdes rutschten über den Hals des Tieres. Ihm blieb nichts mehr übrig, als sich in der Mähne festzukrallen und die Geschehnisse abzuwarten. Er war nicht mehr der Boss, sondern einer der untersten Boten. Voll Furcht hatte er sich ins Gras gekauert, den Umschlag mit dem Auftrag in seiner Hand.

Der Junge – sein Auftrag lautete: Hol den Jungen!

Aber warum?

War es nicht ursprünglich seine Idee gewesen, sich an den Jungen zu wenden? War es wirklich sein Einfall, oder …?

Sollte nicht er die Lorbeeren einheimsen?

Stattdessen versteckte er sich zitternd wie eine Maus, die spürt, dass der Tod umherschleicht.

Dieser dicke Junge erblickte ihn – mehr aus Versehen. Eduardo erfasste das Verlangen, den Jungen in das Grün mitzureißen. Doch bevor er eine Entscheidung treffen konnte, verdrehte der Dicke die Augen und stürzte um wie ein gefällter Baum.

Nun lag er, Eduardo Sanchez, selbst am Boden. Stockfinster, die Kälte der Umgebung kroch in seine Glieder. Vorsichtig tastete er mit den Händen und glitt über eine glatte, kalte Oberfläche. Mühsam versuchte er sich aufzurichten, doch schon bald begrenzte die erste Beule die Anstrengung.

Panikartig legte er sich hin, zu schnell, seine Knie dankten es ihm mit stechenden Schmerzen. Warme Flüssigkeit wärmte seine Schenkel. Er konnte nur ahnen, dass es sich um sein Blut handelte. Schürfeuer für seine Ängste.

"Was wollt ihr?", rief er mit hysterischer Stimme.

"Ich habe den Auftrag doch erfüllt!"

Sein Ruf, ein Echo, das an den Wänden neuen Nährboden fand, bis es erstarb.

Auch Eduardo war eine Kerze, die langsam erlosch. Hilflos kauerte er erneut am Boden und wippte auf und ab. Seine Gedanken verfluchten den Tag, an dem er sich entschloss, Vergeltung zu üben.

Lege dich nie mit Mächten an, die du nicht beherrschen kannst.

Zu spät für Selbstmitleid.

Sein Weg, eine Einbahnstraße.

Für einen Augenblick glaubte er eine fahle Gestalt zu erkennen. Den Herrn, für dessen Tod ihn die Polizei zur Rechenschaft ziehen würde. Und das zu Recht!

Plötzlich strömte etwas durch ihn hindurch. Woher die Energie kam, konnte er nicht sagen. Doch seine Lebensgeister kehrten zurück, kribbelnde Ameisen, die seinen Körper in Besitz nahmen.

"Bist du bereit?", erklang eine knarzende Stimme.

Der Raum war in flackerndes Licht getaucht, blutrot wie eine untergehende Sonne.

Ein Feuergeist, riesig und Furcht erregend, den gigantischen, zahnlosen Schlund geöffnet. Erschrocken wich Eduardo zurück, verharrte mit dem Rücken zur Wand. Schmerzende Knie, Kopfhaare, die sich durch Kräuseln der Hitze entzogen.

"Bebbeereitt", stotterte er, während warme Flüssigkeit seine Beine tränkte.

Hämisches Gelächter, das sein Trommelfell zu sprengen drohte. Der Feuergeist sackte zusammen, drohte zu erlöschen und beschwor damit die Dunkelheit zurück.

"Nein!", schrie Eduardo mit einem Volumen, das an der Oper zu Begeisterungsovationen geführt hätte.

Die plötzlich aufkommende Helligkeit machte ihn blind, er stolperte. Stechender Schmerz, der seine Sinne raubte. Erneut auf die Knie gestürzt, erklang ein markerschütternder Schrei aus seiner Kehle. Nur langsam erkannte er die Umrisse. Schattenhafte Gestalten, an die kalten Wände gemeißelt.

"Was glotzt ihr so?", entfuhr es Eduardo, der sich mühsam aufrichtete.

War er der Alleinunterhalter?

Der Clown mit Wiedererkennungswert?

"Ich bin Eduardo Sanchez!", brüllte er wie ein wild gewordenes Tier, das in die Enge getrieben, seine Aussichtslosigkeit erkennt.

"Ich habe den Auftrag erledigt. Wo ist meine Belohnung?"

Eisiges Schweigen als Antwort.

Nur kurz beschlich ihn das eigentümliche Gefühl, dass er nicht als Sieger aus dieser Schlacht hervorgehen würde. Mit einer abfälligen Bewegung warf er den Umschlag Richtung Felswand. Fasziniert beobachtete er den eleganten Flug des Briefes. Ein Höhenflug, der mit einem tiefen Sturz endete. Der Aufprall, ein Knall einer Ohrfeige gleich. Das Wasser explodierte wie ein Feuerwerk, zog einen Kreis nach dem anderen, bis der Umschlag in den Fluten versank. Ein kurzes Schnappen, dann lockte die Oberfläche mit Ruhe und Frieden. Trügerisch lauernd, wehe dem, der unbeachtet die Brücke verließ.

Vorsichtig, mit aufgeschlagenen Knien, schritt er den Weg entlang. Konzentriert, dass ein "Buh" ausreichte, um Eduardos Fassung strudelartig auseinanderzuwirbeln. Seine Gedanken schweiften zu jeglichen Horrorfilmen, die er mit Bekannten verfolgt hatte. Großkotzig, mutig, lächerlich, doch die Erinnerungsfetzen zerrten an seinen Nerven. Urplötzlich kräuselte sich die Wasseroberfläche, aufgewühlt von kleinen Wellen, die sich wie Soldaten zum letzten Gefecht aufrichteten.

Mechanisch schritt er voran, eine Marionette, starr marschierend, als Uniform ein mit Gänsehaut überzogener Körper. Er würde diese Sache zu Ende bringen, koste es, was es wolle.

Aber sprang man aus einem fahrenden Zug? Doch für Überlegungen blieb keine Zeit, denn … auf einmal lag es vor ihm. Das Etwas mit sechs strampelnden Beinen.

Ein I-Tüpfelchen, die Schnur am Pulverfass.

Mit verächtlichem Blick trat er zu. Ein Kicker, sein Ball ein hilfloser Käfer, der unsanft im Wasser landete.

Das Wasser erregte sich, schnappte gierig nach dem Insekt, bevor es wie ein Stein in dem Nass versank.

"So ergeht es jedem, der sich mir in den Weg stellt!", posaunte Eduardo und schritt unbeirrt voran.

Dort, wo der Käfer versank, tauchte ein Wesen aus dem Wasser auf. Schwarz glänzendes Haar, das mit dem Grün und Blau des Wassers einer Verheißung gleichkam. Ein menschliches Antlitz ohne Ohren, stattdessen ragten an dieser Stelle goldschimmernde Fühler empor. Mit einem eleganten Ruck sprang das ein Meter lange Geschöpf in die Lüfte. Mächtige Flügel trugen es lautlos hinfort.

Nur ein guter Beobachter erkannte die leichte Verletzung.

"Toller Trick", spie Eduardo aus und schritt dem vermeintlichen Ziel entgegen. Er würde der einzig wahre Weltenreiter werden und seine Konkurrenz ausschalten - mit allen Mitteln.

Eduardo Sanchez, gefühllos und kalt, mit einem Herz aus Stein.

Seine Gedanken eilten heimwärts zu seinem Vater. Er, im Outfit eines erfolgreichen Feldherrn, auf einem Einhorn sitzend, erstattete Bericht.

Sie würden ihn rühmen, feiern, preisen.

Ihn, den einzig Wahren!

Eduardo verlor seine Menschlichkeit, verbissen mit stählernem Blick schritt er voran.

Ja, ein Eduardo Sanchez sprang auch aus einem fahrenden Zug.

Sein Weg endete so plötzlich, als hätte jemand einen Szenenwechsel vorgenommen und in Windeseile die Kulisse umgebaut.

Er prallte vor eine unsichtbare Mauer.

Da war sie …

"Stonia de Alburesch" – die Höhle der Erkenntnis. Neben ihm die Felswand, aus der unverständliche Wortfetzen drangen – das Nichts.

Vor ihm drei klaffende Löcher, finster und dunkel – der Eingang zur Hölle.

Auf einem vorgelagerten Balkon erblickte Eduardo einen alten Mann, der auf ihn hinabsah. Neben diesem stand eine Frau, die wie eine Mischung aus Hexe und Fee wirkte. Doch Eduardos Blick wanderte zurück zu dem Alten. Irgendetwas an diesem wunderlich aussehenden Greis glaubte Eduardo zu erkennen. Doch so sehr er sein Gehirn auch marterte, er fand keine Antwort.

Er fixierte den alten Herrn, der ihn mit seinem Blick zu durchbohren schien.

Eduardo fasste an seine Brust, es war ihm, als würden Pfeile sein Herz durchbohren.

Im Reich der Me-insche

Marian war tierlieb. Aber fellartigen Tieren zur Seite zu stehen, kostete weit weniger Überwindung, als Riesenkäfern zu helfen, die dringend Hilfe benötigten. Schnell war ihr bewusst, dass dieses Insekt keineswegs sein Sportprogramm absolvierte.

Die Lösung lag auf der Hand. Nimm einen Stein und benutze ihn wie einen Rettungsring. Leider war so ein Stein recht nah an der eigenen Hand.

Größere Insekten waren Marian ein Gräuel und dieser Käfer überstieg deutlich die Maße eines Marienkäfers.

Schade, eigentlich!

Der Gedanke, dass dieses Tier auf ihre Hand krabbeln könnte, löste keinerlei Entzücken in Marian aus. Ganz im Gegenteil. Ignorieren, vielleicht sollte sie dieses hilflose Wesen einfach übersehen.

Doch dieses mulmige Gefühl regte sich in ihr und ließ sie weiterhin nach einem losen Stein Ausschau halten. In Ermangelung von Blättern, Stöcken und anderen brauchbaren Gegenständen war es wie verhext, dass sich kein geeignetes Objekt fand.

"Toll", stöhnte Marian.

Wie sollte sie ihren Sohn retten, wenn sie schon bei dem Rettungsversuch eines Käfers scheiterte?

Hier trennte sich die Spreu vom Weizen. Nein, es war unverkennbar, von einer Heldin war sie weiter entfernt als das Verwandtschaftsverhältnis zwischen einer Maus und einem Elefanten.

Sie blickte auf das kämpfende Tier, als ließe sich allein durch Gedankenkraft die Situation ändern …

Doch da geschah es … Eine Erleuchtung durchfuhr ihre Gliedmaßen. Es war das Einschlagen eines Blitzes, der die Lösung auf einem Silbertablett servierte.

Wie konnte sie nur so begriffsstutzig sein?

Sie reichte dem zappelnden Tier ihren Schuh, den sie vorsichtshalber ausgezogen hatte.

Sofort ergriff das Krabbeltier den rettenden Anker.

Rasch setzte sie den Sportschuh ab, um ihre Hand aus der vermeintlichen Gefahrenzone zu manövrieren.

"Buh", entfuhr es Marian, als hätte sie soeben den "Mount Everest" bezwungen.

Zum Glück zeigte das Tier keine Ambitionen, dort länger zu verweilen, so dass Marian die Stellung "Storch auf einem Bein" nicht länger aushalten musste. Beschwingt, mit frohem Herzen und zwei bequemen Schuhen wollte sie ihren Weg fortsetzen, doch ein merkwürdiges Knacken ließ sie innehalten.

Vorsichtig schaute sie zurück. Mit rasender Geschwindigkeit wuchs das Käfertier. Knacken, Bersten, als wenn eine Lawine ins Tal stürzte. Marian schauderte. Doch ihr Blick war gebannt auf das Geschehen gerichtet.

Ein menschliches Wesen mit gewaltigen Flügeln entschwebte in die Lüfte.

Mit ungläubigem Erstaunen, vom Wind tränennassen Augen, gaffte Marian diesem verwandelten Käfer hinterher.

Es war so unwirklich, fantastisch.

Marian, die neue Alice im Wunderland.

"Das ist ein Me-insch", erklärte eine tiefe Stimme neben ihr.

Ohne Regung suchte Marian nach dem Sprechenden.

Sie betrachtete den Riesenfisch.

Ihr Verstand protestierte, doch sie nahm den Protest nicht zur Kenntnis.

"Ich bin ein Bakusor – Herrscher des Höhlensees."

"Aha", antwortete Marian, unfähig noch mehr Worte zu bilden.

Noch nie hatte sie mit einem Fisch geredet. Aber irgendwann ist immer das erste Mal.

Ihr Verstand schlug Kapriolen. Ihre Coolness bröckelte, der Begriff "Tilt" spukte durch ihren Schädel.

Vermeide Anglerwitze, filterte ihr Gehirn als gut gemeinten Ratschlag hervor.

Klasse Idee, dachte Marian, welch scharfsinniger Vorschlag.

"Dieser Me-insch ist übrigens eine Symbiose zwischen Käfer und Mensch, du würdest staunen …"

Der Vortrag des Bakusors wurde jäh unterbrochen. Ein paar Meter neben ihm teilte sich das Wasser, ein weiterer kindsgroßer Fischkopf tauchte aus den Fluten empor. Marian glaubte einen Unterschied zu erkennen, doch so sehr sie ihre Augen auch bemühte, ihr Glaube schien sich nicht zu bestätigen.

"Kommst du endlich?", mäkelte der Zweite und bedachte den Redner mit einem vorwurfsvollen Blick.

"Oh Schatz", murmelte der Bakusor. "Du bist auf dem richtigen Weg, Kindchen", raunte er ihr zu, bevor beide in den Tiefen des Sees verschwanden.

Marian musste schmunzeln. Die beiden Riesenfische erinnerten sie an ein altes Ehepaar. So musste es sein ... das war der Unterschied, den sie erahnt hatte, aber nicht auf den ersten Blick erkennen konnte. Eines dieser Geschöpfe war weiblichen Geschlechts. Ihre Intuition hatte sie nicht in Stich gelassen.

Aber half ihr das Wissen in ihrer jetzigen Situation weiter?

Nein, nicht wirklich …!

Wieder allein auf der Brücke wurde ihr schmerzlich bewusst, warum sie auf diesen Pfaden wandelte.

Ihr Sohn, sie wollte ihren Sohn retten!

Schlagartig bröckelte ihre aufgebaute Heldenfassade. Schreckliche Bilder drängten sich in ihren Geist, ihr Herz hämmerte, während die Angst des Eingesperrtseins zurückkehrte. In ihrem Innern tobte ein Kampf.

"Oh, ist Madam endlich eingetroffen", höhnte eine kalte Stimme hinter ihr.

Ihr Blut gefror und suchte sich schwerfällig einen Weg durch ihren Kreislauf des Lebens. Sie wirbelte herum und sah sich dem Feind gegenüber, der sich wie ein Verwundeter an die Brust fasste. Mitleid erwärmte das Geflecht ihrer Adern. Was sie sah, hatte wenig Ähnlichkeit mit dem Playboy von einst. Ein lebender Toter, der sie aus tiefen Augenhöhlen taxierte. Sie spürte seinen Hass, seine Feindschaft, während ihr Geist immer noch eine Brise Mitleid empfang.

Bambi und der Wolf standen sich gegenüber

In einer Dimension, die uns unbekannt ...
Das entscheidende Duell im Inneren der Höhle blieb der Menschheit
verborgen. Die Elemente tobten, zerstörten und amüsierten sich, als
besäßen sie einen Freibrief für all ihre Schandtaten.
"Hereinspaziert, meine Herrschaften, im Freizeitpark der Superlative –
Hier eine kleine Kostprobe.
Die Saison ist eröffnet!"
Wirbelstürme drangen in Gebiete, in denen sie bisher noch nie ihre
Macht demonstriert hatten.
Regen prasselte herab, in sintflutartigen Mengen.
Taifun "Haiyan" stürzte Millionen von Menschen auf den Philippinen
in Not und Verzweiflung.
Kleinere Unglücke gingen unter in den Schreckensnachrichten, die je-
den Tag eintrafen. Wissenschaftler, und Forscher arbeiteten fieberhaft
auf der Suche nach Lösungen und Erklärungen.
Der Mensch, hilflos, ein Spielball der Elemente.
Unheil, Gewalt, Verrat ...!
Die Welt, ein Schiff, das auf den Abgrund zusegelt. Tief unter der Erde
wird das Schicksal besiegelt.

Höhlen der Dreiheit

"Dies sind die Höhlen der Dreiheit, sie verkörpern die Dreiteilung des Kosmos", verkündete der goldene Stock, der zwischen Marian und Eduardo hin- und herwippte. Will hier denn jeder etwas zu sagen haben, dachte Marian verbittert. So langsam reichte ihr das Wunderland der sprechenden Steine, Fische, Feuer und Stöcke. Doch bei näherem Hinsehen entpuppte sich die Vermutung als Trugschluss.
Nicht der Stock erteilte Anweisungen. Dem Anschein nach war es der kleinste aller Zwerge, der mit diesem säulenartigen Stock hantierte.
Es lag ihr auf der Zunge, höflich zu fragen, ob diese Übergröße nicht etwas übertrieben sei. Zum Glück konnte sie sich beherrschen, im Gegensatz zu ihrem Widersacher. Wenn Blicke töten könnten, wäre es zu diesem Zeitpunkt um diesen Kerl geschehen.
Eine leichte Sympathie regte sich in Marian, die ihr Verstand sofort attackierte.
Bist du von allen guten Geistern verlassen, tadelte sie sich selbst. Dieser Spinner entführt dein Kind, grinst dich selbstgefällig an, und du lässt dich einlullen wie ein Teenager. Ihre Augen funkelten zornig. Ihr Geduldsfaden bröselte, fiel zu Boden und zerschellte in tausende von Stücken.
"Wo ist mein Sohn?", hörte sie sich fragen mit einer Stimme, die keinen Kompromiss duldete.
Für sie stand außer Frage, dass dieser Fiesling an dieser ganzen Misere schuld war. Schuldig im Sinne der Anklage. Schuldig in allen Punkten.
Der Winzling klopfte energisch mit dem übergroßen Stab, anscheinend schätzte er keinerlei Unterbrechungen. Die Spannung erreichte den Siedepunkt, die Läufer in den Startlöchern, der Adrenalinspiegel erreichte den höchsten Punkt.
"In einer der drei Höhlen steckt dein Sohn.

Zu treffen die richtige Entscheidung wäre klug.
Nur eine Chance, die dir verbleibt,
sonst ihn das Schicksal schnell ereilt."

Marians tausend Stücke des Geduldfadens zerkrümelten zu Staub. Drei Höhlen, eine Chance …

Marian hatte noch nie Glück im Spiel. Was sollte sie tun? Die Angst trübte ihre Gedanken. Ihre Schultern schlapp, die Last der Verantwortung wog mehr, als ein Mensch ertragen kann.

Da ereilte sie eine Idee, eine kleine Glühbirne am Horizont.

"Die Dreiteilung des Kosmos, was verkörpert sie?", prustete es aus ihr heraus.

"Die Dreiteilung des Kosmos verkörpert für uns den Himmel bzw. die Luft, die Erde, den Ozean", belehrte sie der Zwerg und rückte dabei sein Monokel zurecht. Von jetzt auf gleich arbeitete Marians Gehirn auf Hochtouren. Hatte der Fisch nicht gesagt, sie sei auf dem richtigen Weg? Sollte dies ein Hinweis sein, den "Ozean" zu wählen? Aber was war mit dem Käferwesen, das sich in die Lüfte erhoben hatte? Bedeutete das, wähle die "Erde"?

Marians Gehirn, ein Großrechner, der alle Möglichkeiten durchkalkulierte, aber kein endgültiges Ergebnis fand. Wieder einmal machte sich Verzweiflung breit. Sie schloss die Augen, um aus dem bösen Dilemma zu erwachen. Ohne Erfolg.

Heldin Marian stieß an ihre Grenzen.

Hier und jetzt!

"Besinne dich", keifte der Zwerg.

Sie war sich sicher, hätte er "Sei bereit" gesagt, wäre ihre Faust in seine Richtung geschnellt.

Hilflos schaute sie sich um. Sollte sie die Geschöpfe, die sie anstarrten, um Hilfe bitten?

Ihr Blick streifte den Balkon. Der alte Mann, ihr Herz vollführte einen

Hüpfer. Flehend, mit wässrig schimmernden Augen schaute sie hinauf.

Bambi im Wald, das um seine Mutter weinte.

Doch so sehr sie sich auch bemühte, sie erreichte nicht sein Herz.

"Besinne dich auf deine Stärke", maulte der Zwerg.

"Was ist meine Stärke?", schnauzte Marian entnervt zurück.

Ein Raunen entrann den Anwesenden. War es nun soweit, würden die Daumen nach unten zeigen, ein Gladiator der keine Gnade fand.

Sie spürte den selbstgefälligen Blick von Eduardo, der sie mit seinem Totenschädel gehässig fixierte.

"Schau in die Zukunft", zischte er.

Sie verstand erst nicht, was er ihr mitteilen wollte.

"Reite in das Nichts und finde deinen Sohn."

War es ein Kommando, ein Zufall, eine geheime Absprache?

Die Felswand, durch die sie einst mit dem Einhorn entschwunden war, schien zu vibrieren. Unzählige Stimmen prasselten auf Marian hinab. Ein Hagelschauer aus Fragen, von fremden und ihr bekannten Stimmen. Dazwischen das ihr bekannte Gesäusel, das sie einlullte. Sie sackte zusammen und presste sich die Ohren zu.

So muss sich Gott fühlen, wenn er ständig mit Fragen bombardiert wird, dachte Marian.

"Tritt herein und finde deinen Sohn", verkündete das Nichts mit honigsüßer Stimme.

Ihre Ohren schmerzten. Sie vernahm das wahnsinnige Lachen ihres Feindes. Sie musste ihren Sohn retten. Sollte doch dieser Kerl Weltenreiter werden. Der Gedanke versetzte ihr einen Stich im Herzen. Das Lachen ihres Gegenübers wurde stärker.

Sie fühlte sich verhöhnt, verlassen und allein.

Vorsichtig richtete sie sich auf und trottete in Richtung Felswand, magisch angezogen wie eine Fliege zum Licht. Das ist verkehrt, schimpfte ihr Gewissen.

Du spürst es, tief in Dir.

Sie will ihren Sohn, antwortete ihr Verstand.

Was sollte sie tun? Ihr Inneres im Zwiespalt, schleppte sie sich näher und näher. Die Last auf ihren Schultern war tonnenschwer. Begleitet von hysterischem Lachen, fiel ihr verschleierter Blick auf die Einhörner, die unruhig hin – und her tänzelten. Ihr Fell schimmerte, geschliffene Diamanten, in denen sich alle Farben spiegelten. Hoch erhobenen Hauptes, das Horn glänzend, ein blank poliertes Schwert.

Ein Wort entglitt Marians Kehle.

"Sörlei!" – Ein fremdes Wort und doch so vertraut. Erst als sich das größte der Einhörner auf sie zu bewegte, erkannte sie die Bedeutung.

"Sörlei!", wiederholte sie und spürte, wie die Last von ihren Schultern fiel.

Korum

Es behagte dem Ehrwürdigen in keiner Weise, eine versteinerte Miene aufzusetzen. Nach außen hin gelassen, innerlich ein brodelnder Vulkan.

Viel lag daran, dass sie die Prüfung bestand.

Er spürte den enormen Druck, der auf ihr lastete, doch ein Eingreifen seinerseits schien unmöglich.

Ja, sie war die Richtige.

Sie besaß ein Herz, das gefüllt war mit Liebe, Freude und Hass. Doch ihr Charakter, so wankelmütig wie ein Schiff, das sich durch die sturmgepeitschte See kämpfte – sie musste es sein!

Seine Zweifel und seine Zuversicht hielten sich die Waage, nach außen Pokerface.

Serafia berührte leicht seine Schulter. Er war sehr dankbar, dass sie an seiner Seite stand. All die Jahre, Jahrhunderte um genau zu sein. Eine lange Zeit und doch zu kurz. Niemand kann die Zeit anhalten, sie fließt dahin, verrinnt wie der Sand zwischen den Fingern. Was bleibt ist die Erinnerung. Sie macht lebendig, führt uns zurück, wohin auch immer der Geist entschweben mag.

Wer würde sich an ihn erinnern?

Sein Porträt im Raum der "Historia". Zugegeben, ein Ehrenplatz. Doch was würde derjenige denken, der den Rahmen des Bildes abstaubte?

Wie würde dieser Jemand seiner gedenken …?

"Trübe Gedanken vernebeln deine Sinne. Wer Großes leistet, dem wird Großes widerfahren.", raunte Serafia ihm leise zu.

"Habe ich Großes vollbracht?", bemerkte der weise, alte Mann, während er das Geschehen um Marian gebannt verfolgte.

"Für uns schon", antwortete Serafia, die Kater Arturo streichelte, der selig in ihren Armen schlummerte und schnurrte.

Der Ehrwürdige schaute in ihre Augen, ihre Worte waren Balsam für seine Seele. Für einen Augenblick wünschte er, er könnte tauschen. Tauschen mit dem grauen, schmächtigen Tier, das sich wohlig rekelte.

Ein Hauch von Schwäche. Es war ihm nicht vergönnt, mit seinem Schicksal zu hadern.

Er, der Auserwählte, der Ehrwürdige, der Weise, seine Miene ein Stein, Ton in Ton mit der Felswand.

Gut, dass seine Unzufriedenheit nicht ins Gewicht fiel. Zum Glück zogen die Elemente ihren Zündstoff ausschließlich von den Menschen. Der Ehrwürdige bemerkte einen Feuergeist, der den Schlund in seine Richtung streckte. Beinahe so, als habe er Witterung aufgenommen.

Er wandte ihm einen vernichtenden Blick zu, bevor er seine Aufmerksamkeit "Korum" zuwandte.

Korum, sein Leibwächter, der ihn wie ein Schatten auf offiziellen Anlässen begleitete.

Ein Berg von einem Mann mit dem Gemüt eines kleinen Kindes. Korum gehörte zum Stamm der Unbekannten. Als er ihn zum Leibwächter ernannte, schwappte eine Welle der Empörung durch die Höhlen. Es rankten sich viele Legenden um die Entstehung dieser Spezies.

Und nicht eine war schmeichelhaft.

Sie waren ein Abbild der menschlichen Rasse, nur kolossartig und nicht mit großer Intelligenz gesegnet. Böse Zungen behaupteten, der Stamm der Unbekannten verkörperte die menschliche Rasse schlechthin.

Ja, der Mensch geliebt und gehasst gleichzeitig. Sein Ruf als Menschenfreund hatte ihm nicht nur Lorbeeren eingebracht. Wenn er das Leben auf den Monitoren verfolgte, ereilten ihn schreckliche Geschehen. Aber verbarg Gutes nicht oft eine traurige Vorgeschichte? Ein Neuanfang folgt nicht immer nach einem erfüllten Leben. Ja, es gab furchtbare Ereignisse. Doch immer wieder beglückte ein Licht am Ende des Tunnels ihre Gemüter. Viele saugten Negatives auf wie ein Schwamm Flüssigkeiten, doch Gefühle prallten ab. Der Ehrwürdige sah stets das Gute in jedem Geschöpf, das die Erde bewohnte.

Viele verdienten eine zweite Chance, wobei der ein oder andere diesen rettenden Strohhalm nicht ergreift. Für einen Moment überschattete Traurigkeit seine Züge. Wieder war es Serafia, die ihn zurückholte in die Wirklichkeit.

"Ist das die Eine? – Wird unsere Reise bald enden?", fragte sie und liebkoste sein Gesicht mit ihren Blicken.

"Mein Verstand ist getrübt, ich vermag es nicht zu sagen. Aber sollte sich die Prophezeiung erfüllen, ist es meine Reise."

"Und meine", antwortete Serafia.

Die Schärfe in ihrer Stimme unterband jegliche Diskussionen. Zum ersten Mal seit Langem fühlte er eine Glückseligkeit, die seinen Körper berauschte. Er winkte Korum zu sich, der schwerfällig seinen Anweisungen Folge leistete. Als er den Koloss auf sich zukommen sah, wusste er, wer mit Freude den Rahmen abstauben würde. Er lächelte.

Flüsternd erläuterte er ihm sein Anliegen, das nicht mit dem Abstauben in Zusammenhang stand.

Eifrig nickend entfernte sich der Riese, sein Gesicht strahlend, ein gigantischer Smiley.

In dem Moment, als Marian den Namen "Sörlei" murmelte, erhob sich der Ehrwürdige.

Würdevoll, majestätisch. Ein König, der sich zurückzog, leise und unbemerkt.

Die Zeit läuft ab

War dies des Rätsels Lösung?

Marian hatte keine Ahnung, es war nur ein Gedankenblitz. Ein Saatkorn, das sich entwickelte, je mehr sie die Idee weiterspann. "Sörlei" – der Klang des Namens beruhigte ihre Nerven. Es schien ihr, als sei der Name der Schlüssel zu einem Rätsel, und sie hatte ihn endlich entdeckt.

Kurz vor ihr blieb das wunderschöne Geschöpf stehen, die warme Luft aus seinen Nüstern erfrischte ihre Sinne. Das Fell so glänzend, dass ihre Augen blinzelten.

"Du musst mir helfen", flüsterte sie eindringlich.

Ohne weitere Anweisung warf das Tier den Kopf in den Nacken, absolvierte eine Kehrtwende und raste einer Stampede gleich auf die Felswand zu, durch die es hindurchpreschte als sei das massive Gestein nur ein grauer Stoffvorhang.

Die anderen beiden folgten.

"Sörlei", murmelte Marian, während Tränen ihre Augen füllten. Erschöpfung breitete sich aus, sie hatte keine Gedanken mehr, kein Empfinden.

Eine leere Hülle ohne Bewandtnis, ohne weiteren Nutzen. Weit entfernt, ein Echo in den Bergen, vernahm sie die spöttischen Äußerungen von Eduardo. Doch all dies ließ sie kalt, sie war nur eine Zuschauerin, baute sich einen Panzer, an dem alles abprallte.

Marian versteckte sich in ihrer eigenen Welt, Dornröschen im hundertjährigen Schlaf. Sie durchlebte einen Traum. Doch als sie im Geiste einen Körper vor sich sah, zerschmettert in einem See aus Blut, wachte sie auf.

Es schien, als sei sie aus einem künstlichen Koma erwacht.

"Nein!", schrie sie, wirbelte herum, und hätte aus Versehen fast den Zwerg niedergestreckt, der sich durch einen beherzten Sprung aus der Gefahrenzone rettete.

"Ich habe die Regeln nicht gemacht", maulte dieser los. Anscheinend hatte er in ihrer geistigen Abwesenheit einige Details preisgegeben.

Sie schaute ihn fragend an.

"Ich sagte, die Zeit läuft ab", wiederholte er ohne erneute Aufforderung und fingerte eine Eieruhr aus seiner Jackentasche.

Wieder einmal war sie da, eine zurzeit ständige Begleiterin von Marian, allerdings keine gern Gesehene.

Die PANIK …

Bisher hatte ihr keiner mitgeteilt, dass sie unter Zeitdruck agierte. Oder doch?

Marian konnte sich nicht erinnern, ihre Nerven flatterten. Wo blieb nur Sörlei?

Eduardo, das ausgemergelte Gerippe, schien ihre Gedanken zu erraten.

"Verlass dich nicht auf diese Mähre. Schau lieber in die Zukunft."

Sofort stimmte das Nichts seinen Gesang an, eine Ansammlung von Sirenen, die versuchten, auf sich aufmerksam zu machen.

"Gib dir keine Mühe", sagte sie zur Felswand mit aller Überzeugung, die sie aufbringen konnte.

Das Nichts verstummte.

Herausfordernd betrachtete sie Eduardo, am liebsten hätte sie ihn ange-
spuckt, ihm die tief liegenden Augen ausgekratzt, ihm - die Liste war
endlos.

Doch sie beherrschte ihr Verhalten, hielt die Zügel straff, bevor sie ihr
entglitten.

Wie oft predigte sie ihren Kindern, bei Problemen nicht die Kontrolle
zu verlieren. Behaltet Ruhe. Keine Panik.

Doch Marian fehlte es an Kraft, ihr Mund war trocken, ihre Nerven
zum Zerreißen gespannt. Ihr Blutdruck erzielte Höchstwerte und auch
ihre Herzfrequenz hatte den Normalbereich schon seit langer Zeit verlassen. Marian fühlte sich elend, Wogen von Übelkeit, die von ihrem
Schweißgeruch noch verstärkt wurden, malträtierten ihren Körper. Sie
atmete flach und schnell, während Sandkorn für Sandkorn in der Eieruhr hinabrieselte.

Unbarmherzig, gnadenlos. Jedes einzelne Korn, ein Stich, der ihr Herz
durchbohrte.

"Gleich muss eine Entscheidung fallen", erklärte der Zwerg und fum-
melte erneut an seinem Monokel herum.

Die beiden Kontrahenten waren von Totenstille umgeben. Man hörte
die berühmte Stecknadel im Heuhaufen fallen oder, wie in diesem Fall,
das Verrinnen der Zeit.

Sandkorn für Sandkorn.

"Bitte", stammelte sie leise. Ihr Anblick war so herzzerreißend, das sich
einige Zuschauer beschämt abwandten.

"Bitte", stammelte sie erneut und begann zu beten.

Marian fiel auf die Knie, faltete die Hände. Die Fackeln erhellten ihr
Gesicht, einen Heiligenschein.

Sie betete zu Gott, sie flehte zu Sörlei, sie wünschte dass alles ein gutes
Ende fand. Sie bat um Entschuldigung, dass sie lange nicht in der Kirche war. Sie gelobte Besserung und redete und redete sich den Kummer

von ihrer Seele. Während sie hilflos beobachtete, wie der Sand nach unten drängte.

"Zeitverschwendung, du alberne Gans", triumphierte Eduardo. "Gott hilft dir nicht und das Pferdeviech hat sich aus dem Staub gemacht."

Sie überhörte sein Höhnen.

"Gleich hast du deine Chance vertan, Weltenreiterin", stichelte er, sichtlich bemüht, eine alte Wunde aufzureißen.

Doch Marian reagierte nicht. War es Mut, Erschöpfung, Angst oder Verzweiflung, Gleichgültigkeit? Sie vermochte es nicht zu sagen.

Sandkorn für Sandkorn schwand die Hoffnung, dass das Schicksal auf ihrer Seite stand.

Wieder geisterten Stimmen durch Marians Kopf.

"Das passiert, wenn man das Kleingedruckte nicht liest". – "Kindchen, wie du rumläufst". – "Du kannst nicht gewinnen". – "Gib auf!"

Lauter unnützer Kram, sie schüttelte den Kopf.

Versuche, den Kopf frei zu bekommen, ermahnte sie sich. Denk an die Macht des Geistes.

Marian stockte der Atem.

Die Macht des Geistes, na klar!

"Nur noch wenige Augenblicke", verkündete der Zwerg. Konzentriere dich, zwang sich Marian.

In betender Haltung schickte sie ihren Geist auf Reisen, während die letzten Sandkörner nach unten drängten.

Männerrunde

Feierabend.

Der erste Seminartag neigte sich dem Ende zu. Morgen würde er wieder bei seinen Lieben sein, oder nicht?

"Kommst du mit auf 'nen Bier?", fragte Richard, einer der Seminarteilnehmer.

"Was …?", fragte Daniel zurück, der mit seinen Gedanken nicht anwesend war.

"Du trinken B i e r?", neckte Richard und lachte, als hätte er den Witz des Jahres gerissen.

"Weiß nicht."

"Komm Alter, was ist denn mit dir los?"

Daniel hasste diesen Ausdruck "Alter", doch er schwieg. Die Zimmertür wurde aufgerissen, die Angeln quietschten, als sähen sie ihr letztes Stündlein kommen.

"Ey, nicht so stürmisch, Leon", maulte Richard.

"Du machst noch alles kaputt."

Leon grinste und zuckte mit den Schultern.

"Wie sieht es aus?", fragte er und konnte vor lauter Vorfreude nicht verhindern, dass ihm der Speichel aus dem Mund tropfte.

"Wollen wir einen Happen essen?"

"Na klar´, essen und trinken", antwortete Richard, die Betonung stark auf dem zweiten Verb.

"Was ist mir dir los?", fragte Leon Daniel und rieb sich die XXL-Massen.

Widerwillig gab Daniel nach, die würden ja doch keine Ruhe geben.

"Nur noch frisch machen und anrufen", erwiderte Daniel. Was die beiden höchst amüsant fanden.

"Was für eine Sehnsucht", flötete Richard, "meine Jenny ist froh, wenn ich außer Haus weile."

Das kann ich verstehen, wollte Daniel antworten, doch er beherrschte sich.

"Ich gehe noch eine rauchen", verkündete Richard und verschwand von der Bildfläche.

"Alles in Ordnung mit dir?", fragte Leon mit seinem Mondgesicht.

"Na klar, na klar", erwiderte Daniel etwas zu schnell.

"Wirklich?", bohrte Leon weiter, die Hände noch immer am Bauch.

"Mach dir keine Sorgen, bin nur ein wenig müde."

Leon nickte und verließ das Zimmer.

Kaum fiel die Tür ins Schloss, da tippte Daniel blind die Zahlen. Instinktiv spürte er, dass auch diesmal sein Anruf unbeantwortet bleiben würde.

"Der Gesprächsteilnehmer ist im Moment nicht erreichbar. Bitte hinterlassen sie eine Nachricht."

Keine Ahnung, wie oft er dieser Aufforderung schon Folge geleistet hatte.

"Bitte melde dich bei mir", flehte er ins Telefon.

"Bist fertig?", stolperte Richard ins Zimmer, nach Rauch und Schweiß stinkend.

"Sofort", tönte Daniel. Schnell wechselte er das Hemd, vertrieb die Gerüche mit einem Aftershave.

Bewaffnet mit Geldbörse und Schlüssel folgte er Richard hinaus auf den Flur.

Etliche Seminarteilnehmer machten sich gemeinsam auf den Weg und ließen den Tag Revue passieren. Selbstverständlich erntete Daniels Beitrag, was den Designerhund betraf, großen Applaus.

Schon bald ließ er sich von der ausgelassenen Stimmung anstecken. Erst in der Kneipe bemerkte er, dass er aus Versehen sein Mobiltelefon im Hotelzimmer liegen gelassen hatte.

"Mensch, Leon – ich habe mein Handy vergessen."

"Nicht schlimm", antwortete Leon, der genüsslich sein Riesenschnitzel vertilgte, "das Gebimmel stört doch nur." Gegen diese Logik war Daniel machtlos.

Der zunehmende Bierkonsum vertrieb Daniels Sorgen, wie die Sonne die Schlechtwetterfront.

Sie feierten, lachten, grölten, erzählten, aßen und tranken. "Wiederhol noch mal", forderte Richard Daniel auf, "Welches Wort hast du gestammelt?"

"Domoropitpusch." Erstaunlicherweise kam das Wort auch ohne nüchtern zu sein flüssig über seine Lippen.

"Wir sollten daran denken, dass wir morgen einen harten Tag vor uns haben", warf der pflichtbewusste Mark ein, der gerade an seinem zweiten Krefelder nippte.

Dieser Satz steigerte die allgemeine Belustigung.

"Ey, Mark, sei kein Spielverderber und kipp dir mal ordentlich einen hinter die Binde. Wer weiß, wofür es morgen gut ist."

"Und wenn es kein Morgen mehr gibt?", fragte Daniel, ohne sich dessen bewusst zu sein.

Für einen kurzen Augenblick starrte ihn die Meute an, als wollten sie ihn verschlingen.

Doch schon bald löste sich der Knoten und eine neue Welle der Belustigung kehrte zurück.

"Mensch Daniel, du Witzbold", neckte ihn Leon und gab Daniel einen freundschaftlichen Schulterklaps. Daniel schnappte nach Luft.

"Ich glaube, unser kleiner Dani wird noch depressiv, wenn er nicht bald seine Perle erreicht", flötete Richard und erntete allgemeine Zustimmung.

"Wir könnten Interpol einschalten", erklärte Mark mit seinem trockenen Humor.

"Lass mich die Ermittlungen leiten", schlug Nico vor, schob seinen Stuhl nach hinten und fixierte alle Anwesenden mit strenger Miene.

"Gestatten, mein Name ist Bond, James Bond". Die Männerrunde schrie sich in Trance vor Lachen, eine Horde Kinder, die sich von Albernheit zu Albernheit steigerte.

"Lass uns Kontakt aufnehmen". Dieser Vorschlag von dem etwas schüchternen Mathis löste leichte Verwirrung aus.

Sieben Augenpaare richteten sich auf Mathis, der dies zum Anlass nahm, die Hautfarbe zu wechseln. Mit glühendem Kopf erklärte er die Vorgehensweise.

"Wir müssen uns an den Händen fassen und auf die Person konzentrieren, die wir suchen."

"Quatsch mit Soße. Ich kenne seine Anvertraute doch überhaupt nicht", druckste Nico herum und rutschte unruhig auf seinem Stuhl hin und her.

"Stell dich nicht so an, es ist doch nur ein Spiel", kommentierte Mark und reichte seinem Tischnachbarn die schwitzigen Hände, doch dieser nahm keine Notiz davon.

Während Mark von Mathis Vorschlag geradezu begeistert war, löste es bei den anderen Männern sichtliches Unbehagen aus. Ihre Blicke wanderten durch die Kneipe um sicherzustellen, dass kein bekanntes Gesicht den Tresen bevölkerte.

Ein "Nein" schien durch den Raum zu geistern, eine Abfuhr für diese Idee, die so viel Absurdität beinhaltete, das allein diese Tatsache sie wieder interessant erscheinen ließ.

"Nein", sprach Nico und bearbeitete dabei die Manschette, die sein Bierglas schmückte.

Zustimmendes Gemurmel.

"Ach kommt", nörgelte Mark, "stellt euch vor, eine "Esmeralda" würde sich am Tisch befinden."

"Das kann ich mir gut vorstellen", sprach Richard und schnalzte mit der Zunge.

Die Beklommenheit löste sich, Heiterkeit kehrte Schluck für Schluck zurück.

"Bier für uns alle!", rief Richard.

"Könnten wir auch etwas zu knabbern bekommen?", fügte Leon hinzu.

Die Bedienung entfernte sich zügig, um der Bestellung schnellstmöglich nachzukommen.

Bald zierten gefüllte Gläser den Tisch und mittendrin eine Schale mit Erdnüssen.

"So, nun kommt", frohlockte Mark und startete einen erneuten Versuch.

Zögerlich, sehr zögerlich entschieden die Männer, der Aufforderung nachzugehen.

Leon wischte schnell die Essensreste von seinen Händen, bevor er seine Pranken Daniel und Mark reichte.

"Na, ich weiß nicht", bemerkte er, während sein Blick sehnsuchtsvoll zu den Erdnüssen wanderte.

"Pst", schalt ihn Nico, der immer noch gehetzt hin und her blickte.

Alle Männer äfften Mathis nach, der seine Augen schloss und ein kaum hörbares Gemurmel von sich gab. Die übrigen anwesenden Gäste blickten etwas irritiert und wendeten sich kopfschüttelnd ab.

Einer der Gäste rief fasziniert: "Ich möchte dasselbe trinken wie diese Herren am Tisch!"

Daniel fühlte sich nicht wohl in seiner Haut, doch da er seinen Kumpels den Spaß nicht verderben wollte, stimmte er in den leisen Singsang mit ein.

Nach anfänglichen Startschwierigkeiten, wie Blinzeln oder prustendes Gelächter, bildeten die Männer eine Einheit. - Ein eingespielter Männerchor.

Beinahe melodisch summten sie, ein Schwarm Bienen auf der Suche nach ihrer Königin.

Daniel sah sie. Sie kniete am Boden einer Höhle. Beinahe seelenlos starrte sie in eine Richtung.

"Gleich ist die Zeit abgelaufen", verkündete ein kleinwüchsiges Etwas, das in den Kinderhänden eine Sanduhr hielt.

Plötzlich raubte ihm gleißendes Licht die Sicht. Wie vom elektrischen Schlag getroffen, löste er die Verbindung. Er zerrte so heftig an den Händen, dass er rückwärts mit dem Stuhl umkippte.

Der Singsang erstarb.

Der pfundige Leon reagierte als Erster und half Daniel auf die Beine. Daniels Körper schweißgebadet, zitternd, mit den Nerven am Ende.

"Was ist los mit dir?", fragte Leon mitleidsvoll.

"Habe wohl zu viel getrunken", antwortete Daniel, der langsam in die Wirklichkeit zurückkehrte.

"Ich bringe dich ins Hotelzimmer", bot Leon an und griff sich Daniel, als handelte es sich um ein ungezogenes Kind. Doch Daniel hatte keine Kraft mehr zu protestieren. Dankbar ließ er sich von Leon fortbringen.

Beim Bezahlen der Zeche hörte er Richards höhnische Worte.

"Verträgt auch nichts mehr, dieser brave Ehemann."

Die anderen lachten, doch klang es etwas gequälter als noch zuvor.

Die Höhle des Feuers

Sie konnte sich nicht erinnern, wann sie das letzte Mal eine derartige Erleichterung gespürt hatte.

Drei Einhörner preschten durch die Felswand, zwei davon mit ihren Reitern.

"Danke", stammelte Marian und küsste den Zwerg vor überschäumender Impulsivität auf die Stirn. Dies schien ihn etwas aus der Fassung zu bringen, denn sein gemurmeltes "Die Zeit verrinnt!" klang belegter als zuvor. Gleißendes Licht erfüllte die Höhle.

Wieder nahm diese Woge der Glückseligkeit von Marian Besitz. Die beiden Weltenreiter stoppten ihre Tiere, warfen Marian einen verschwörerischen Blick zu und stürmten dann im gestreckten Galopp auf die Höhlen zu.

"Nur noch wenige Sandkörner", verkündete der Zwerg. Marian glaubte ein leichtes Bedauern in seiner Stimme zu erkennen.

Sörlei bremste mit donnernden Hufen und tänzelte aufgeregt hin und her.

Jeder der Weltenreiter war in einer anderen Höhle verschwunden. Für sie, Marian, blieb nur eine übrig, ganz wie gewünscht.

In ihren Eingeweiden tobte ein Orkan.

War dies die richtige Entscheidung?

Was passierte, falls in dieser Höhle nicht ihr Sohn verborgen war?

Wieder einmal Fragen über Fragen – ohne Antwort! Der Zwerg begann rückwärts zu zählen zehn, neun, acht …

Die letzten Sandkörner rieselten hinab.

"Das schafft die niemals", höhnte die verhasste Stimme ihres Widersachers.

Sie schwang sich auf den Rücken des Einhorns, als wäre dies die selbstverständlichste Sache der Welt. Dann preschte sie los.

Nein, hier ritt nicht mehr das kleine, unreife Mädchen von einst, sondern eine mit dem Pferderücken verwachsene Amazone.

Als das letzte Sandkorn fiel, verschwand sie in der dunklen Höhlenöffnung.

Sie glaubte einen Aufschrei zu hören, untermalt von einer jubelnden Menge.

Schwere Dunkelheit hüllte sie ein. Die Anwesenheit des Tieres gab ihr Halt. Sie spürte die Wärme der Flanken, das weiche Fell, Geborgenheit und Ruhe lullten sie ein.

Ein Ritt ins Ungewisse, mittlerweile in einem ruhigeren Tempo.

"Michel, Michael!", ihre Rufe blieben unbeantwortet, verhallten an den Felswänden.

Ihre Sorge keimte auf, raubte ihr den Verstand.

"Michael, Michel!", ihre Schreie flehender, doch ohne Erfolg. Sollte dies die falsche Höhle sein?

Immer noch umgab sie tiefe Finsternis.

Keine zweite Chance – Hatte sie falsch gepokert?

Das schwer erkämpfte Selbstvertrauen schmolz dahin wie Butter in der Sonne.

War sie nicht die Siegerin?

Immer weiter drang sie in die Höhle hinein, sie vertraute dem Geschöpf, das sie leicht hin und her wiegte.

"Michel, wo bist du?"

Ihre Stimme war nicht mehr als ein Flüstern. Wie lange sie dahertrotteten, vermochte sie nicht zu beantworten. Es war ihr egal, teilnahmslos, nahezu apathisch, schaukelte sie im Takt des dahinschreitenden Tieres mit.

Eine Puppe auf einem Einhorn.

Ohne Vorankündigung stoppte das Tier und riss Marian aus ihrer Erstarrung.

"Was ist?", fragte sie und streichelte Sörlei sanft.

"Bist du müde?"

Wie zur Antwort schüttelte das mächtige Geschöpf den Kopf. Marian konnte es nicht sehen, doch sie spürte die Bewegung, als wäre das Einhorn ein Teil von ihr.

"Ich glaube, wir können zurückreiten. Es war die falsche Entscheidung, tut mir leid."

Sie fing an zu schluchzen, doch noch immer verweigerte ihr die Tränenflüssigkeit den Dienst.

"Ich bin keine Heldin, bin nie eine gewesen. Auf dem Sofa vielleicht … aber wer bin ich schon …?

Die Worte prasselten aus ihr heraus. Ein Wasserfall aus wirren Gefühlen, garniert mit Selbstmitleid.

Fast hätte sie das Räuspern nicht vernommen, so sehr erlag sie der Verzweiflung.

Erst als Sörlei unruhig stampfte, den Kopf hin und her schlug und ihr die ins Gesicht peitschende Mähne den Atem nahm, verstummte sie.

"Willkommen", erklang eine freundliche Stimme.

"Willkommen in der Höhle des Feuers.

Tritt nur ein."

Marian fühlte sich an ihren zurückliegenden Theaterbesuch erinnert.

Wie lange war das her? Die Erinnerung an die fröhliche Zeit schmerzte, machte sie zornig und ließ die Rebellin aufflammen.

"Wo ist mein Sohn?", fragte sie mit ungewöhnlicher Strenge. Der Klang ihrer eigenen Stimme erschreckte sie und gab ihr gleichzeitig neuen Mut.

"Wann ist das Spiel zu Ende? – Ich will meinen Sohn!" "Tritt ein", wiederholte die nette Stimme.

Endlich erhellte sich die Dunkelheit. Das Schwarz änderte seine Farbnuance in einen leichten Grauton.

Ihre anfängliche Begeisterung wurde leicht geschmälert. Der weitere Gang war schmal und bedrohlich. Das Wesen mit der netten Stimme eilte voraus, schwenkte eine Riesenlampe und sprach in bester Reiseleitermanier.

"Bitte folgen."

Der Tourleiter entpuppte sich als Steinwesen, das sich schwach vom Hintergrund abhob.

Mit großem Unbehagen registrierte Marian, dass sie absteigen musste, um das Steinwesen nicht aus den Augen zu verlieren.

Dieses entfernte sich langsam aber stetig, ohne Marian weitere Beachtung zu schenken.

"Bitte folgen, bitte folgen!", erklang es in kurzen Abständen, als bestünde der Wortschatz dieses Wesens nur aus diesen zwei Wörtern.

Stück für Stück kehrte die Schwäche zurück. Zögerlich stieg Marian ab, hin- und hergerissen zwischen der Geborgenheit ihres Reittieres und der Helligkeit, die das Steinwesen mit der Lampe verbreitete.

"Warte!", rief Marian und eilte mit eingezogenem Kopf dem Stein hinterher.

Noch einmal blickte Marian zurück, um sich bei Sörlei zu bedanken, doch die Dunkelheit verschluckte ihren Rückweg.

"Danke", hauchte sie und stolperte dem Licht hinterher.

"Bitte folgen."

Langsam wurden ihre Puddingbeine kräftiger, schon bald erreichte sie das "Bitte-folgen-Wesen."

Die Enge, die Stille erdrückte sie.

Ein Sarg, du läufst durch eine Gruft.

Bei dem Gedanken fröstelte Marian, doch eine innere Vorahnung ließ sie weiterlaufen.

Schritt für Schritt.

Sie glaubte zu ersticken, fasste sich an ihre Kehle, ihre Hände waren feucht vor Angst.

Schweigen, nur unterbrochen von den wiederkehrenden "Bitte folgen"-Rufen.

Da war er wieder, der Anflug von Platzangst, den sie so beharrlich unterdrückt hatte.

Sie strebte nach oben wie die Motten zum Licht.

Konzentrier dich, zwang sich Marian.

Sie rüstete ihre innere Kraft, eine für sie unbekannte neue Erfahrung.

Wie bereits auf der Brücke, tauchten unzählige Horrorgestalten vor ihrem geistigen Auge auf. Ich werde mir nur noch Komödien anschauen, schwor sie und wäre fast über das Steinwesen gefallen, das abrupt bremste.

"Tritt ein", sprach der Stein und rückte bereitwillig zur Seite.

Neugier und Unbehagen fuhren Karussell. Mit klopfendem Herzen stellte sie entsetzt fest, dass sich ihre Situation nicht wirklich verbessert hatte.

Immer noch befand sie sich in einer Höhle.

Sie hasste Höhlen. Schwur zwei: Niemals im Leben eine freiwillige Höhlenbesichtigung! Lass doch die anderen durch die Finsternis kraxeln. Sie würde im dazugehörigen Café geduldig warten. Bei diesen Gedanken erhellte ein zaghaftes Lächeln ihr Gesicht. Neugierig begutachtete sie den neuen Raum. Ihr fehlte ein wenig die Reiseleitererklärung.

"Zu ihrer rechten Seite sehen Sie …"

Doch ihr Anführer blieb stumm, sollte seine Aufgabe hier beendet sein? Sie hoffte aus tiefster Seele, dass er ihr noch weiterhin Gesellschaft leisten würde, denn allein der Gedanke, hier unten allein zu sein, löste eine neue Panikattacke aus.

Konzentrier dich, zwang sie sich erneut und registrierte, dass dieser neue Abschnitt einem gewaltigen Saal ähnelte.

Überall flackerten Fackeln und warfen bizarre Schatten an die Wand.

Die Wände nicht kahl, sondern mit Waffen und Wappen dekoriert.

Es hätte Marian nicht im Geringsten gewundert, wenn hier und jetzt der letzte der Tafelritter ihren Weg gekreuzt hätte.

Vorsichtig schritt sie hinein.

Ihr Herz krampfte sich zusammen, als sie weit entfernt an der Wand ein zusammengesunkenes Bündel entdeckte.

"Michel!", schrie sie und stürmte los.

Das Kleid

Rosalies Friseurbesuch brachte nicht den gewünschten Erfolg.

Alte Geschichten wurden aufgewärmt, neu gewürzt und serviert bis auf eine …

Mathilda erzählte eine merkwürdige Story von einem Jungen namens Paul.

Ein armes, verwirrtes Kind, das die alte Johanna stammelnd im Straßengraben entdeckte. Die Ärzte vermuteten ein Trauma, ausgelöst durch einen Unfall.

"Das Kind ist so durcheinander und erzählt schaurige Märchen im Fieberwahn."

"Aha", antwortete Rosalie und strich diese Information kurzerhand aus ihrem Gedächtnis.

Nein, dieser Paul konnte in keinem Zusammenhang mit ihrem Mörder stehen.

Ihr kriminalistischer Spürsinn lief auf Hochtouren. Innerlich maulend bezahlte sie ihre Zeche.

Schönheit hat eben ihren Preis. Hoffentlich fiel Gerd diese Investition auch auf!

Punkt zwei ihrer Tagesordnung startete.

Zärtlich strich sie ihr Dirndlkleid glatt. Ein Blick in den Spiegel beflügelte ihre Energie.

Ja, sie fühlte sich gut, stark, selbstbewusst und schön …! Ob sie sich heute auch dieses entzückende Kleid gönnen sollte?

Um 54,80 Euro leichter verließ Rosalie das Friseurgeschäft mit dem wohlklingenden Namen "Pretty woman, Pretty man" und machte sich auf den Weg zu Regina.

Immer wieder hielt sie an, um ein kleines Pläuschchen zu halten, denn Rosalie Fischer war im Dorf bekannt wie ein bunter Hund. Diese Aufmerksamkeit genoss Rosalie über alles. Einer Filmschauspielerin gleich, stolzierte sie den Weg entlang. Das Grau des Asphalts verwandelte sich in ihren Gedanken in das wunderschöne Rot eines ausgerollten Teppichs.

"Der ausgerollte Teppich" endete direkt vor dem Schaufenster, in dem sich das entzückende Kleid befand. Schon von Weitem konnte sie es erkennen.

Das Kleid für die Titelseite der Zeitung.

Ein Traum, wunderschön, zum Dahinschmelzen.

Wie eine Katze um den heißen Brei lief Rosalie vor dem Fenster auf und ab, auf und ab …

Wie durch Geisterhand öffnete sich die Tür der Boutique, einer Verheißung gleich. Die dralle Marcia Müller lehnte lächelnd im Türrahmen und bat Rosalie, doch einfach unverbindlich einzutreten.

Unverbindlich eintreten. Rosalie war auf der Hut. Doch dieser Geruch stieg ihr in die Nase, der Duft der Verlockung. Sie folgte Marcia Müller, wie einst Hänsel und Gretel der Hexe ins Knusperhaus.

Von Angesicht zu Angesicht mit dem Objekt ihrer Begierde, Rosalie geriet in Entzückung. Ihre Finger glitten über den Stoff, befingerten den Ausschnitt – ein Gedicht.

Ein Traum in Schwarz. Elegant für die Schlagzeile, feurig für einen Tangoabend …

Sie musste es haben!

Doch das Preisschild dämpfte ihre Euphorie.

279 Euro, Gerd würde sie lynchen.

"Frau Fischer, Sie sollten dieses Schmuckstück unbedingt anprobieren."

Rosalies Protest, ein schwaches Aufflackern. Kurze Zeit später drehte sie sich vor dem Spiegel wie eine Königin. Frau Müller klatschte begeistert in die Hände. Rosalie war nicht sicher, ob vor Entzücken oder weil sie das Geschäft ihres Lebens witterte.

"Ich muss schon sagen, Frau Fischer, ein Kleid nur für Sie gemacht. Es umschmeichelt Ihre Figur und lässt Sie im jugendlichen Glanz erstrahlen. Ihr Mann wird staunen." Da war sich Rosalie sicher, Gerd würde staunen über das Finanzloch.

Allerdings war es nicht von der Hand zu weisen, dieses Kleid retuschierte ihre Pfunde ohne lästige Diät. Leider versetzte ihr das Preisschild jedes Mal einen elektrischen Schlag, wenn sie es leicht mit den Fingern berührte.

279 Euro – Nein, unmöglich!

"Ja, ja ganz nett", erwiderte Rosalie.

"Nett?", wiederholte Frau Müller theatralisch, als traute sie ihren Ohren nicht. "Das ist ein Meisterstück. Sie sind eine Augenweide. Ihr Ehemann wird Sie vom Fleck weg noch einmal heiraten."

Wieder einmal wollte Rosalie widersprechen, doch ihre Schlagfertigkeit ließ sie auch dieses Mal im Stich.

Rosalie war besessen von diesem Kleidungsstück, doch das konnte sie keineswegs der Verkäuferin preisgeben. Frau Müller würde sich auf sie stürzen wie ein Geier auf das langersehnte Aas.

"Ja, aber trotzdem, antwortete Rosalie etwas zögerlich, der Preis …"

"Aber Verehrteste, warum sagen Sie das denn nicht gleich. Der Preis, lächerlich! Wir werden uns schon einig."

Da wusste Rosalie: Sie hatte verloren, doch dieses Mal war ihre Gegenwehr nicht der Rede wert.

Fünfzehn Minuten später verließ sie den Laden " Mode für den besonderen Anlass" mit einem berauschenden Gefühl. An ihrer rechten Hand baumelte eine riesige Tüte.

250 Euro, zahlbar in fünf Monatsraten ohne Zinsen – ein unwiderstehliches Schnäppchen.

Behände wie ein Reh huschte sie die Stufen zur gegenüberliegenden Bäckerei empor, ihre Errungenschaft präsentierend wie eine begehrte Trophäe.

Lisbeth würde platzen vor Neid.

Rosalie schilderte den harten Preiskampf in allen Einzelheiten. Nur ihrem weichen Herz sei es zu verdanken, dass sie sich hatte breitschlagen lassen, dieses sündhaft teure Kleid zu erwerben.

Schließlich musste ja diese Frau Müller auch von irgendetwas leben.

Die Damen in der Bäckerei nickten zustimmend. Man konnte wirklich nicht immer nur an sich denken. Rosalie, die Märtyrerin, entschwebte dem Laden, verfolgt von bewundernden und schmachtenden Blicken.

Wobei letztere von Lisbeths Göttergatten stammten, dem alten Schwerenöter. Bei seinem Anblick machte Rosalies Herz einen kleinen Hüpfer.

Sie schwelgte in Erinnerung an wunderschöne Tangoabende, als das Gebimmel ihres Handys sie in die Gegenwart katapultierte.

Ihr Handy, ein Geschenk ihrer Tochter, bimmelte, als gälte es, Tote zum Leben zu erwecken.

"Ist ja schon gut", meckerte Rosalie das kleine Rechteck an. Doch dies kannte keine Gnade, unbeholfen fingerte Rosalie auf den Tasten herum.

Verfluchte Technik, aber man musste schließlich mit der Zeit gehen.

Ihr Anvertrauter befand sich am anderen Ende der Leitung.

"Wo bist du?", maulte er los.

"Ich bin auf dem Weg zu Regina."

"Aber, es ist doch gleich Mittag!"

Das war mal wieder typisch, ständig diese Fresserei. Als wenn es nichts Wichtigeres auf der Welt gäbe. Hatte man jemals davon gehört, dass Mr. Stringer sich bei "Miss Marple" nach dem Essen erkundigte?

Nein, sie hatte eine Mission zu erfüllen, sollte ein anderer am Herd stehen.

"Mach dir ne Dose auf", antwortete sie sichtlich erzürnt und drückte den winzigen roten Knopf.

Das weitere Klingeln ignorierte sie. Sollten die Toten doch aufstehen, wurde ja irgendwann Zeit.

Endlich erreichte sie die Bushaltestelle, die sie bequem nach Vorhausen zu Regina und ihrem Sohn kutschierte.

"9,40 Euro", trällerte die Busfahrerin von Linie 79. Rosalie seufzte, wie schnell die Scheine heute den Besitzer wechselten.

Aber was investiert man nicht alles für die Gerechtigkeit und für etwas Ruhm?

Da spielt Geld keine Rolle!

Unverrichteter Dinge, aber vollgestopft mit köstlichem Gebäck, machte sich Rosalie auf den Heimweg.

Nun zählte vorerst nur eins, wie erklärte sie ihrem Mann den Kauf des Kleides.

Gut, dass sie beim Metzger dicke Steaks erworben hatte, denn Liebe ging bekanntlich durch den Magen.

Und das Fleisch von Metzger Konrad zählte zu dem Besten weit und breit, das rechtfertigte natürlich die saftigen Preise. Doch diese Investition war zwingend erforderlich, das hatte Rosalie im Blut.

Denn schließlich kannte sie ihren Göttergatten nicht erst seit gestern.

"Bravo, wie rührend!", rief Eduardo und klatschte frenetisch Beifall.

Marian erstarrte wie vom Donner gerührt. Sie war auf alles vorbereitet, aber dies überstieg ihre kühnsten Erwartungen. Dieses Individuum war schlechter loszuwerden als eine Blut saugende Zecke.

"Was wollen Sie von mir?", schrie sie mit einem unverkennbaren Hang zur Hysterie.

"Oh Verzeihung, dass ich mich noch nicht vorgestellt habe. Ich bin Eduardo Sanchez, der rechtmäßige Weltenreiter. Der Herrscher, der die Welt verändern wird. Der König, vor dem sich alle verneigen. Der Reiter, d…"

"Sie sind größenwahnsinnig!", schrie Marian und stoppte seinen Redeschwall. "Wie sind Sie überhaupt hier hergekommen?"

Eduardo verzog die Mundwinkel zu einem fratzenhaften Grinsen. Seine dürren Finger stocherten in seiner Hosentasche und förderten eine Zigarette hervor.

Ganz Gentleman hielt er auch ihr die Packung entgegen.

"Nein danke", sie spie diese Worte regelrecht aus.

"OH, eine engagierte Nichtraucherin."

"Hmh", antwortete Marian kurz angebunden.

"Um auf die Frage zurückzukommen. Ich habe keinen blassen Schimmer, wie ich hierher gelangt bin", antwortete er und zog dabei die Wörter mit seinem südländischen Akzent genüsslich in die Länge.

Sie taxierte ihn, als wollte sie sich in eine Giftschlange verwandeln, die ihr Opfer tötet, um es zu verschlingen. Dann wandte sie sich wieder dem Bündel zu.

Dieses regte sich nicht. Ebenso konnte es ein achtlos weggeworfener Wäschehaufen sein.

Aber aus einer tiefen Überzeugung heraus, erkannte sie in dem Haufen ihren Sohn.

"Michel!", rief sie erneut, ohne Hoffnung auf eine Antwort.

Was hatte sie nicht alles durchgemacht? Die Gefahr, die Verzweiflung, die Angst …? Sollte dies umsonst gewesen sein? War es zu spät?

Im Schneckentempo setzte sie Fuß vor Fuß, Panik etwas vorzufinden, was sie niemals ertragen würde.

Ihren Sohn, ein Häufchen, verdreckt, zerlumpt, eine Körperhülle ohne Seele.

"Halt!", rief Eduardo und baute sich vor ihr auf. Er überragte sie, seine Gestalt, ein Gerippe mit baumelnden Kleidern.

"Pah", sagte sie verächtlich, wollte ihn wegschubsen, ihn vernichten, ein für alle Mal erledigen.

Ein Staudamm brach auf.

Doch bevor sich ihre ganze Kraft entfaltete, bemerkte sie das blitzende Schwert in seiner Hand.

Unbemerkt von der Wand gerissen, der Halter wippte leblos hin und her, seiner Aufgabe beraubt.

Die Stimmung in der Höhle knisterte, während die Fackeln die Szenerie mit einem gemütlichen Licht bedachten.

"Du hast deine Chancen verspielt", erklärte er, sein Atem ging stoßweise.

Nun war die Zeit für einen Ritter mit glänzender Rüstung auf einem edlen Streitross.

Doch wie so oft im Leben blieb der Wunsch unerfüllt.

Wieder einmal war Marian an dem Punkt angelangt, an dem Selbstzweifel sie zerfraßen.

Was machte sie hier?

Ein für alle Mal allen Schwüren zum Trotz, sie war nicht zur Heldin geboren. Basta, aus, finito!

Fall zu den Akten gelegt - Sendeschluss.

Doch tief in ihrem Innern regte sich ein Widerstand, der nicht bereit war, kampflos aufzugeben.

"Du kannst nicht gewinnen!", schleuderte sie ihm entgegen und bei diesem Tonfall glaubte sie es fast selbst.

Eduardo musterte sie argwöhnisch, das Schwert in seiner Hand strahlte mordlüstern, gierte nach seinem Opfer.

Töte sie, schien es zu fordern

Ihr Sinneswandel irritierte ihn, machte ihn verwundbar, doch sein Schwächeanfall währte nicht lange. Seine tief liegenden Augen verengten sich zu schmalen Schlitzen.

"Du hast recht, mein Hausmütterchen", eine Stimme honigsüß, eine Spinne, die ein Insekt in ihr Netz bittet.

"Ich bin der Sieger und du bist überflüssiger Ballast!", mit diesen Worten hob er das Schwert. Eine tödliche Verlängerung seiner Arme, bereit zuzuschlagen, gnadenlos.

Hatte sie zu hoch gepokert?

Sollte es hier und jetzt enden?

Sei bereit, flüsterte ihre innere Stimme.

Wozu, zum Sterben?

Besinne dich, raunte es ihr zu.

Leichter gesagt als getan.

Sie blickte der Klinge entgegen, als gelte es ein Urteil zu fällen. In einem Bruchteil von Sekunden sauste ihr Leben an ihr vorbei. Sie sah sie alle, ihren Mann, ihre Kinder, ihre Eltern, ihre Samtpfoten, ihre Freundinnen, und alle schienen sie anzustarren und riefen im Chor:

"Sei bereit! – Besinne Dich!"

Nein, sie wollte nicht sterben. Nicht. hier, nicht jetzt und vor allem nicht in einer Höhle.

"Du kannst mich nicht töten! Ich bin eine Weltenreiterin!"

Ihr Plädoyer wurde von Wand zu Wand getragen, die Botschaft weitergereicht, ein Schiff ließ den Anker zu Wasser.

Ihre nackte Angst, ihre Sorge um das eigene Leben, trotzdem spürte sie eine unerschöpfliche Portion Selbstvertrauen. Eine Energie, die ihr bisher verborgen war, ließ sie erstrahlen wie eine Göttin. Der Glanz des Schwertes, gerade noch bedrohlich und lebensbeendend, verblasste.

Der Schweiß in Eduardos dreckigem Gesicht hinterließ feuchte Spuren, seine Beine zitterten vor Anstrengung, doch das erhobene Mordwerkzeug ließ sich nicht senken. Es war, als würde die Felswand es umklammern, ein unsichtbarer Schraubstock.

Unmenschliche Schreie entwichen aus Eduardos Kehle, laut und grell, die Höhle zitterte.

Marian, ein Fels in der Brandung.

Endlich hatte sie das Band zerrissen, das sie einengte. Eduardo kämpfte. Mit aller Kraft riss und zerrte er, doch das Schwert gab nicht nach.

Wie bei König Artus steckte es fest, nicht im, sondern am Fels.

Wartete es auf den oder die Richtige?

Eduardos Augen verrieten seine Gedanken. Es stand in ihnen geschrieben, dass sein vermeintlicher Sieg nur eine Utopie war.

Doch er gab nicht auf!

"Papa, Papa, ich werde dich nicht enttäuschen!"

Dies waren seine letzten Worte.

Er sackte zu Boden wie ein nasser Sack, die Augen ungläubig auf das gerichtet, das ihm das Ende bescherte.

Ein Hieb, Knochen splitterten, das Schwert durchstieß sein Herz.

Blut besprenkelte den Boden, die Wände, die Umgebung. Rote Punkte auf grauem Untergrund – ein künstlerisches Experiment, zum Gruseln schön.

Marian wandte sich ab, der Anblick ließ ihren Magen rebellieren.

Tellergroße, schwarze Augen musterten sie, das Maul leicht geöffnet, um das Grauen zu erahnen.

Gegen diese Zahnreihen war ein Schwert nicht mehr als ein Zahnstocher.

Grün und braun geschuppt, ein Lebewesen, das Marian vertraut und doch so fremd war. Unzählige Gummitiere dieser Art tummelten sich in der Spielkiste ihres Sohnes, doch die lebende Ausführung war mehr als imposant.

"Danke", sagte sie zu dem Drachen und umrundete den mächtigen Schwanz, der Eduardos Körper zerschmettert hatte. Seinem mächtigen Hieb war es zu verdanken, dass ihr Widersacher ein vorzeitiges Ende gefunden hatte. Das Schwert hatte sein Eigenleben entwickelt, als das vermeintliche Opfer zu Boden stürzte.

Noch immer steckte es in dem Körper und vibrierte, ein Adrenalinschub, der sich nur langsam beruhigte.

Marian spürte den Atem des Ungeheuers, der für Eduardo mit Tod und Verderben verbunden war.

Doch Marian hatte ihre Lektion gelernt, war sich endlich ihrer Verantwortung bewusst und wusste genau, dass von diesem mächtigen Tier keine Gefahr ausging.

Die tellergroßen Augen verfolgten ihre Bewegung, als sie sich erhobenen Hauptes ihren Weg bahnte.

Hin zu dem gekrümmt liegenden Haufen, ihrem Sohn, den sie so schmerzlich vermisst hatte.

Vor Erschöpfung kniete sie vor ihm nieder und konnte ihn endlich ungehindert in die Arme schließen.

Michel, frei von Blessuren, schlief tief und fest. Doch als sie ihn stürmisch umarmte, die Mutterliebe alle Schranken durchbrach, erwachte er.

"Mama", flüsterte er selig, dann fiel sein Blick auf den Drachen und der Schlaf raubte ihm erneut die Sinne.

Ohne Kleid

Es regnete.

Geschützt mit einem geblümten Regenschirm, strahlend wie ein verliebter Teenager, stampfte Rosalie die Allee entlang.

Ihr Haar nicht mehr ganz so akkurat wie nach ihrem gestrigen Friseurbesuch.

Aber wen störte dies? - Nach so einer Nacht! Rosalie seufzte und betrachtete die dampfenden Straßen. Einige Blumen präsentierten ihre Blütenpracht und als Rosalie unter dem Schirm hervorlugte, musste sie ihnen zustimmen – die Sonne würde es schaffen, den letzten Regen zu vertreiben. Sie kicherte, als sie an den gestrigen Abend zurückdachte. Während Sturm, Hagel und Regen durch das Land gefegt waren, hatte sie mit ihrem Gerd einen netten Abend verlebt – einen sehr netten Abend. Es war schon aufregend gewesen, bei Kerzenschein und Gewitterbeleuchtung an alte Gewohnheiten anzuknüpfen, die leider bei langjähriger Ehe immer mehr in Vergessenheit geraten waren. Aber wehe, wenn sie wieder geweckt wurden. Rosalie leckte sich über ihre Lippen. Gut, dass ihr Gerd kein Feuerwehrmann war, sonst hätte sie den Abend allein im Bett verbringen müssen, aber so … Sofort nach dem opulenten Abendmahl hatte es kein Halten mehr gegeben. Ihr Gerd bevorzugte die deftige Küche, und dies Wissen hatte sie genutzt, um ihn mit Steaks, Spiegelei und Hausmacherwurst auf seinen persönlichen Gipfel der Genüsse zu entführen – natürlich nicht ohne Hintergedanken.

Nachdem er satt und zufrieden war, führte sie ihm ihr Kleid vor, und siehe da, er schnalzte anerkennend und kniff ihr in den Hintern.

Rosalie geriet ins Schwärmen bei ihren Tagträumen. Tja, ihr Gerd war schon ein toller Hengst, ganz ohne Viagra. Nur Tango tanzen konnte er nicht!

Dafür hatte er nicht mit der Wimper gezuckt, als sie ihm berichtete, das

das Kleid 150 Euro gekostet hatte.

Zugegeben, das war etwas geflunkert ...

Nächste Woche beim Kegelabend würde er sicher mit dem korrekten Preis konfrontiert werden. Rosalie lächelte.

Gut, dass ihr Gerd nicht mehr so gut hörte, wer könnte beweisen, ob sie 250 Euro oder 150 Euro gesagt hatte?

Wo kein Kläger, da kein Richter!

Apropos Kläger, sie musste sich unbedingt von Regina das Rezept von dem köstlichen Gebäck geben lassen. Bei dieser Gelegenheit würde Regina ihr wieder ihr Herz ausschütten.

Aber was soll's. Opfer mussten sein und dieses Rezept würde ihr einen weiteren, nicht jugendfreien Abend bescheren.

Gerd wäre Wachs in ihren Händen.

Die Sonne vertrieb den letzten Schauer, sofort stimmten die Vögel ein fröhliches Gezwitscher an. Es erweckte den Eindruck, als hätten sie nur auf ihren Dirigenten gewartet – die helle Scheibe.

Auf einem Baum hockten zwei Krähen, die ihr eigenes Lied sangen. Zwei Sänger, die nicht so recht in den übrigen Chor passten.

Rosalie schaute missmutig hinauf. Nicht nur, dass der Gesang nicht hitverdächtig wirkte. Nein, diese Viecher waren ihr ein Gräuel, klauten sie doch grundsätzlich die Saat von den Feldern.

Doch heute konnten sie Rosalie die Laune nicht verderben. Übermütig schwenkte sie die Brötchentüte. Wer weiß, was nach einem guten Frühstück so alles geschehen kann. Doch recht praktisch, dass ihr Gerd solch einen gesegneten Appetit sein Eigen nannte.

Eine Eigenschaft, die sie sich gut zunutze machen konnte.

Spitzbübisch dachte sie an das Keksrezept.

Kein Gast in der Pension, kein angekündigtes Familienmitglied, kurzum sturmfreie Bude.

Bei "Gast" fiel ihr der vermeintliche Mörder wieder ein, der sich aus dem Staub gemacht hatte.

Ärgerlich, vor allem: Wer kam für seine ausstehenden Kosten auf?

Bei dem Gedanken, dass die Andalusienreise in die Ferne rückte, erwachte der trotzige Stier.

Gleich morgen würde sie ihre Ermittlungen wieder aufnehmen.

Vielleicht könnte sie den hiesigen Dorfpolizisten interviewen, das war doch der Schwiegersohn von Margrit. Das waren noch Zeiten, als der kleine Bub mit ihrem Mann zusammen auf dem Trecker so manche Runde gedreht hatte.

Na klar, dass sie nicht schon früher darauf gekommen war!

Der Torsten war bestimmt informiert. Vielleicht konnte sie es so einrichten, dass sie ihn befragte, während ihr preisgekrönter Apfelkuchen den Ofen verließ.

Eine super Idee …

Schon von Weitem erkannte sie die Unglücksstelle, an der der alte Robert sein Leben gelassen hatte.

Gott hab ihn selig, den alten Geizkragen, dachte Rosalie und näherte sich ehrfurchtsvoll.

So ein Tatort strahlte eine magische Anziehungskraft aus. Jetzt säumten unzählige Blumensträuße den Wegesrand, als markierten sie diese Stelle.

Anstelle von Mohn und Raps leuchteten nun andere Wildblumen in geradezu üppiger verschwenderischer Pracht. Viele Leute munkelten, das ginge nicht mit rechten Dingen zu, noch nie habe dort so eine Blumenfülle regiert. Aber Rosalie glaubte nicht an solch ein Geschwätz – niemals. Leichter Wind umschmeichelte sie, eine Katze die ihre Lieben begrüßt, indem sie ihnen sanft um die Beine streicht.

Sofort kam Rosalie Kater Arturo in den Sinn.

Heute würde es eine Extraportion für jeden geben.

Rosalie lächelte selig.

Die Krähen flatterten umher und landeten aufgeregt auf der Straße, nicht weit von der Meuchelstelle entfernt.

Diese Biester, dachte Rosalie und beschleunigte ihre Schritte. Wollen die etwa die Blumen auseinanderrupfen? Rosalie, wieder ganz das wütende Nilpferd, donnerte los … Noch nie war Rosalie sprachlos, doch der ihr gebotene Anblick schaffte dies Phänomen.

Schirm und Brötchentüte landeten unsanft auf der Straße. Rosalie bemerkte nicht, dass die schwarzen Vögel den rausgekollerten Brötchen Asyl gewährten und schleunigst mit ihnen in die Lüfte entschwebten.

Kein Wort, kein Schrei, kein Schluchzen entrann ihrer Kehle.

Da lag Eduardo Sanchez.

Sie hatte ihn gefunden, vielmehr das, was von ihm übrig war. Seine zu Schlitzen geformten Augen schauten ungläubig. Der Körper blutbesprenkelt, als sei einem Künstler der Pinsel ausgerutscht.

Doch das Schlimmste: Er wirkte wie eine Schlenkerpuppe, die nach allen Seiten biegsam war.

Keiner der zweihundert menschlichen Knochen schien an Ort und Stelle zu sein. Es schien, als seien dem Schaffer beim Zusammenpuzzeln diverse Fehler unterlaufen.

Grotesk, einfach unbeschreiblich.

Rosalie zitterte und schlug sich beim Anblick dieses Gräuels die Hände vor den Mund. Die Wirklichkeit übertraf ihre "Bildschirmerfahrung" als Ermittlerin. Sie konnte sich nicht erinnern, als erklärter Fan von Krimiserien, dort etwas Vergleichbares gesehen zu haben. Es war abstoßend und übte trotzdem einen gewissen Grad von Faszination auf Rosalie aus. Vorsichtig näherte sie sich, straffte ihren Körper und atmete hörbar ein. Sie faltete ihre Hände vor der Brust und sagte laut: "Hin. Da hilft auch kein Krankenwagen mehr."

Innerhalb weniger Augenblicke war sie zurückgekehrt, die alte Rosalie, die kein Blatt vor den Mund nahm. Die sprachlose, eingeschüchterte

Rosalie war Schnee von gestern. Ein kurzer Fehler im System.

Rosalie bewunderte das Szenario. Das hohe Gras umrahmte Eduardo wie ein Gemälde. Dieser Zustand erinnerte Rosalie auf schmerzliche Weise daran, dass sie ihr Kleid nicht trug.

Du siehst aus wie ein Filmstar, hatte ihr Gerd gesagt. Ein Kompliment aus seinem Mund war so selten wie ein Sechser im Lotto.

Sie spielte mit dem Gedanken, ihren Gerd herbeizubeordern mit der passenden Garderobe, doch dies schien ihr bei genauerer Überlegung ein wenig zu gewagt.

Flink sammelte sie ihren Regenschirm und die restlichen Brötchen ein, ohne den Schwund der Teigware wahrzunehmen.

Dann wählte sie die Nummer der Polizei.

Schon eine recht nützliche Erfindung, so ein Mobiltelefon, dachte sie, während das Freizeichen ertönte.

Ganz Spezialistin schilderte sie den Vorgang knapp und präzise und wartete anschließend mit sichtlicher Vorfreude auf die heranströmenden Massen.

Rosalie Fischer, die neue "Miss Marple", hatte den Fall gelöst. Der Flüchtige war gefunden. Nur ärgerlich, dass er nicht vorher die Rechnung bezahlt hatte.

Na ja, man kann nicht alles haben!, dachte sie und erblickte die Brötchentüte.

Schnell fingerte sie ihr Handy erneut aus der Tasche.

"Gerd, wir müssen das Frühstück verschieben. Ich melde mich später noch einmal."

Noch bevor ihr Mann eine Antwort formulieren konnte, beförderte sie den Apparat wieder in die Tasche zurück. Natürlich nicht, ohne ihn vorher auszuschalten.

Nach erledigter Arbeit stellte sie sich in Pose. Eine Jägerin mit ihrer Trophäe. Ärgerlich nur, die Sache mit dem Kleid.

Sich selbst

Da war es wieder, dieses Gefühl, dass sie hinwegtrug. Marian umschlang ihren Sohn, um ihn nicht erneut zu verlieren.

Ihre Körper wurden herumgewirbelt, leicht wie eine Feder. Ein Schweben durch eine fremde Galaxie. Die Luft wurde knapp, sie begann bewusster zu atmen.

Ein, aus, ein, aus, sofort kam ihr die weit zurückliegende Schwangerschaftsgymnastik in den Sinn.

Sie schloss ihre Augen, spürte das pochende Herz ihres Sohnes, und ließ sich hinabgleiten, ohne Furcht und Panik. Als sie die Augen wieder öffnete, wunderte es sie nicht im Geringsten, sich im Turmzimmer wieder zu finden.

In einem Spiegel, der ihr bei ihren vorherigen Besuchen noch nie aufgefallen war, sah sie zum ersten Mal, was sie noch nie gesehen hatte – sich selbst!

Marian Chester, ein Mensch mit Aufgaben, mit Ideen, mit Träumen. Ein Mensch, der sich nicht zu verstecken brauchte. Sie hatte es geschafft.

Wie lange hatte sie gebraucht, um festzustellen, dass das Ich unabhängig ist vom Aussehen, vom Geldbeutel, vom Beruf –

Was zählt ist das Innere …!

Wie mühselig war es für Marian gewesen, dies zu erkennen.

Immer wieder hatte sie sich runtergespielt, Marian, die zweite Geige, das hässliche Entlein, das nicht zum Schwan taugte. Die Heldin, die nicht sein konnte.

Nun war sie wirklich bereit!

"Endlich habe ich es verstanden", erklärte sie ihrem Spiegelbild.

"Ich habe nie daran gezweifelt", antwortete eine Gestalt und schritt aus dem Spiegel, als handelte es sich um eine gewöhnliche Tür.

Marian zuckte zusammen. An derartige Auftritte musste sie sich erst noch gewöhnen.

"Sieh her", bat die Gestalt, in der sie den Ehrwürdigen erkannte. Mit langen Fingern deutete der weise Mann auf eine Stelle an der Wand.

Sie zögerte.

Es widerstrebte ihr, ihren Sohn loszulassen, der in ihren Armen ruhte, als wäre er dazu verdammt, hundert Jahre zu schlafen wie einst Dornröschen. Der alte Mann erkannte ihre Not.

"Es wird ihm nichts geschehen."

Ein Lächeln begleitete diese Aussage. Ein Entblößen der Zähne, denen man sich nicht entziehen konnte.

Es war nicht das typische Gesicht eines Politikers, der ohne mit der Wimper zu zucken Dinge verspricht, die zum Scheitern verurteilt sind.

Vorsichtig bettete sie ihren Sohn auf eine Decke, die in unmittelbarer Nähe lag.

Sie tastete das gute Stück ab, um auch ja keine Überraschungen zu erleben. Zuviel war geschehen.

Und doch vertraute sie diesem Mann, dem Ehrwürdigen, der so gar nicht in das Schema passte, in das sie alle weisen Männer bisher einsortiert hatte.

Ohne Umhang, Brille, ohne langen Bart – ein netter Opa von nebenan.

Ihre Glieder schmerzten. Hunger, Durst, Erschöpfung und Müdigkeit forderten ihren Tribut. Ihr Körper sehnte sich nach Ruhe, während ihr Geist hellwach jede Veränderung dieses Raumes wahrnahm.

Immer noch war er kreisrund. Und zu ihrem Leidwesen hatte sich noch kein Maurer eingefunden, der Fenster für sinnvoll hielt.

Trotz nicht vorhandener Fensterfronten hatte der Raum seinen Schrecken verloren. Marian schaute sich um. Warum wirkte dieses kreisrunde Zimmer auf einmal so hell und freundlich? Wie konnte es diese Geborgenheit vermitteln ohne Lichtquellen? War dies wieder eine Form von Magie, an die sie sich nur schwer gewöhnen konnte – nicht gewöhnen wollte? Langsam bewegte sie ihren Kopf hin und her und dann … erkannte sie die Antwort. Sie rieb durch ihre Augen, immer und immer wieder, doch das Unfassbare blieb.

Anstatt Dunkelheit in silbernen Rahmen … lachende Gesichter, von Personen jeglichen Alters. Bunt gewürfelte Hautfarben, weiblich und männlich, dick oder dünn, groß oder klein. Die edlen Silberrahmen schimmerten, erhellten den Raum.

Auf jedem Foto ein anderes Gesicht, im Hintergrund stets ein Einhorn. Die Tiere, auf Bild gebannt, wirkten zerbrechlich wie wertvolle Porzellanfiguren. Unnatürlich hell erstrahlte ihr Fell und doch wurde das Foto ihrer Schönheit nicht gerecht. Bild an Bild schmückten die Wände, eine gigantische Ansammlung von Porträts, unzählbar, unfassbar.

"Schau her", wiederholte der Alte. Schritt für Schritt näherte sie sich der angegebenen Stelle. Sie riskierte einen Blick.

Für einen Moment hörte ihr Herz auf zu schlagen. Aus einem Rahmen schaute ihr das eigene Konterfei entgegen.

Jede Pore des Gesichts: Glückseligkeit im Hintergrund "Sörlei", das Einhorn, von magischer Schönheit.

In geschwungener Schrift erkannte sie die Inschrift, die in den Rahmen eingraviert war. Marian C.

"Ah", entfuhr es ihr, als würde das letzte bisschen Luft entweichen.

Neben ihrem Porträt erkannte sie ihren Mitstreiter. Neugierig buchstabierte sie den Namen. - Peter O. Doch dann wandte sie sich wieder ihrem Bild zu. Stolz durchbrach sie die Schranken, es war, als würde der Staudamm geflutet. So ein erhabenes Gefühl hatte sie zuletzt bei der Geburt ihrer Sprösslinge ereilt.

"Du hast dich über die Grenzen hinweggesetzt. Als Lohn wird dein Bild auf ewig seinen Platz in diesem Raum finden, vereint mit all den anderen, die vor dir kamen."

Marian hatte ihre Balance wieder gefunden. Sie drehte sich im Kreis, schaute in all die lachenden Gesichter, bis der Schwindel sie stoppte.

"Was ist mit denen, die nach mir kommen?"

Der Ehrwürdige seufzte, als hätte Marian einen wunden Punkt getroffen.

"Lange Zeit war es uns nicht möglich, drei würdige Weltenreiter zu begrüßen. Es ist geglückt, unsere Tradition ist gesichert, die Unruhen vorerst beseitigt. Doch eine Geschichte wird Seite für Seite geschrieben. Hier und jetzt befinden wir uns in der Gegenwart. Die Gegenwart ist das Tor zur Zukunft. Was sich dahinter verbirgt, ist ungewiss. Doch lass uns Tage der Freude nicht mit Trübsal bedecken."

"Für diesen Eduardo war es kein besonders erfreulicher Tag", konterte Marian nachdenklich.

"Das ist richtig. Doch nicht für jeden kann die Sonne scheinen. Manch einem ist nur Finsternis beschert. Die Chancen stehen für alle gleich. Nicht jeder weiß sie zu nutzen. Doch wer die Weichen des Lebens falsch stellt, dem fahren die Züge davon. Du, Marian Chester, hast die bessere Wahl getroffen. Dein "Zug" wird den Bahnhof erreichen. Du bist ein Teil der neuen Geschichte, die helle Zukunft."

"Ich werde euch nicht enttäuschen", sprudelte es aus Marian heraus. "Jetzt weiß ich die Elemente zu zähmen. Wenn jeder an sich glaubt und zufriedener wird, erschaffen wir eine bessere Welt. In dieser Welt gibt es ein harmonisches Miteinander von Mensch und Tier, es wird …"

Marian geriet bei ihren Vorstellungen in Entzückung.

"Du hast Träume – aber verliere nie die Wirklichkeit aus den Augen."

"Was soll das heißen?", fragte Marian mit großen Augen, einem unschuldigen Kind gleich, das erfährt, dass Schokolade nicht auf Bäumen wächst.

"Das Tor ist wackelig, rissig, alt, durch die Planken pfeift der Wind, die Angeln quietschen im Scharnier.

Ihr Weltenreiter, seid das Schloss zu diesem Tor. Der Puffer, der alles in Schach hält. Ihr seid der seidene Faden, der lange Zeit gefehlt hat.

Vielleicht gelingt es euch, einige Planken zu kitten, doch vergesst nie … NIEMAND kann die Elemente aufhalten. Kein Prophet die gesamte Menschheit bekehren. Geschichte wird in kleinen Schritten geschrieben, Seite für Seite

Du und die anderen seid ein Kapitel, ein besonderes, ein wichtiges und doch nur ein Kapitel von vielen.

Dir wurde eine schwere Aufgabe zuteil, nach zähem Ringen ist es dir geglückt, einen Sieg davonzutragen. Hüte die Erinnerung in deinem Herzen, pflanze das Gelernte fort."

In Marians Schädel patrouillierten Fragezeichen, ihre Mundwinkel neigten sich trotzig nach unten. Ihre Träume zerbarsten wie eine Seifenblase. Gerade noch voller Begeisterung, nun Nüchternheit.

"Ab-Aber", stotterte sie, "wie lauten meine weiteren Aufgaben?"

"Bin ich nicht weiterhin eine Weltenreiterin? Werden wir uns nicht wiedersehen?"

Der weise Mann schaute Marian an mit einer Wärme, die ihren Körper durchströmte.

"Marian", sagte er. Erneut benutzte er ihren Vornamen. Marian fühlte sich zu ihm hingezogen, als würde sie einem engen Familienmitglied gegenüberstehen.

"Marian", wiederholte er und sie hing an seinen Lippen, um kein Wort zu verpassen.

"Viele haben meine Wege gekreuzt, aber du bist etwas Besonderes. Bewahre dies in Dir, hüte es wie einen Schatz, dann wirst du noch lange Zeit eine Weltenreiterin sein. Bis eines Tages ein Ereignis dich durch das Nichts schreiten lässt."

Marian wollte protestieren, niemals würde dies passieren, ihr Körper spannte sich, einem Pfeil gleich, doch bevor sie zum Abschuss kam, gebot ihr der Ehrwürdige Einhalt.

Er hob die Hand, schaute ihr in die Augen und sie spürte, dass sie ihre Gefühle im Bann halten musste, so schwer es ihr auch fiel.

"Deine eigentlichen Aufgaben bleiben immer die gleichen. Doch habe Mut zur Veränderung. Kein Mensch ist ein Zug, der immer nur die gleiche Strecke fährt. Warte auf die Weiche, die eine neue Richtung vorgibt oder behalte deine Spur. Die Entscheidung liegt in deinen Händen. Doch vergesse nie, dass nicht alle Richtungen zu einem Bahnhof führen."

Es entstand eine Pause des Schweigens.

Von jetzt auf gleich erschien es Marian, als habe der alte Mann seine Lebenskraft verloren. Er wirkte erschöpft, ausgepowert, leer. Die Maske der Vollkommenheit blätterte von ihm ab.

"Werden wir uns wiedersehen?", fragte sie erneut mit brüchiger Stimme, als ahne sie die Antwort.

Die Augen des Ehrwürdigen durchbohrten sie, sie verlor sich in der Weite, schwebte dahin. Sie vernahm die Worte, die, wie in Watte gepackt, durch den Raum schwebten.

"Jede Geschichte wird Seite für Seite geschrieben. – Wer weiß, ob sich unsere Wege kreuzen? Doch beherrscht du die Macht des Geistes, ist vieles möglich."

Dichte Nebelschwaden raubten ihr die Sicht. Es war, als wären alle Wolken vom Himmel gestürzt, undurchdringbar, eine Wand.

Sie rieb ihre Augen, wedelte mit der Hand, drehte sich im Kreis, doch sie konnte ihre Sicht nicht wiedererlangen.

Kälte peitschte ihr ins Gesicht, malträtierte ihre Haut aus allen Richtungen. - Kleine Nadelstiche.

Sie dachte an ihren Sohn, tastete sich voran. Durch ihre Hände fühlte sie Felsgestein.

Plötzlich, als hätte jemand einen Schalter umgelegt, kehrte die Helligkeit zurück. Kein Nebel, kein Ehrwürdiger, kein Spiegel. Marian rannte zu der Decke, auf der ihr Sohn ruhte, unbeirrt der Ereignisse, noch immer im Dornröschenschlaf. Sie umklammerte ihn, riss ihn an sich und küsste ihn. Wollte ihn zurückholen in die Gegenwart, wie einst der Prinz seine Prinzessin.

Ihr Mutterkuss, zärtlich und liebevoll, wie nur eine Mutter ihr unschuldig schlafendes Kind sanft mit den Lippen berühren kann. Doch noch bevor sie erkannte, ob ihr Kuss erfolgreich war, verfinsterte sich die Höhle erneut. Die Nebelschwaden kehrten zurück. Eine Armee, die zum zweiten Mal zum Angriff überging.

Kälte ließ sie, wie so oft, schon erschaudern. Marian schloss die Augen, ihren Sohn fest im Arm, spürte sie, wie ihre Körper umhergewirbelt wurden.

Entgegen der Schwerkraft erhoben sie sich wie eine Feder.

Beam us up, Scotty, dachte Marian. Und noch bevor sie sich Gedanken machten konnte, welch ein Quatsch ihr in dieser Sekunde durch den Kopf schwirrte, verlor sie das Bewusstsein.

Nach Hause

Daniel erwachte und fühlte sich sterbenselend.

Der Alkohol hämmerte gegen seinen Schädel, als wollte er ein Loch hineinsprengen. Albträume, das gestrige Wetter und das Schnarchen von Richard trugen dazu bei, dass Daniel keinen Erholungsschlaf durchlebte.

Lautstark verkündete der Wecker die Uhrzeit. Immer und immer wieder mit sadistischer Freude.

Zeit zum Aufstehen. – 7. 30 Uhr !!!

Sein Zimmergenosse Richard fällte derweil alle Bäume, die der letzte

Orkan verschont hatte. Daniel bewarf Richard mit seinem Kopfkissen und setzte vorsichtig Fuß für Fuß auf den Boden.

"Eh!", rief Richard und beendete das Sägen.

"Aufstehen", zwitscherte Daniel, der selbst mit seinem Kreislauf auf Kriegsfuß stand.

Wieder einmal erinnerte der Wecker an die Uhrzeit, hartnäckig und unbestechlich. Daniel erlöste ihn, indem er die Austaste betätigte.

"Na, wie lange habt ihr noch gezaubert?", fragte Daniel. "Na, du Schlappschwanz hast ja schon früh die Segel gestrichen", kam die verschlafene mürrische Antwort. Daniel wollte die Sache nicht vertiefen, schwerfällig zog er seine Klamotten an. Sein Handy ruhte in unmittelbarer Nähe. Er mied jeglichen Kontakt, als wäre es mit Gift kontaminiert.

Seine Angst, nochmals dem Ansagedienst zu lauschen, war viel zu groß. Gestern auf dem stürmischen Heimweg zum Hotel hatte er sich Leon anvertraut.

Leon, der gutmütige Tanzbär, etwas trottelig, aber immer zur Stelle, wenn er gebraucht wurde.

In der Firma lagen ihre Büros nebeneinander, doch trotzdem hatten sie bisher noch keinen engeren Kontakt gepflegt.

Warum eigentlich nicht?

Daniel schüttelte den Kopf. Er nahm sich vor, diesen Missstand zu ändern, denn Leon war wirklich ein patenter Kerl. Dieses stand außer Frage, denn Daniel hatte ihm alles erzählt. Die Sache mit dem Zwerg und der Höhle. Er krempelte seine Befürchtungen nach außen und offenbarte Leon seine wildesten Vermutungen.

"Das Schweineschnitzel auf meinem Teller ist real. Ein Dinosaurier am Spieß reine Fiktion. Und doch kann ich nicht verhindern, dass mir bei beiden Gerichten das Wasser im Munde zusammenläuft. Verstehst du, was ich damit sagen will?"

"Dinosaurierfleisch ist essbar?", hatte Daniel mit Zögern geantwortet. Das Auflachen von Leon war nur von kurzer Dauer. Danach hatte er seine Pranke um Daniels Schultern gelegt, dass ihm der unangenehme Schweißgeruch in die Nase drang. Diese Nähe war Daniel zuwider gewesen, doch als er Leon um Abstand bitten wollte, schreckte ihn die ernste Mimik des Dicken ab. Noch nie hatte er den Pfundskerl Leon ohne seine charakteristischen Lachfalten gesehen. Leon hatte tief eingeatmet, bevor er antwortete.

"Die Wahrscheinlichkeit ist gering, jemals Dino serviert zu bekommen. Doch allein die Vorstellung macht mir dieses Gericht schmackhaft."

"Ich verstehe immer noch nicht ..."

"Daniel, du hast wirre Träume, die durch deinen Geist schwirren. Diese sind lebendig, aber doch so absurd, dass sie nicht existieren können. Aber ..."

"Du meinst, diese Höhlengeschichte hat stattgefunden?"

"Ich meine, dass deine Fantasie dir etwas mitteilen will. Dein Unterbewusstsein sendet dir verschlüsselte Botschaften", flüsterte Leon und drückte Daniel noch ein wenig näher an seine Seite.

"Was teilt dir dein Unterbewusstsein mit, wenn du an Dinosteaks denkst?"

"Dass ich Hunger habe", antwortete Leon grinsend und gab Daniel wieder frei.

In dem anschließenden Lachanfall boten sich beide ein Duett.

Auch jetzt musste Daniel grinsen, als er an Leons Vortrag dachte.

"Recht hat er", sagte er laut und weckte damit Richards Neugier.

"Wer hat Recht?", hakte dieser nach und erinnerte Daniel an einen Geier, der nach Beute giert.

"Ach, das war nur so dahin geredet", verteidigte sich Daniel und verschwand im angrenzenden Badezimmer.

Punkt 9 Uhr würde Frau Landing den zweiten Tag ihres Seminars einläuten. Im Geiste sah er sich ihr gegenüber im Boxring.

"Daniel Chester, deine Fantasie geht mit dir durch", tadelte er sein Spiegelbild.

Wenig später war er auf dem Weg zum Frühstückssaal, im Schlepptau einen schlurfenden Richard.

Er gesellte sich zu Leon, der ihn verschwörerisch anblinzelte, als teilten sie das Geheimnis der Gralsritter.

Die Stimmung im Saal schien zweigeteilt, die einen heiter und fröhlich, die anderen müde und abgekämpft. Leon gehörte zur ersten Kategorie und verdrückte selig seine dick belegten Brötchen.

Mathis, Nico, Mark und Richard begnügten sich zu Daniels Freude mit starkem Kaffee.

Als sie sich schließlich erhoben, um gemeinsam den Seminarraum aufzusuchen, sagte Richard beiläufig.

"Na Daniel, deine Sorge war unbegründet. Es gibt ein Morgen."

Alle anderen schwiegen und begutachteten betreten ihre Schuhe. Nur Leons Augen funkelten böse, er blähte sich auf wie ein Kugelfisch, doch als er Daniels Blick begegnete, atmete er die angestaute Wut aus.

"Guten Morgen, meine Herrschaften", flötete Frau Landing und wippte aufreizend mit ihren Stöckelschuhen. Daniel wünschte, er könnte die Zeit beeinflussen. Wenig interessiert verfolgte er den weiteren Verlauf. Leider hielt Frau Landing ihn auch heute ziemlich an der Kandare, dass ihm kaum Zeit zum Atmen blieb.

Die Minuten verstrichen zäh.

Jede Stunde schien viermal so lange zu dauern wie gewöhnlich. Sein Kopf rauschte vor Informationen, vor Müdigkeit und vor Sorge.

Was würde ihn zu Hause erwarten?

Endlich das Finale.

Alle Teilnehmer verabschiedeten sich, wünschten eine gute Heimfahrt und lagen sich kameradschaftlich in den Armen, als hätten sie gerade einen Krieg gewonnen. Daniel vernahm aus den Augenwinkeln einen koketten Augenaufschlag von Frau Landing, den er bewusst ignorierte. Was bildete sich diese Person eigentlich ein?

Auf dem Weg zum Parkplatz begegnete er Leon, der ihm zurief: "Denk an den Dino am Spieß!"

Daniel musste lachen.

Die Sonne kümmerte sich um die Pfützen, die den Parkplatz bedeckten, als handelte es sich um eine Seenplatte. Je schneller er sich seinem Fahrzeug näherte, desto größer die Beklemmung, die immer noch an ihm nagte.

Mit seinen Lederschuhen stampfte er durch die Pfützen, als könnte er durch sie seine Angst kühlen. Doch immer wieder schwappte die Wasserlache zurück, er bewirkte keine Veränderung. Dieser Zustand entmutigte ihn immer mehr. Bei einem besonders heftigen Auftreten erreichte das Wasser die Socken und befand sich bald darauf im Inneren des Schuhs.

Mist, dachte Daniel und versuchte weitere Pfützenbekanntschaften gezielt zu meiden.

"Denk an den Dinosaurier", murmelte er einer Beschwörung gleich.

Doch diese Worte erzielten nur aus dem Mund von Leon eine heilende Wirkung.

Das laute Bellen eines Hundes beschleunigte seine Schritte. Fehlte noch, dass er diesem Untier aus seinen Träumen noch leibhaftig begegnete. Man konnte nie wissen, was die Menschheit so züchtet. Der Bericht von den Designerhunden spukte durch seinen Kopf.

Hatte Marian ihm nicht von diesen Tieren berichtet?

Vielleicht gab es ihn bereits den Domoropitpusch!

Der Gedanke an seine Frau schmerzte ihn. Mit spitzen Fingern beförderte er sein Handy in die dafür vorgesehene Halterung.

Nein, er würde nicht anrufen!

Den Nachhauseweg bewältigte er in Trance. Als er seinen Wagen vor der Garage parkte, war er selbst erstaunt.

War er gefahren oder besaß er einen unsichtbaren Autopiloten?

Neugierig blickte er sich um. Tatsächlich, er war zu Hause. Wo war er nur mit seinen Gedanken, schalt er sich selbst, doch eigentlich wusste er die Antwort.

Als er aus dem Auto stieg, musterte er seine Umgebung im Detail. Doch von außen wirkte das Haus unverändert.

Das strahlende Weiß der Fassade wetteiferte mit den Farben des Vorgartens. Sein Herz klopfte bis zum Hals, als er den Weg von der Garage zur Haustür zurücklegte.

Der Kies knirschte unter seinen Füßen. Geräusche, die er bereits tausendmal vernommen hatte, doch heute zum ersten Mal bewusst wahrnahm.

Wie laut der Schotter unter seinen Schritten rebellierte, wenn er seinen Fuß auf den Weg setzte.

Bei jedem Schritt zuckte er zusammen und blickte sich nervös um.

Ich sollte den Weg bei Gelegenheit pflastern, dachte er und erklomm erleichtert die drei Stufen, die als Podest die Eingangstür einrahmten.

Sein Atem ging stoßweise, als sei er gerade den hungrigen Mäulern unzähliger Krokodile entkommen, die ihm auf dem Wege aufgelauert hatten.

Langsam drehte er den Haustürschlüssel, als würde eine unbedachte Bewegung eine Bombe entzünden.

Was würde ihn erwarten?

Millimeter für Millimeter öffnete er die Tür, ein Dieb, der in sein eigenes Haus einbrach.

Und dann passierte es …

Die Schatzkiste

Nachdenklich starrte Leon dem vorbeifahrenden Fahrzeug hinterher. Mechanisch hob er die Hand zum Gruß, doch der Blick des Fahrers schaute durch ihn hindurch, als wäre es aus Glas.

"Bis bald und denk an den Dinosaurier!", rief er dem silbernen Wagen nach, der sich unaufhaltsam vom Parkplatz entfernte. Leon stampfte durch die Pfützen, unbeeindruckt der Nässe und der Schmutzflecken, die dieses Benehmen seiner Hose zufügte. Zwei Spatzen, die eine der Wasserlachen als Badeplatz nutzten, flatterten erschrocken in einen nahe gelegenen Busch, der stolz seine neue Blätterpracht präsentierte.

"Was liegt an?", fragte Leon sein Auto, das ferrarirot glänzte und auf einem der hinteren Parkplätze wartete. Leon wuchtete seine Massen unschlüssig von einem Bein auf das andere. Die Geschichte von Daniel Chester rief in ihm Dejá-vu-Gedanken zu Tage, die er im hintersten Kämmerchen aufbewahrte. Nun strebten sie wieder nach oben, wie eine Pflanze zum Licht.

"Was meinst du, sollen wir es wagen?", fragte er erneut seinen Kleinwagen.

Doch auch dieses Mal war die Konversation recht einseitig.

"Gut", sagte er zufrieden und bugsierte seinen Körper in den roten Flitzer, dessen Federung protestierend aufstöhnte.

"Stell dich nicht so an", meckerte Leon und startete den Motor. "Habe doch nur ein leichtes Frühstück zu mir genommen und ein oder zwei Schnitzelplatten am Mittagstisch." Er betätigte den Radioknopf und fuhr mit Musikbegleitung vom Parkplatz.

"Aber bitte mit Sahne", dröhnte es aus dem Wageninneren, als er sein Auto in eine Garagenauffahrt lenkte.

Doofe Idee, dachte Leon und betrachtete das kleine, schmucke Haus, das von Rosen umgeben war. Zu dieser Jahreszeit wirkte es nicht sehr einladend, denn an die dornenbesetzen, kurz geschnittenen Zweigen hatten sich noch nicht allzu viele Blätter verirrt. Im Sommer und Herbst war dieses Haus allerdings von einem Rosenmeer umgeben, das im gesamten Umkreis seinesgleichen suchte. Leon sog die Luft ein, als könnte er den Duft bereits riechen

Ja, hier war er aufgewachsen, rosenbehütet, bei seinen Großeltern. Noch ehe er überlegen konnte, ob sein Einfall, seine Großeltern mit einem Besuch zu überraschen, nicht etwas voreilig war, wurde die Haustür aufgerissen und eine alte Dame mit strahlendem Mondgesicht schlurfte auf das Auto zu.

"Leon, mein Kleiner!", rief sie so laut, dass nun die gesamte Nachbarschaft über seinen Besuch informiert war. Leon zuckte beim Anblick der gewaltigen Massen, die ihm entgegenkamen, zusammen. Etwas schwerfällig stemmte er sich aus dem Auto und erwartete seine Oma mit ausgestreckten Armen.

"Schön, dass du mal wieder vorbeischaust!", hörte er seine Oma sagen, bevor die Wucht ihres Aufpralls seine Sinnesorgane für einen Moment außer Kraft setzte.

"Leon, mein Kleiner", schluchzte sie. "Du bist aber schmal geworden."

"Ach", erwiderte Leon und schaute interessiert an sich herunter.

"Du solltest öfter zum Essen kommen. Du wirst mir noch zu mager."

Leon streichelte seine XXL-Massen und schaute seine Oma belustigt an. "Mager" war ein Adjektiv, das in seiner Gegenwart nicht sehr häufig verwendet wurde. Doch darüber zu diskutieren, hatte Leon schon vor langer Zeit aufgegeben. Leon, der Kleine, der seine Oma um Längen überragte, folgte der alten Dame ins Haus. Die Hitze im Inneren traf Leon wie ein Schlag in die Magengrube. Bei geschätzten dreißig Grad trug seine Oma noch eine Strickjacke, die sich farblich stark von der Kochschürze abhob.

"Mach es dir gemütlich. Ich bereite uns etwas zu essen vor, damit du wieder zu Kräften kommst."

Leon musste schmunzeln und schaute sich derweil im Wohnzimmer um. Er wusste, dass seine Oma männliche Hilfe in der Küche verabscheute.

"Wo ist Opa?", rief er laut.

"Beim Computerkurs", schallte es aus der Tür. Leon klappte der Mund auf. Was machte sein 84jähriger Opa beim Computerkurs? Er hatte sich sicherlich verhört.

"Wo?", rief er erneut.

"Beim Seniorencomputerkurs der VHS", meldete sich die Stimme aus der Küche, als wäre das kein besonderes Ereignis.

"Aha", antwortete Leon kurz und knapp, da ihm nichts Besseres einfiel.

"Ich mache einen schönen Tee", meldete die Stimme. "Nette Idee", erwiderte Leon und stand verloren im Eiche rustikalen Wohnzimmer. Der röhrende Hirsch über dem grünen Sofa, die alte Standuhr – die gute Stube, fast unverändert. Wäre da nicht der gigantische Flachbildschirm, der Marke supergroß, der verloren auf dem Phonowagen thronte. Fehlersuche, dachte Leon, was gehört nicht in das Zimmer?

"Seit wann habt ihr einen neuen Fernseher?", fragte Leon, der nachrechnete, dass sein letzter Besuch doch erst 2 Wochen zurücklag. Doch die Küchengeräusche vereitelten mittlerweile jede Konversation. Neugierig begab sich Leon in sein altes Jugendzimmer. Wer weiß, was sich dort für Veränderungen verbargen.

Im langen Flur, zweite Tür von rechts, dort war sein Reich. Auf den ersten Blick konnte er keine Auffälligkeiten erkennen. Sein Bücherregal, sein Bett, sein Schreibtisch, Bücher und ein Plüschbär, der einzig Überlebende aus Kindertagen. Auf dem Schreibtisch lagen mehrere Prospekte, die Computer anpriesen. Kaum zu glauben, da will sich der alte Herr doch noch so eine Technikerrungenschaft ins Haus holen, dachte Leon respektvoll. Abermals wanderte sein Blick durch sein altes

Zimmer. Eine alte verstaubte Kiste, die auf dem obersten Regalboden ruhte, erregte seine Aufmerksamkeit.

"Das wird doch nicht …!", rief er, bereits im Begriff das braune Etwas genauer zu untersuchen. Staubwolken nebelten ihn ein wie Sprühregen, als er mit einem Ruck die Kiste nach unten beförderte.

"Meine Schatzkiste", strahlte Leon und strich liebevoll über den Deckel, auf den unbeholfen ein Totenschädel gezeichnet worden war. Die Scharniere quietschten, als er die Truhe öffnete.

"Dies ist die Schatzkiste von Leon Normann. Wer sie unbefugt durchstöbert, sei auf ewig verflucht", warnte in roten Lettern das Innere des Deckels. Leons Herz schlug bis zum Hals.

Kindheitserinnerungen spulten vor ihm ab. Sand in einem Glas, der von seinem ersten Nordseeurlaub stammte. Muscheln, kleine Autos, eine altertümliche Taschenlampe, ein Messer, ein kleiner Stoffhund und Liebesbriefe, die ihn als Absender entlarvten. Die Empfängerin hatte sie nie zu Gesicht bekommen. Schon bei dem Gedanken an seine Jugendschwärmerei färbten sich seine Wangen rot. Lisa Knaller, der Name sprach Bände. Leon schnalzte mit der Zunge – Lisa, der Schwarm aller Jungen – doch für ihn unerreichbar.

Was war wohl aus Lisa geworden?

Ein Foto lenkte seine Erinnerungen in andere Bahnen. Seine Eingeweide rissen, er stöhnte leise, als ob Säure seine Kehle verätzte – ein Foto seiner Eltern, an dem eine aufgerollte Papierrolle klebte. Ehrfurchtsvoll mit spitzen Fingern entrollte er die Rolle, die immer wieder in den Ursprungszustand zurückstrebte.

Ein Einhorn schaute ihn an. Augen, die dem Funkeln von Diamanten ähnelten, schimmerndes perlmuttfarbenes Fell und ein Horn, das bedrohlich in seine Richtung zeigte. Ein Schwert, das ihn zu richten drohte. Alte Wunden wurden aufgerissen, Erinnerungen an die Oberfläche gespült. Er sah das lächelnde Gesicht seiner Mutter. Seine Mama, ein

Prototyp der zufriedenen Hausfrau und Mutter. Stets gut gelaunt, fröhlich, liebevoll und eine begabte Hobbymalerin, die ihr Gefühl in faszinierende Bilder umwandeln konnte. Er konnte sich genau erinnern, als sei es gestern gewesen, als sie ihm dieses Exemplar überreichte. Danke, hatte er gesagt und leise gedacht, ein Pferd. - Bin ich ein Mädchen?

Doch das Bild hatte die Jahre überdauert, gut aufgehoben in seiner Schatzkiste. Er dachte an Daniel Chester, an seinen verzweifelten und verstörten Gesichtsausdruck, als dieser ihm seine Traumgespinste anvertraute. So hatte auch seine Mutter gewirkt. Eines Tages wandelte sie sich wie eine Raupe zum Schmetterling. Doch ihre Verpuppung war keineswegs von Vorteil. Ihre fröhlichen, guten Eigenschaften verschwanden. Immer und immer wieder bat sie seinen Vater nicht zu einem wichtigen Firmentreffen zu fahren. Ihre Miene wirkte versteinert, vom Zweifel zerfressen. Sie aß weniger, begann ihre Gemälde mit schwarzer Farbe zu zerstören und hing an seinem Vater wie eine Klette. Doch sein Vater ließ sich nicht bekehren. Er lachte über ihre düsteren Prophezeiungen. Leon hörte noch ihre Worte, die predigten, bitte, sag die Verabredung ab. Aber sein Vater schüttelte den Kopf und … fuhr.

Es war das letzte Mal, dass er seinen Vater lebend sah. Von da an ging es mit seiner Mutter von Stunde zu Stunde weiter bergab. Sie verkroch sich wie eine Schnecke in ihr Schneckenhaus. Mengen von Tränen, die Flüsse in reißende Ströme verwandeln konnten. Irgendwann in der Nacht stand sie vor ihm. Schlaftrunken erkannte Leon ihre Silhouette. Er spürte noch heute, wie sie sacht über sein Haar streichelte.

"Verzeih mir, mein Liebling"; flüsterte sie.

Am nächsten Morgen war sie tot.

Ihr Bild, eingebrannt wie eine Tätowierung. Sie lag in ihrem Bett, friedlich schlafend. Nur die geöffneten Tablettenrollen zeugten davon, dass dieser Schlaf niemals endete.

"Leon! Wo bist du, mein Kleiner? Das Essen ist fertig!", erklang eine

287

Stimme, die ihn zurückführte in die Gegenwart. Leon zuckte zusammen.

"Ich komme!", rief er und beförderte eilends die Truhe an ihren angestammten Platz. Das Bild mit dem Einhorn nahm er an sich. Vorsichtig strich er über das Gemälde und bemerkte erst jetzt die am Bildrand gekritzelten Worte: Sei bereit!

"Leon, bist du fertig? Der Tisch ist gedeckt."

Ein verführerischer Duft liebkoste seine Nase. Mit flinken Fingern rollte er das Bild zusammen, klemmte die Rolle unter seine Achseln und wuchtete seine Massen zum Schlaraffenland.

"Ich bin bereit!", rief er und konnte nicht verhindern, dass ihm das Wasser im Munde zusammenlief.

Eine lange Geschichte

Eine kurzfristige Cappuccinopause, das Privileg einer Hausfrau. Entspannt lehnte sich Marian zurück und streckte ihre Glieder. Ihr Bedürfnis nach Hunger, Durst und ausreichendem Schlaf war auf einer Skala von Null auf Hundert bei sechsundsiebzig angelangt.

Sie rekelte sich in dem Stuhl, ein Eingeborener, der die Zivilisation begrüßt. Hin- und hergerissen zwischen Dankbarkeit und Ablehnung.

Caruso und Diva drehten Ehrenrunden um ihre Füße und maunzten kläglich.

Wahrscheinlich, dachte Marian, beschwerten sie sich über die schlechte Bedienung. Denn seit sie gestern oder vorgestern oder war es vor hundert Jahren das Haus verlassen hatte, blieb der Futternapf der beiden leer.

"Tut mir leid, meine Süßen", entschuldigte sich Marian zum wiederholten Mal. Trotz einer Extraportion vom Feinsten beteten die Samtpfoten eine Beschwerdelitanei herunter.

"Kommt nicht wieder vor. Großes Ehrenwort."

Sanft glitt sie durch das weiche Fell. Wohlig schnurrend rieben sie ihre Köpfchen in Marians Hand.

Urplötzlich sprangen die beiden auf den Tisch und setzten sich ihr gegenüber. Der intensive Blick ließ ihren Körper kribbeln. Das Gefühl, dass die Stubentiger bis in ihre Seele vordrangen, um mit ihr zu kommunizieren, verflüchtigte sich erst, als Caruso und Diva durch die geöffnete Terrassentür nach draußen entschwanden.

Marian schüttelte sich. Woher geisterten die Worte "Entschuldigung angenommen" durch ihren Kopf?

Marian, die ihre zweite Tasse Cappuccino verschlang, gelangte zu dem Schluss, dass hoher Koffeinkonsum die Sinne verwirrt.

Und doch musste sie sich eingestehen, dass sie nicht viel von der Welt wusste. Ihr war es vergönnt, einen Bruchteil dessen zu erforschen, der der Mehrzahl der Menschheit verwehrt war.

Sie hatte sich über die Grenzen hinweggesetzt.

Wahnsinn, sie hätte es nie für möglich gehalten, dass in ihr eine Abenteurerin schlummerte.

Schade eigentlich, dass sie ihr Geheimnis nicht preisgeben konnte. Aber wozu, keiner würde ihr glauben und sie würde doch noch Patientin von Dr. Older. Die Vorstellung amüsierte Marian. Das Erlebte lief in kleinen Schritten vor ihr ab, wurde gespeichert und sicher in ihrem Gedächtnis verwahrt. Sie war eine Heldin im Verborgenen – ein schönes Gefühl.

Ja, der weise Mann hatte Recht, sie musste in kleinen Schritten agieren. Du bist etwas Besonderes. Habe Mut zur Veränderung. Du wirst noch lange eine Weltenreiterin sein. Diese Sätze gingen runter wie Öl. Sie verwahrte sie an einem separaten Ort in ihrem Herzen auf.

Ihre Träumerei geriet ins Stocken, als sie über den Satz stolperte, der sie noch im Nachhinein erboste.

Was sollte das heißen, eines Tages lässt dich ein Ereignis durch das Nichts schreiten?

Marian grübelte, die Stirn in Falten, alle Gehirnzellen aktiv, doch das Ergebnis blieb aus.

Aus einer Eingebung heraus, machte sie mit einem vor ihr liegenden Stift einen Strich auf einer Zeitung. Es war das Abhaken einer Aufgabe, deren Lösung nicht in ihrem Kompetenzbereich lag.

Danach fühlte sie sich einer Tonnenlast beraubt.

"Mama, Mama!", erklang eine Stimme.

Ihr Sohn Michael, endlich aus dem Schlaf erwacht, gesellte sich zu ihr. Die Augen voll kindlicher Unschuld.

"Mama, warum habe ich einen Schlafanzug an?

Mama, bin ich nicht in ein Loch gefallen?

Mama, was ist heute passiert?

Mama, ich habe einen Drachen gesehen!

Mama, ich habe doch nicht nur geträumt, oder?

Mama, sind wir schon lange zu Hause?"

Ein Fragenmeer bombardierte Marian. Sie umklammerte ihre Kaffeetasse, auf der in großen Buchstaben:

"FÜR DIE BESTE MAMI DER WELT" prangte.

Leuchtend rot, eine stille Warnung.

Was erzählt die beste Mami der Welt?

"Setz dich erst einmal", forderte sie ihren Jüngsten auf und schob einen Stuhl in seine Richtung.

Das war schon einmal gut, so begannen alle bedeutenden Konferenzen, zumindest in der Medienwelt.

"Es ist eine lange Geschichte", begann sie stockend um Zeit zu schinden. Ihre Gehirnzellen arbeiteten auf Hochtouren. Sie fühlte sich elend, gemein, hinterhältig, ein Personalchef, der unberührt verlauten lässt:

"Tut mir leid, wir haben uns anderweitig entschieden. Wir wünschen Ihnen aber für Ihren weiteren Werdegang alles Gute."

Heuchelei und die beste Mami der Welt mittendrin im Sumpf der Lügen.

Erfinde eine Geschichte, forderte sie sich auf.

Das Geld eingeworfen, der Spielautomat rasselte, schnell den Hebel gedrückt. KLONK!

"Du hattest einen Unfall."

Michaels Augen wurden riesengroß.

"Da war ein Mann, ein Loch, ein Drache, Dunkelheit …", sagte er zögerlich.

"Nein, nein", unterbrach ihn Marian und strich ihm liebevoll eine blonde Strähne aus dem Gesicht. Michael schien richtig enttäuscht, bammelte mit seinen Füßen heftig hin und her.

"Aber, Paul und ich", begann er einen neuen Versuch.

"Paul und du habt auf dem Schulweg rumgetobt, seid gestürzt und mit den Köpfen zusammengestoßen und dann träumt jeder die eigenartigsten Dinge."

Ihr Sohn starrte sie an, alle seine Illusionen zerplatzten wie Seifenblasen. Unruhig wippte er auf seinem Stuhl auf und ab.

"Mami", sagte er mit einer Logik, die Marian regelrecht verblüffte. "Ich habe doch überhaupt keine Beule."

Marian atmete aus, ein Ventil aus dem Luft entwich, ihr Lügengerüst wackelte, drohte zusammenzustürzen. Schritte, die sich dem Haus näherten und dann das leise Quietschen der Haustür, retteten die Situation.

"Das ist bestimmt Papa!", rief Michel und stürmte los Richtung Haustür.

"Papa, Papa … stell dir vor, ich hatte einen Unfall! Einen Sturz ohne Beule. Und ich habe einen Drachen gesehen in einer Höhle, und dunkel war es dort. Ganz finster. Mama hat mich gerettet. Aber das war alles nur ein Traum, sagt Mami."

Das kann doch nicht wahr sein

Daniel handelte nach dem Toaster-Prinzip. Jeder weiß, dass der fertige Toast einem entgegenspringt, man wartet und wartet und dann hüpft man synchron mit dem fertigen Brot. – Ein Phänomen.

Das gleiche Schicksal ereilte Daniel, der mit großer Anspannung die Haustür öffnete.

Als ihm sein Jüngster mit dieser Kauderwelschgeschichte entgegeneilte, traf ihn fast der Schlag, seine Tasche polterte zu Boden.

"Hallo, mein Schatz", sagte er, ohne überhaupt ein Wort von dem Geschwafel verstanden zu haben. Zu seiner großen Erleichterung erblickte er auch seine Frau, die im Flur stand und strahlte, als gelte es, die Sonne zu übertrumpfen. Daniel war erleichtert und doch nagte die Neugier an ihm, entfesselt, drohend, die Ketten zu sprengen.

"Wo wart ihr gestern?", brach es aus ihm heraus.

Er klang wie ein tadelnder Lehrer und im gleichen Moment hasste er sich für diese Frage.

Daniel sah die "Sonne" untergehen.

"Ich habe die Welt gerettet!"

Mit diesen Worten wandte sich Marian ab und verließ den Flur. Daniel blieb zurück wie ein begossener Pudel.

"Papa, Papa", drängte Michel und gab erneut seine Geschichte zum Besten. Als Daniel in das Esszimmer trat, in das Marian geflüchtet war, umschwirrte ihn Michel wie ein lästiges Insekt.

"Mami, sag mal ehrlich. Hast du den Drachen nicht auch gesehen?"

Marian verzog keine Miene unter der strengen Beobachtung ihres Gatten und antwortete. "Mein Schatz, ich habe schon viele Drachen gesehen. Deine Spielkiste im Kinderzimmer ist gespickt mit Gummidrachen in allen Größen."

Diese Konversation löste den Knoten, der zwischen Daniel und Marian unsichtbar durch den Raum schwebte, er ribbelte auf und verschwand.

Obwohl Daniel seinem Sohn Michel ansah, dass er eine andere Antwort erwartet hatte. Doch er trollte sich und ließ das Thema vorerst ruhen.

Mit Eintreffen von Janus, der Rückkehr von Caruso und Diva war die Familie wieder vereint.

Im Kreise seiner Lieben entspannte sich Daniel. Er verscheuchte die Geister und bösen Vorahnungen, die ihn geplagt hatten.

Ehrfurchtsvoll lauschte er Einzelheiten von Michels Unfall. Beglückwünschte seine Frau ihres beherzten Eingreifens wegen. Ließ sich erklären, dass das Kühlen der Beule wahre Wunder bewirkt hatte. Nickte zustimmend, dass Michel erst einmal Ruhe benötigte. Untersuchte Michaels Kopf auf Wunden und Rückstände, und ignorierte seine innere Stimme, die ihm zusäuselte:

Das kann doch alles nicht wahr sein!

Punkt aus, Geschichte erledigt, Daniel hinterfragte nicht. Warum auch sollte er sich noch einmal zum Narren machen. Er musste an den Dinosaurier denken.

Daniel erzählte vom Lehrgang, ohne Details, versteht sich. Janus berichtete, wie Daniel vermutete, auch ohne Details. Nur bei seiner Marian vermutete er keinen doppelten Boden. Er lauschte, hing an ihren Lippen bei allem, was sie erzählte. Sie wirkte verändert und doch vertraut. Ab und zu spukten Gedanken von Höhlen, Zwergen und diesem Quatsch an die Oberfläche und bevölkerten seinen Kopf, doch jedes Mal gelang es ihm, das Traumgespinst in seine Schranken zu weisen.

Daniel Chester, du bist ein Spinner, tadelte er sein Unterbewusstsein.

Draußen begann es zu regnen. Gleichmäßiges, beinahe rhythmisches Trommeln bearbeitete die Fenster. Daniel kuschelte sich an seine Frau, endlich waren sie beide allein. Der Regen spielte eine Melodie, einlullend, hypnotisierend.

"Gestern dachte ich, es würde kein Morgen mehr geben", hauchte er seiner Frau ins Ohr.

Verwundert bemerkte er, wie sich Marian versteifte, sich abwandte, seinen Liebkosungen entzog.

"Was ist mit dir?", fragte er.

"Solange ich da bin, wird es ein Morgen geben", antwortete sie ihm, einer Weissagung gleich.

Doch Daniel erkannte nicht die Zweideutigkeit ihrer Worte.

Wie sollte er auch?

Er schloss sie in seine Arme, knabberte ihr liebevoll am Ohr.

"Du hast Recht und ich möchte keinen Morgen ohne dich beginnen", antwortete er und berührte sie sanft.

Sie erwiderte seine Liebesbeweise, ließ sich hinabgleiten in den siebten Himmel.

Ihre Körper umschlungen, tauchten sie hinab in den Strudel des Vergessens. Nun zählte nur der Moment, das Miteinander, der Himmel auf Erden, frei von störenden Gedanken.

Es wurde eine stürmische Nacht, der Regen spielte ihr Lied.

Ein Paket

Montag.

Ein Sonntag ohne nennenswerte Vorkommnisse lag hinter ihr. Nun war es wieder da, das Schreckgespenst – Alltag. Ihr Mann eilte zur Arbeit, ihr Großer zur Schule und ihr Jüngster genoss das Privileg eines Kranken, der verwöhnt wurde. Zum "Wellnessprogramm" gehörte das Begleiten auf seinem Schulweg.

Da war er wieder, der Smalltalk, dem sie sich nicht mehr gestellt hatte, seit ihr Michel den Weg zur Bushaltestelle allein absolvierte.

Sie meisterte ihn ohne Blessuren. Ganz im Gegenteil, sie fühlte sich wohl in ihrer Haut, beneidete nicht die gestylten und gehetzten Mütter, die von Termin zu Termin huschten, um den Aufgaben einer Mutter des 21. Jahrhunderts gerecht zu werden. Marian überhörte bissige Bemerkungen, die ihr mitteilten:

"Du hast ja Zeit, wo du den ganzen Tag zu Hause verbringst. Nein, das wäre mit viel zu langweilig."

Endlich erkannte sie den Neid. Konnte hinter die aufgesetzte Maske der anderen blicken. Sie leuchtete, strahlte Selbstsicherheit aus - ein wunderschönes Gefühl.

"Hast du eine neue Frisur?", fragte eine der blondierten Mütter. Marian verneinte.

"Ein neues Kleid?", bohrte diese lästige Person weiter.

Die ist genauso nervig wie ihre Tochter, dachte Marian und lachte, schüttelte ihr Haar, das störrisch keine ordentliche Frisur annehmen wollte und trat den Heimweg an.

Marian Chester fühlte sich bereit für Veränderungen. Zu Hause angelangt, gab es kein Halten mehr. Der Arbeitsmarkt war übersät mit unzähligen Hausfrauen auf der Suche nach einer geeigneten Teilzeitstelle. Nun wollte auch sie sich hineinstürzen ins Abenteuer Arbeitsleben.

Das Telefon schrillte so laut, als hätte es Minderwertigkeitskomplexe – Angst, überhört zu werden.

"Ich komme!", rief Marian sichtlich genervt, das ohrenbetäubende Bimmeln erfüllte den Raum.

Ist es nicht fürchterlich, wenn man sich voll Elan in eine neue Aufgabe stürzen will und dann gestört wird …

Noch blöder ist allerdings die Tatsache, dass Telefone ohne Schnur immer mit einem Suchspiel verbunden sind. Dies ist vergleichbar mit einem Freizeitsport, denn sehr selten befindet sich der Hörer auf der dazugehörigen Station.

Wer hatte zuletzt das Telefon benutzt?

Marian suchte und fluchte. Irgendwann erstarb das Klingeln. Genau zu dem Zeitpunkt, als Marian es endlich erspähte.

"Na toll", sagte sie zu sich und hätte vor Schreck fast den Hörer fallen lassen, als es in ihrer Hand dröhnte, begleitet von einem leichten Vibrieren.

"Chester!", brüllte sie hinein.

"Meine Güte, hast du schlechte Laune?", fragte eine ihr wohlbekannte Stimme.

"Ach", entgegnete Marian und fuhr sich verlegen durch ihre Haare. "Entschuldige."

"Kannst du bitte ins Krankenhaus kommen?"

Marians Puls begann zu steigen, ihr Atem eine Dampflok, die stoßweise Rauch hinauskatapultierte. Die Luft im Zimmer dünn, aufgebraucht.

"Ist etwas passiert?"

"Nein", antwortete Sandra, ganz der sachliche Professor, "komm einfach vorbei."

Marian betrachtete das Telefon, als handelte es sich um einen Fremdkörper.

"Töt, Töt, Töt", erklang es aus dem Hörer. Es hörte sich fast an wie

Tod, Tod, Tod und beunruhigte Marian sehr. Mit leicht flatternden Nerven machte sich Marian auf den Weg zum Krankenhaus. Der Küchentisch war übersät mit Annoncen, die vereinsamt zurückblieben.

Die meiste Zeit verplemperte Marian damit, einen Parkplatz zu ergattern, von der Marke "breit genug". Nach langem Hin- und Hermanövrieren gelang es ihr endlich, dieses Problem zu lösen.

Den Weg zum Krankenhaus erledigte sie wie eine Sprinterin, die für die Olympiateilnahme trainiert. Von Null auf Hundert in nahezu Lichtgeschwindigkeit.

An der Pforte überrannte sie beinahe ihre Freundin, die sich durch einen Wust von Formularen arbeitete.

"Meine Güte, Marian! Bist du den ganzen Weg gelaufen?", begann Sandra die Konversation - ohne nennenswerte Begrüßung.

Marian bewegte sich von einem Fuß auf den anderen. Ihr Gesicht eine Tomate, ihr Puls auf Hochtouren. Marian, gespannt wie ein Flitzebogen, war von einem unbehaglichen Gefühl belagert.

"Erinnerst du dich an den alten Herrn von Zimmer 333? Diesen etwas schrulligen Zeitgenossen, den du einmal besuchst hast?"

Bruchstückhaft kehrte die Erinnerung zurück. Ein fremder Mann und doch vertraut. Im Nachhinein erkannte sie, dass er der Auslöser für ihre "Reise" gewesen war. Dieser alte Mann mit diesen Augen, in denen man sich verlor.

Es war ein Schlag in den Magen, der ihr das Gleichgewicht raubte.

"DDer Ehrwürdige", stammelte Marian und konnte sich nur mit Mühen auf den Beinen halten.

Warum hatte sie das nicht damals erkannt?

"Der was? Ist dir nicht gut?", fragte Sandra, die besorgte Krankenschwester.

Marian winkte ab.

"Der Kreislauf", erklärte sie lapidar.

Erstaunlicherweise schien ihre Freundin diese Ausrede zu schlucken, nachdem sie Marian nur gebeten hatte, auf der im Wartebereich befindlichen Bank Platz zu nehmen.

Ein wenig ärgerte es Marian, dass ihre Freundin so schnell mit einer Antwort zufrieden zu stellen war.

Eigentlich wollte sie protestierten, Antworten auf ihre Fragen verlangen, doch wie eine weggelegte Puppe saß sie teilnahmslos, beinahe apathisch in der Ecke und wartete, während Sandra in ihren Unterlagen kramte.

"Ah!" rief Sandra nach einiger Zeit, "da ist es ja."

Mit einer kleinen Schatulle und einem Glas Wasser gesellte sich Sandra kurz darauf zu Marian.

"Trink erst einen Schluck, du bist etwas käsig."

Dankbar nahm Marian das Getränk entgegen, Schluck für Schluck rann das Wasser ihre Kehle hinab.

"Der alte Mann ist von uns gegangen. Ich soll dir dies übergeben. Komisch nicht?"

Die Worte gingen durch Marian hindurch, als wären sie nicht für sie bestimmt. Sie hörte, doch der Sinn blieb ihr verwehrt. Sie trank den restlichen Schluck Wasser, schüttete den Inhalt in ihren Mund und starrte ihre Freundin an wie ein unbekanntes Wesen. Zögerlich reichte sie ihr dann das geleerte Glas und nahm mit zittrigen Händen die Schatulle entgegen. Ihre Hände umschlossen das Geschenk, als handelte es sich um den gewaltigsten Schatz der Erde. Marian machte keine Anstalten, das Paket zu öffnen.

"Bist du nicht neugierig?", fragte Sandra und zog die Augenbrauen in die Höhe.

"Wo ist der alte Mann?", flüsterte Marian.

Zeit und Raum schienen innezuhalten, als warteten sie auf ein besonderes Ereignis.

"Aber das habe ich doch bereits gesagt", äußerte sich Sandra, einem trotzigen Kind gleich. "Der Olle hat das Zeitliche gesegnet, zusammen mit einer Dame. Die beiden hatten sich hier kennen und lieben gelernt. Alte Liebe bis in den Tod. Ist das nicht rührend?"

Marian sauste von einem Berg in die Tiefe hinab, ohne Netz und doppelten Boden.

Der Verlustschmerz raubte ihr den Atem. Sie glaubte zu ersticken, umklammerte die Schatulle wie einen rettenden Strohhalm. Tränen benetzten ihre Augen. Sandra nahm Marian in die Arme.

"Mensch, Marian, ich wusste nicht, dass dir das so nahe geht. Kanntest du den alten Mann näher?"

Marian schniefte, das Geräusch katapultierte sie zurück in die Wirklichkeit. Der Schmerz ebbte ab, zog sich zurück, wie die Flut der Ebbe weicht.

"Er war mein Lehrmeister", antwortete Marian.

"Hallo Schwester", erkundigten sich ungeduldige Patientinnen, die ihr Anliegen vorbringen wollten und die Pforte belagerten.

"Werden hier Kassenpatienten nicht bedient?", erklang die zornige Stimme eines grau melierten Herrn, der mit seinem Stock gegen einen Stuhl hämmerte.

Marian spürte, dass es ihrer Freundin sehr schwer fiel, sich von dieser interessanten Geschichte loszureißen.

"Warte einen Moment", hauchte Sandra. "Ich muss mich …"Diese Wortfetzen waren die letzten die Marian aufschnappte bevor sie durch den Ausgang verschwand.

Negative Gedanken

Der kühle Wind schlug ihr ins Gesicht, sie sah ihn in ihrer Erinnerung vor sich. Mit seinen hypnotisierenden Augen musterte er sie. Es war eine kurze, stumme Übereinkunft. Auf einer Parkbank versuchte sie das Päckchen zu öffnen, doch was sie auch bewerkstelligte, der Deckel wollte nicht weichen.

Schäbig, abgenutzt ruhte es in ihrer Hand, ein Fossil, das nicht ins Leben zurückkehrte. Sie rappelte, hauchte, streichelte – alles vergebens.

Ihre Mühe war ohne Erfolg und rief Erinnerungen an den Stein wach – da verstand sie.

Seufzend schloss sie die Augen, beschwor sie herauf, die Macht des Geistes. Immer wieder verlor sie die Konzentration, Verzweiflung ergriff von ihr Besitz. Der Wind spielte mit ihren Haaren, leise drangen Geräusche an ihr Ohr, die wie ein Lachen klangen. Sie fühlte sich gefangen in einem Netz, dessen Stricke ihr das Bewusstsein raubten.

Endlich tauchte sie hinab in die Macht des Geistes und zerriss die Fesseln, die sie behinderten.

Wie durch Zauberhand kullerte ihr der geheimnisvolle Inhalt entgegen.

Zwei Steine, in sämtlichen Farben schillernd, ruhten in ihrer Hand.

Der dazugehörige Brief, alt, als irrte er schon seit Jahrtausenden von Postamt zu Postamt.

"Eines Tages wird eine Weltenreiterin kommen,
die sich ihrer Stärke nicht bewusst.
Wenn sie überzeugt wird, nimmt das Schicksal seinen Lauf. Danach ist
meine Aufgabe erfüllt.
Und wenn nur einige ihre Botschaft verstehen,
handelten wir nicht vergebens."

Der Brief knisterte. Für kurze Zeit blickte sie in das Gesicht des alten Mannes, dann zerfiel das Schreiben in winzige Teile. Wie auf ein geheimes Kommando erfasste eine Windböe die Fetzen und trug sie hinfort. Warme Luft löste die Kühle ab, die Welt um Marian erwachte zum Leben. Igel und Eichhörnchen begrüßten den Frühling und huschten durch das erste Grün. Vögel zwitscherten in allen Tonlagen, fröhliche Kinderstimmen erklangen aus dem nahe gelegenen Kindergarten. Kirchenglocken läuteten.

Marian wusste nicht mehr, wie lange sie auf dieser Bank verweilte. Einem plötzlichen Impuls folgend, machte sie sich auf den Weg zu ihrem Wagen. Die Steine in ihrer Hosentasche klackerten zustimmend. Marian war betrübt, schwelgte in Erinnerung an den alten weisen Mann und die Elbenhexe Serafia, denen sie so viel zu verdanken hatte. Ihre Enttäuschung steigerte sich in Wut. Warum konnte dieser Ehrwürdige nicht sagen: "Marian, beeil dich, wir haben nicht mehr viel Zeit." War es fair, sich einfach davonzustehlen? Abgesehen von merkwürdigen Andeutungen, die nur ein Rätselfreund richtig deuten konnte.

Nein, das war doch alles andere als "ehrwürdig", dachte Marian, setzte mechanisch Fuß vor Fuß, ohne ihrer Umgebung einen Blick zu gönnen. "Hallo", flötete Victoria. - eine zufällige Begegnung. Marian bremste, sah und lächelte gequält. Doch Victoria erkannte nicht die Zeichen des Unerwünschtseins. Sie drehte sich im Kreis, wirbelte umher, eine Primaballerina auf dem Parkplatz.

"Ist das nicht ein fantastisches Kleid?"

"Hmh", antwortete Marian kurz angebunden.

"Ja, ich weiß", sagte Victoria. "Die Schuhe, die passen nicht dazu. Aber du findest keine anständigen Schuhläden in der Nähe. Wir müssen unbedingt mal wieder shoppen. Aber jetzt habe ich keine Zeit mehr, halt mich nicht länger auf! Im Gegensatz zu dir muss ich ja noch arbeiten. Diese kurzen Mittagspausen reichen noch nicht einmal zur Nagelmaniküre. Schau dir dieses Desaster nur an", sagte Victoria und zeigte ihre frisch lackierten Nägel.

"Geht doch", antwortete Marian und vergrub ihre Finger noch tiefer in ihren Jackentaschen.

"Na ja", erwiderte Victoria und schaute auf ihre funkelnde Armbanduhr. "Ach, du meine Güte! Schon so spät? Marian, sei mir nicht böse, aber ich muss los. Ich rufe dich an!" Mit diesen Worten entschwand Victoria. Zurück blieb eine verdutzte Marian, die ihr kopfschüttelnd nachblickte. Victoria, in ihrem Leben gab es nur eine Botschaft – MODE. Marian lachte, das plötzliche Auftauchen von Victoria hatte alle Nebel in ihrem Kopf verscheucht. Es war ein Befreien, ein Zurückholen in die Wirklichkeit. Wie hatte der Ehrwürdige stets gepredigt: Eine Geschichte wird Seite für Seite geschrieben. Der alte Mann und seine Begleiterin hatten ihr letztes Kapitel geschrieben. Das musste sie akzeptieren, denn ändern konnte sie es nicht! An welcher Stelle in dem Buch tauchte ihr Name auf? Wann war das Ende erreicht? Stand diese Geschichte im Zusammenhang mit der Entwicklung der Menschheit? War erst der Anfang geschrieben, oder ging es bereits dem Ende zu?

"Zu viele negative Gedanken", ertönte eine sonore Stimme hinter ihr.

Mit weit aufgerissenen Augen richtete Marian ihren Blick auf die Person, von der diese Äußerung an ihr Ohr gelangt war. Ein Typ, entsprungen aus den Modemagazinen, lächelte sie mit reklameweißen Zähnen an. Seine saphirblauen Augen funkelten fröhlich. Marians Knie wurden weich, ihr Mund trocken …, sie starrte dem Mann hinterher, als wäre ihr in ihrem vorherigen Leben solch ein Lebewesen noch nie begegnet.

"Fehlt Ihnen etwas?"

Marian, die wie eine Ungläubige stierte, der unzählige Engelswesen erschienen sind, schaute in das fragende Gesicht einer älteren Dame, die offensichtlich das gute Wetter nutzte, um einen Spaziergang zu machen.

"Sind Sie allein? Soll ich Hilfe holen?", erkundigte sich die Person, deren faltenreiches Gesicht an den Wangen glühte.

"Nein, danke", antwortete Marian, nachdem die Spucke ihre Arbeit wieder aufgenommen hatte.

"Ich bin nicht allein. Und werde es auch nie sein. Vielen Dank trotzdem."

Die Steine verströmten ihre Wärme, die wie eine Energie durch ihren Körper pulsierte. Optimistisch und zufrieden blickte sie umher, bevor sie in das Innere ihres Fahrzeuges eintauchte. Das Grün der Blätter, vermischt mit der bunten Vielfalt der Blumen. Wunderschön, mit einem tiefen Atemzug, inhalierte sie die Frische, nahm sie in sich auf und machte sich merklich beschwingt auf den Heimweg.

Unerwartet

Der Himmel war von einem klaren eindringlichen Blau, vorgaukelnd, man könnte hineingleiten wie in einen Ozean. Quietschend lenkte sie ihr Fahrzeug auf den Stellplatz. Ein Blick auf ihre Armbanduhr versicherte ihr, Ruhe zu bewahren. Zeit genug, um in den Alltag hineinzutauchen, sich dem Staubsaugen, Betten machen und Essen zubereiten zuzuwenden.

An der Wohnungstür vermisste sie das freundliche Begrüßen von Caruso und Diva, dafür drangen merkwürdige Geräusche an ihr Ohr. Ihre Nackenhaare sträubten sich.

Welches fremdländische Wesen mochte sich in ihr Haus verirrt haben?

Die Steine in ihrer Jackentasche rumorten leise vor sich hin. Wie eine Squaw auf Kriegspfad schlich sie durch den Hausflur.

"Schatz, bist du es?", hallte eine vertraute Stimme an ihr Ohr. Es klang wie ihr Mann Daniel. Aber das ergab keinen Sinn. Was sollte ihr Ehemann an einem Montag um 11.20 Uhr zu Hause?

Reflexartig bewaffnete sie sich mit einem Schirm, als sie an der Garderobe vorbeischlich.

"Schatz, bist du es?", hörte sie erneut.

Das Geräusch kam aus der Küche. Mutig, den Schirm erhoben, schritt sie hinein. Drachen, Zwerge, Feuergeister, sie würde es diesem Gesindel schon zeigen.

Ihre ausgewählte Waffe fuchtelte in der Luft.

"Regnet es?", fragte Daniel und betrachtete seine Frau wie eine Außerirdische.

Marian spürte ihre Wangen glühen, ließ ihr Mordwerkzeug blitzschnell hinter ihrem Rücken verschwinden und fragte mit unschuldig blickender Miene: "Was machst du denn hier?"

"Ich wohne hier", neckte er sie.

Doch Marian hatte keine Lust auf Spielereien. Lautstark beförderte sie den Schirm in den Ständer zurück. Befüllte anschließend den Wasserkocher und wandte sich erst dann ihrem Ehemann zu. Dieser blickte auf die Flut von Stellenanzeigen. Seine Frage blieb aus, was Marian im Inneren kränkte, doch sie schluckte ihren Groll hinunter. Drei gehäufte Teelöffel in jede Tasse, Wasser darauf und fertig! Wenn doch alles so einfach wäre!

Sie bediente ihn mit einer heiß dampfenden Tasse und setzte sich ihm gegenüber. Das schien Daniels Startsignal, denn ohne weitere Aufforderung begann er zu reden.

"Ich habe so viele Überstunden und dann der Einsatz am Wochenende. Ich dachte, du freust dich, wenn ich mal unerwartet frei nehme."

Marian trank ihren Cappuccino in großen Schlucken, sie liebte es, wenn er einem Lavastrom gleich die Kehle hinunterrauschte.

"Das ist toll", antwortete Marian, da das Gesicht ihres Mannes keine andere Antwort erlaubte. Wie ein Kind, das nach Süßigkeiten verlangt, schaute er sie beinahe flehend an. Marian konnte nicht anders, sie stand auf und gab ihm einen dicken Kuss auf die Stirn. Die Unbeschwertheit kehrte zurück, aus dem Dornröschenschlaf erwacht.

"Weißt du was?", schilderte er, wieder ganz der Mann, den Marian so liebte. Kein Häufchen Elend, das um Aufmerksamkeit buhlt, sondern der große Junge, der etwas Spannendes zu berichten hat.

"Unser Chef plant einen Abteilungsausflug mit Ehepartner." Marian schwante Böses, denn Daniels Chef war für seine Events stadtbekannt. Sie genehmigte sich einen heißen Schluck des Gebräus.

"Er plant etwas Abenteuerliches, aber ich habe bereits gesagt, du bist kein Freund von Abenteuern", schilderte er weiter.

"Was soll das denn heißen!", erboste sich Marian und erinnerte an einen Vulkan, der die Ruhephase beendet hat. Der Tasseninhalt ergoss sich über die Stellenanzeigen und hinterließ einen klebrigen, klumpigen Brei.

"Ich bin für jedes Abenteuer zu haben!"

Daniel begutachtete seine Frau. Marian fühlte sich wie ein Stück Vieh, das von oben bis unten gemustert wurde, um dann festzustellen: Nein, das kenne ich nicht!

"Was ist denn geplant?", fragte sie und begann das Chaos auf dem Tisch zu beseitigen.

"Reiten", sagte er und betonte jeden Buchstaben einzeln. Als würde allein die Betonung des Wortes Marian in Ehrfurcht erstarren lassen.

"Reiten, auf richtigen Pferden", wiederholte er. Buchstabe für Buchstabe, als wäre Marian nicht in der Lage, seinen Schilderungen zu folgen.

"Ja, und? Das ist doch kein Problem", warf Marian ein und schaute ihren Mann triumphierend an.

Daniel wirkte wie ein Fisch auf dem Trockenen, der Mund offen, als fehlte ihm die erforderliche Luft zum Atmen.

"Fehlt dir etwas?", fragte sie voller Mitleid.

"Nein, nein!", antwortete er rasch. "Aber ich dachte reiten … Du hast gesagt, deine Reiterfahrungen … Ich dachte, dein Sturz … Ich dachte."

"Falsch gedacht", unterbrach sie sein Gestammel. "Ich reite sehr gern, besonders auf Einhörnern."

Da war es wieder, das Gefühl des schalldichten Raums. Stille, man hörte die legendäre Stecknadel in den Heuhaufen fallen.

Daniel betrachtete seine Frau, dann prustete er los. Laut und befreit, sein Lachen vertrieb die Leere. Er gluckste, schnappte nach Luft, dass ihm die Tränen von den Wangen kullerten.

"Mensch, Marian! Du bist Klasse. Du mit deiner Fantasie. Fast hätte ich dir geglaubt. Du solltest ein Buch schreiben …"

HIER IST ES!

Epilog

Seit einiger Zeit ragt ein Gedenkstein an der Stelle, wo man einst Eduardos Leichnam entdeckte.

Sein Dahinscheiden war sehr mysteriös und endete alsbald bei den ungeklärten Fällen.

Die Gerichtsmediziner fanden keinerlei Erklärung für derartige Verletzungen. Auch die Inschrift auf dem Stein konnte von keinem Fachmann entschlüsselt werden.

"Lege Dich nie mit Mächten an, die du nicht beherrschen kannst."

Die Polizei ermittelte in alle Richtungen – ohne Erfolg.

Viele Geschichten und Legenden rankten sich um dieses Ereignis.

Der Medienrummel bescherte Rosalies Pension eine Menge zahlungskräftiger Gäste. Die Reise nach Andalusien ist bereits gebucht.

GUTEN FLUG!

P.S.
Die geneigten Leser kennen die ganze Wahrheit dieser Geschichte.

Aber wer wird Ihnen glauben?

Danke

DANKE an meinen lieben Mann Burkhard, der an mein Vorhaben geglaubt hat.

DANKE an meine fleißigen Lektoren:

Gabi Strötgen, Uta Baumeister, Alexandra Teipel und

Ulrike Spieckermann

DANKE an Tanja Graumann für das tolle Cover.

Danke an alle Leser, die Marian auf ihrem Abenteuer begleitet haben und begleiten werden.

Bis bald

Ihre *Martina Grünebaum*

Weitere Informationen unter:

martinagruenebaum@jimdo.com

www.triolit.de